화
랑
제의 그림자

화랑
제의 그림자

초판 1쇄 발행	2016년 12월 9일
지은이	박은몽
펴낸이	한승수
펴낸곳	문예춘추사
편 집	조예원
마케팅	안치환
디자인	이혜정
등록번호	제300-1994-16
등록일자	1994년 1월 24일
주 소	서울특별시 마포구 연남동 565-15 지남빌딩 309호
전 화	02 338 0084
팩 스	02 338 0087
E-mail	moonchusa@naver.com
I S B N	978-89-7604-325-2 03810

화랑

제의 그림자

박은몽 장편소설

문예춘추사

경주, 아니 서라벌을 다시 찾았다.

소설 〈선덕여왕〉을 쓰던 무렵 서라벌 땅을 밟은 지 7년 만이었다. 7년 전 나는 선덕여왕의 무덤 앞에서 누군가 홀리고 간 막걸리 냄새와 능陵을 향해 허리를 숙인 소나무들에 둘러싸인 채 낭산 한가운데서 여왕의 귀기鬼氣와 조우하였다.

이번에는 가을의 남천에서, 월성의 남쪽 흙을 적시며 굽이굽이 흘러가는 남천에서 또 다른 인연과 조우하였다. 리아가 사경을 헤매던, 삼맥종이 목 놓아 울던, 염도가 말을 타고 달리던, 봄이면 설성이 리아를 데리고 건너던 그 남천. 강기슭에는 가을빛으로 물들어 가는 마른 잎들이 오소소 바람에 흔들렸다.

경주가 내게는 오직 서라벌이듯이 남천 역시 내게는 1,500년 전의 그 물줄기이다.

고통스러운 100일이었다.

선덕여왕 집필을 마무리하면서 언젠가 화랑에 대한 작품을 쓰면 좋겠다 싶었는데, 우연히 그런 기회가 왔다. 쓰기 시작했다. 다만 급작스러운 작업이기에 시간이 얼마 없었다는 게 아쉽긴 하지만. 고통스러운, 그러나 참으로 '살아 있음'이 살아 있는 100일이었다. 시간은 짧았지만 글쟁이가 한 권의 책을 쓰는 데 겪을 만한 고통은 충만하도록 다 겪은 듯하다.

이 이야기에는 상당한 비중의 역사적 사실이 들어 있다.

그러나 더 상당한 비중의 허구와 각색이 들어 있다. 어디까지 사실이고 어디가 허구인지 따지지 말아 주기 바란다. 그 사이의 경계를 알고자 하는 것은 누군가를 어느 순간부터 사랑하게 되었는지를 규명하는 것만큼이나 모호하고 무의미하다.

나조차 그 경계를 기억하지 못한다. 나에게는 내가 창조한 세계가 사실이며 진실일 뿐이다.

다만 이런 말 할 수 있겠다.

화랑은 신국神國의 펄떡이는 에너지였다. 그들은 국가에 의해 길러진 영웅들이었다. 조국은 그들에게 당위적인 충성을 요구하기보다는 맘껏 발산하고 느끼고 때론 즐기도록 허용했다. 그럼으로써 젊다 못해 새파랗고, 순수하고 열정이 살아 있는 꽃 청춘들의 가슴에 조국에 대한 사랑을 불 지르고, 대의를 위한 숭고한 희생과 도전을 꿈꾸게 했다. 그 결과 그들 한 사람 한 사람의 뜨거운 에너지가 거대한 용광로가 되어 신국을 일으켰다. 젊은 영혼이기에 가능한 일이었다.

중언하자면, 화랑은 강국 고구려에도 중흥 백제에도 중국 대륙에도 없는 신국 신라만의 에너지였다. 신국인들 안에 잠재되어 있는 독특한 정신적 에너지가 제대로 발현된 것이 바로 화랑이었다. 그 에너지가 있었기에 신라는 어떤 나라와도 다를 수 있었다. 그 뜨거운 에너지가 우리에게도 필요하지 않은가.

군이 철학이나 거대 담론을 담으려 하지 않았다.
그러나 발견되리라. 그것은 내가 의도한 것이라기보다는 이 이야기가 가지고 있는 필연적인 부분이다.
다만 작가로서 소박하게나마 의도한 것은 얽히고설킨 여러 인연과 인생들을 보여주는 일이었다. 사랑에 빠진 사람, 그 사랑을 거부하는 사람, 꿈과 야망을 좇는 사람, 누군가에 대한 충성 때문에 목숨을 거는 사람, 권력욕 때문에 자식도 버린 사람…그들의 결코 가볍지 않은 내면과 인생사를 읽으며 보는 이의 가슴이 잠시라도 뜨거워지고 또 울컥할 수 있다면 일천한 지식과 재주를 가지고도 당돌하게 역사소설 한 권을 써서 내놓는 작가의 무안함이 조금은 양해받을 수 있으리라.
감흥을 잃어버린 시대가 아닌가. 이 이야기를 쓰면서 울컥하던 '쓰는 자'의 감흥이 이 글을 '읽는 이'에게도 이심전심으로 가 닿는다면 참으로 따뜻한 겨울이겠다.

끝까지 장인의 정신과 손길을 늦추지 않은 편집진, 경주까지 동행해 준 지인, 이 글을 쓰는 동안 작가의 이런저런 쏟아냄을 기꺼이 들어주고 고견을 들려준 분들, 화랑과 신라에 대해 훌륭한 서적과 콘텐츠를 남겨 주신 지식인 분들(참고 문헌, 자료 등은 주석 지면에 기록하였다), 이 이야기를 읽는 독자 분들에게 감사드린다.

아 그리고 1,500년이라는 세월의 강을 건너
내게로 찾아와 준 삼맥종, 설성, 리아, 염도, 보종, 군관 그들에게
도 감사하다. 잊지 못할 만남이었다.
그들에게도 그러하였으리라.

2016년 겨울 초입에
박은몽

차
례

제 1 장 ─ 잎새에 바람이니

휘익 휘이익

바람 소리인가?

어미를 잃은 새끼의 울음인가, 아니면 새끼를 잃은 어미의 통곡인가?

바람에 섞이어 가늘게 떨리며 들릴 듯 말 듯

이내 귓가로 파고들며 온 심장까지 두들기는 이 소리는,

누구의 소리인가?

성아, 쉴성아…

아 그렇군. 나를 부르는 소리였군.

너무 오랜 시간 떠도느라 내 이름조차 가물가물해진 것일까?

불러 주는 사람 하나 없어서 나조차 낯선 이름이었지.

우리 사이를 가르며 뿌옇게 넘실대는 강물,

끝도 없이 하얀 포말이 흩날리는 저 거센 물줄기를 넘어

내 이름을 부르는 소리가 나에게 온다.

손짓을 해도 그대는 내가 보이지 않는 건지

휘휘 우는 바람을 가르고 넘실대는 강을 건너,

그대 목소리만 나에게 달려온다.

1

- 어머니는?
- 죽었소이다.
- 아버지는?
- 모르오.

구리지는 큼지막한 호박 가락지를 낀 오른손으로 턱수염을 만지작거리며 설성을 아래위로 훑어보았다. 형형색색의 비단 옷으로 몸을 감싼 구리지의 얼굴은 자연이 주는 풋풋한 젊음의 생기는 사라졌으나, 부귀를 누리며 편안하게 살아온 영달이 주는 윤기가 잘잘 흘렀다. 그 윤기를 조소하는 동시에 또 부러워하면서 설성은 구리지에게 되물었다.

- 이름은 안 묻소?

구리지가 피식 웃으며 설성에게 '정히 그 질문을 받고 싶다면 내 물어 주지' 하는 표정으로 물었다.

─그래, 이름이 뭐냐?

─설성. 어미 성이요. 아비 성은 모르니까.

설성은 자신의 머리끝부터 발끝까지 은밀하게 살피며 감겨
드는 구리지의 시선을 느낄 수 있었다. 그런데 그것은 혹시라
도 위험한 놈은 아닌지 살피는 경계의 눈빛이라기보다는, 짐승
들이 탐나는 사냥감을 발견했을 때 보이는 탐색의 눈빛이었다.

─올해 나이가 몇이냐?

나이를 물으며 구리지는 시선을 내리깔고 딴전을 피우듯 호
박 가락지를 낀 자신의 손가락을 슬쩍 보더니, 다시 고개를 들
어 설성의 입술이 뭐라 대답하는지 주목하는 눈치였다.

─열다섯이오.

설성은 열다섯이라는 말에 구리지의 입꼬리가 씰룩거리며
올라가는 것을 놓치지 않았다. 초여름 한창 물이 오르기 시작
하는 신록처럼 설성은 풋풋하고 싱그러웠다. 잘 먹고 편한 삶
을 누리는 자의 윤기 같은 것은 없었지만, 열다섯이라는 나이
에 자연이 실어 주는 풋풋함과 싱그러움은 모든 남루함을 다
지우고도 남을 만큼 설성의 얼굴을 빛나게 만들어 주고 있었
다. 그러한 설성의 아름다움에 도취되어 스멀스멀 일어나는 음
심淫心을 숨기고서 구리지는 심드렁하게 쏘아붙였다.

─어린놈이 말하는 꼬락서니가 당돌하기 짝이 없구나.

─내가 당돌하다 하나 이 얄궂은 세상만큼 당돌하겠소?

화랑

－뭐라?

－태어나서 지금까지 배고프고 천대받았던 기억밖에 없소.
그러니 내가 당돌해 봤자, 이 얄궂은 세상이 나에게 당돌하게
구는 것만 하겠냐는 말이오.

－나를 왜 찾아왔느냐?

－이걸 기억하시오?

설성은 자신의 옷깃 속에서 굵은 금가락지 하나를 꺼내 구
리지의 눈앞에 들이밀었다. 구리지의 표정으로 보아 가락지가
누구의 것인지 모르는 눈치는 아니었으나, 그저 몸이 기억하는
것일 뿐 마음이 기억하는 바는 아닌 듯했다.

－엄니가 마지막에 준 가락지요. 그러면서 자기가 죽거들랑
서라벌의 구리지 어르신을 찾아가랍디다.

그것은 오래전 구리지가 설성의 어미와 몸을 섞기 전 정표로
준 것이었다. 정표가 될 만한 무엇 하나라도 주지 않으면 몸이
쉽게 열리지 않을 터였고, 하룻밤이라도 인연을 맺으려면 가난
한 여인에게 조그마한 대가라도 주는 게 응당 도리라 생각했기
때문이다.

－어르신은 내 엄니를 기억이나 하시오?

구리지는 잠시 말이 없었다. 숱하게 많은 여인들이 스치고
지나가더라도 유독 기억에 남는 여인은 있기 마련이었다. 하룻
밤 인연이든 오래도록 끼고 살았던 여인이든 그 여인이 어떤
여인인지는 인연이 끊어진 후 얼마나 선명하게 기억에 남는지

를 보면 알 수 있었다. 설성의 어미는 구리지에게 꽤나 선명하게 기억나는 몇 안 되는 여인 중 하나였다. 남루한 행색을 벗겨내었을 때 드러나던 하얀 속살과 가녀린 어깨, 안았을 때 손끝에 느껴지던 살결의 촉촉함, 그리고 참으로 은근하고 조심스럽던 교성까지. 하룻밤 인연으로 끝내기엔 아까운 월척인 셈이었다. 첩으로 삼을까 하였지만 뜻밖에도 거절한 것은 그녀였다. 그저 그녀는 정표로 준 금가락지를 가슴에 품고는 어린 아들이 있으니 훗날 정표를 들고 찾아가면 화랑들이 거하는 선문[1]의 낭도[2]에 넣어 달라는 부탁만 할 뿐이었다. 물론 그 아들놈이 진짜 찾아올 줄을 생각도 못한 구리지였다.

　- 원하는 게 뭐냐?

　- 원하는 게 있으면 그대로 해 주겠소?

　- 당돌하구나.

　- 원하는 대로 거저 해 줄 것도 아니면서 왜 그딴 식으로 묻는 거요? 누가 그럽디다. 낭도에 들어가면 사람대우를 받을 수 있다고. 잘하면 출세할 길도 열린다고.

　- 그래서?

　- 날 선문에 넣어 주시오.

　구리지는 잠시 말이 없더니 갑자기 온몸을 들썩이며 기가 막히다는 듯 웃어 제쳤다.

　- 내가 왜 그래야 하느냐? 난 네 어미에게 하룻밤 대가로 가락지를 주었다. 그걸로 인연은 끝난 것이다. 네 부탁을 들어줄

의무 따위는 내게 없다.

– 알고 있소. 생기는 게 있어야겠지.

– 그래, 청탁은 맨입으로 하는 게 아니지!

– 날 용양신으로 삼으시오. 그 정도면 대가는 충분하지 않소?

– 네놈이 용양신이 무엇인지 알고나 지껄이느냐?

얼굴은 제 어미를 빼다 박았는데, 남루한 행색 속에 감춰진 속살 또한 어미의 그것처럼 희고 촉촉할까? 껍질을 벗겨내고 그 속을 확인하고 싶어졌다. 그래서였을까. 어쩐지 구리지는 당돌하고 예의라고는 눈곱만큼도 찾아볼 수 없는 거친 설성이 밉지 않았다. 설성도 자신의 당돌함이 밉게 비치지 않으리라는 확신이라도 있는 양 구리지의 눈을 똑바로 마주 보았다. 미색이 있는 것들은 다 저렇게 교만한 법이지, 구리지는 속으로 씨익 웃음이 나왔다.

중국 전한前漢 시대의 학자인 유향이 쓴 《전국책戰國策》의 위나라 편에 용양이라는 인물에 대한 이야기가 나온다. 용양은 위나라 안리왕의 신하였다. 하루는 안리왕과 함께 낚시를 하던 용양이 갑자기 흐느끼기 시작했다. 왕이 우는 이유를 다정하게 묻자 용양은 이렇게 답했다.

– 제가 낚은 고기가 저와 비슷한 처지인 듯하여 그만 울음이 나왔습니다.

왕은 용양의 말뜻을 이해할 수가 없어, 다시 무슨 뜻이냐고 물었다.

  ─제가 처음 고기를 잡았을 때는 기쁜 마음이 컸는데 다른 물고기가 계속 잡히다 보니 처음 잡은 물고기에 대한 마음이 점점 사라졌습니다. 저같이 부족한 놈을 왕께서 총애해 주셔서 잠자리를 돌볼 수 있었습니다만, 앞으로 천하 미인들이 몰리면 저는 잊힌 물고기가 될지도 모른다 생각하니 슬픈 마음에 눈물이 나왔습니다.

  안리왕이 거느렸던 나긋나긋한 용양신에 비하면 설성은 마치 길이 들지 않은 야생마처럼 아주 도발적인 놈이었다. 도발은 언제나 자극적인 법이지. 이윽고 구리지는 꼬고 있던 다리를 풀고는 의자에서 슬그머니 일어서더니 설성에게 한 걸음 다가서며 말했다.

  ─옷을 벗어 보거라.

  설성은 마치 그럴 줄 알았다는 듯이 구리지를 똑바로 응시하면서 초라하고 낡아 빠지고 더럽기 짝이 없는 옷을 천천히 벗기 시작했다. 어깨가 드러나자 구리지는 가락지 낀 손가락을 설성의 어깨에 갖다 대더니 이내 쇄골을 따라 천천히 미끄러졌다. 여자들처럼 부드러운 피부였다. 구리지가 바라던 대로, 어미를 꼭 닮은 하얗고 촉촉한 피부 말이다. 구리지가 손끝으로 피부의 감촉을 확인한 뒤 집게손가락으로 설성의 턱을 살짝 들어 올리자, 설성의 얼굴이 뒤로 젖혀졌다. 설성의 오뚝한 콧날과 도톰한 윗입술의 살집, 그리고 귓불에서 턱 아래로 이어지는 날렵한 선이 적나라하게 드러났다. 사려는 물건에 하자가 있는지 없는지를 확인하는 사람처럼 설성의 피부에서부터 이목구비와 젖혀진 목선까지 찬찬히 뜯어본 구리지는, 갑자기 거칠게 설성을 탁자 위에 패대기치고는 손바닥으로 설성의 등을 꽉 눌러 꼼짝 못하게 제압하였다. 한쪽 볼이 매끄러운 탁자 표면에 부딪쳤다가 짓이겨진 채 설성은 어금니를 꽉 물었다.

멀쩡하던 사람이 전쟁에 나가 하루아침에 팔이 잘리고, 천하게 태어나 평생 끼니 걱정에 뼈가 녹아내리며 고생하는 흙수저 아니 똥수저가 있는가 하면, 귀하게 태어나 평생토록 부귀영화를 누리는 금수저 같은 인생이 공존하는 세상. 이 요지경 같은 세상에 일어나지 못할 일이 뭐가 있겠는가. 처음 만난 구리지 이놈이 그 비계 덩어리 같고 구린 몸을 비비며 헤집고 들어온다고 한들 놀랄 일도 아니지. 세상엔 더 놀랍고 추잡한 일이 많잖아. 이건 아무것도 아니야.

천대받는 데에는 이골이 난 설성이었다. 그는 온몸으로 번지는 통증과 수치심에 부들부들 떨면서도 구리지의 거칠어지는 숨소리를 똑똑히 듣고 있었다. 거친 숨에 섞여 뚝뚝 끊어지는 구리지의 말도 똑똑히 들었다.

―용양…신이… 뭔지… 잘 배워 두…거라.

설성은 어미를 생각했다.

엄니. 그 고운 얼굴 팔아 호강이라도 하고 살지, 왜 그렇게 박복하게 사셨소. 나, 엄니 살아 있을 때 같이 흰쌀밥 한번 먹어보는 게 소원이었소. 엄니 아파서 다 죽어갈 때 누가 우리를 돌아보기라도 했소? 약 한번 못 써 보고, 굶어 죽었는지 아파 죽었는지도 모르게 그리 죽었는데, 난 엄니처럼은 안 살 거요. 엄니는 그래도 세상에 좋은 사람도 있다고 늘 말했지만, 세상에 좋은 사람이 어디 있소? 힘 있고 돈 있는 놈들만 호강하며 사는 세상인데, 우리 같은 천것들한테 누가 친절을 베풀겠소. 더러운 세상, 이제 난 구린 놈한테 붙어서라도 배부르고 등 따시게 살 것이니 엄니 저승에서 나 배곯을까 봐 걱정일랑은 접으소. 내 걱정은 말고 엄니나 저승에서 배곯지 말고, 반반한 얼굴 팔아서 돈 많은 놈팽이라도 잡아 제발 호강 좀 하고 사시오.

설성의 온몸이 탁자 위에서 출렁거렸다. 풍랑이 치는 배 위에 엎어져 있는 듯했다. 파도 소리는 들리지 않았다. 구리지의 숨소리와 간간히 내뱉는 독설들만 난무할 뿐이었다. 설성은 더 이상 나빠질 것도 없다는 생각 하나만으로 자기에게 일어난 일련의 악재들을 아무것도 아닌 양 받아들였다. 쓸개에 붙어서라도 더 이상 주리면서 살지는 않을 거라는 각오를 마치 나라를 구하겠다는 각오처럼 비장하게 하면서, 힘들게 고개를 옆으로 돌려 구리지를 올려다보며 말했다.

- 어르신!
- 마, 말해 보거라.
- 잊지 마시오. 날 선문에 넣어 주시오!
- 당돌한 놈.

잠시 후 구리지는 비단 이불자락을 엎어져 있는 설성에게 툭 던져 주며 말했다.

- 오늘은 이 방에서 자거라. 내일 아침 하인을 보내겠다.

문을 열고 나가려다가 다시 설성을 돌아보며 덧붙였다.

- 잘 왔다.

설성은 구리지가 나간 다음에도 한참 동안이나 탁자 위에 널브러져 있었다. 피곤이 쌓인 데다 긴장이 풀려서 졸음이 밀려왔지만 잠들 수 없었다. 서라벌에서의 첫날밤이 깊어 갔다. 죽은 사람처럼 한참을 미동도 하지 않은 채 널브러져 있다가 천천히 몸을 일으켜 보았다. 온몸이 두들겨 맞은 듯 뻐근하고 찢어질 듯한 통증이 아래에서부터 올라왔지만, 비단 이불자락으로 몸을 감싸고는 창가로 갔다. 열린 창으로 왕도 서라벌의 밤하늘을 밝히고 있는 반달이 선명하게 보였다. 진골 귀족[3] 이상의 신분을 가진 자만 살 수 있다는 이 왕도에 들어와 있다는 게 믿어지지 않았다. 구리지의 집에서 멀지 않은 곳에 황제와 그 가족들, 즉 성골[4]들이 사는 월성이 있겠지. 땅의 모양이 반달이라서 월성이라 부른다는 그곳은 하늘에 있는 달처럼 높으신 양반들만 사는 곳이니 천한 것들은 감히 가까이 갈 수도 없으리라. 달빛은 이곳 서라벌 월성도 비추고 습비부 그 촌동네도 공평하게 비추건만, 사람은 어찌해서 성골의 둥지가 따로 있고, 천것들이 사는 땅이 따로 있는 것일까.

그는 이불자락을 던져 버리고는 마치 광합성을 하려는 푸른

초목이 해를 향해 그러하듯이 온몸을 달빛 안으로 들이밀었다. 감히 가까이 갈 수는 없으나 그 달빛만이라도 몸 구석구석으로 빨아들인다면, 숨이 쉬어질 수 있을 것 같았다. 달빛 아래서 후우, 하고 막혔던 숨이 터지자 저 습비부 엄니를 마지막으로 보내던 그날 생각이 아귀처럼 달라붙으며 그의 마음을 어지럽혔다.

2

월성月城.[5] 1,000보가 훌쩍 넘도록 길게 이어지는 성벽은 반달 모양의 지형을 따라 굽이굽이 돌아가고, 성 주위에는 못과 도랑을 파고 물길을 내어 방어벽으로 만든 구지溝池[6]가 둘러져 있다. 하늘빛과 신록 빛을 함께 담은 못이 달 표면에 고인 물처럼 월성의 거룩한 땅에 고여 있고, 곳곳에 우거진 숲 사이사이로 성골들이 거하는 여러 궁의 기와들이 유려한 선을 자랑하며 솟아올랐다. 이곳 어딘가에 계림이라 불리는 나라이자 신의 나라인 신국神國을 다스리는 신, 황제가 있다.

성안 곳곳에 지저귀는 새소리가 은은하게 금을 뜯는 소리 마냥 울려 퍼지는 7월의 아침이었다. 금빛 휘장이 드리워진 방에 고개를 조아린 여관들이 일렬로 늘어서 있었다. 창을 통해 들어오는 아침 햇살에 금빛 휘장이 반짝이고, 몇몇 여관女官[7]은 금빛 쟁반을 들고 바쁘게 오가며 각 지역에서 올라온 진귀한 특산물로 만든 요리를 사열을 받는 병사들처럼 각을 맞추어 반듯하게 제※ 앞에 늘어놓았다. 제 바로 곁에는 여관 하나가 고개를 조아린 채 금수저를 두 손으로 받쳐 제의 앞에 내밀며 사정을 하듯 고했다.

– 폐하, 식사를 하셔야 하옵니다.

그러자 일렬로 서 있던 여관들이 일제히 합창을 하듯 따라서 아뢰었다.

– 폐하, 식사를 하셔야 하옵니다.

그러나 어린 황제는 말이 없다. 그저 입맛이 없다는 말만 짧게 던진 후 여관들이 애걸복걸하는 것을 모른 척, 돌부처라도 되는 양 우두커니 앉아 있었다. 지난밤 잠도 제대로 이루지 못한 어린 황제였다. 눈앞의 산해진미가 다 무슨 소용인가. 모두가 모래알처럼 혓바닥을 긁어낼 게 번하다고 제는 생각했다. 한참 침묵하던 제는 시무룩한 말투로 한마디 던졌다.

– 정화부인의 병세는 좀 어떠하시다 하더냐?

여관들은 서로 눈치를 보느라 제대로 답변을 올리지 못했다. 어린 황제가 식음을 전폐할 정도로 마음을 쓰고 있는 바가 정화부인의 병세라는 것을 모르지 않기에 섣불리 답을 올렸다가는 신경만 더 긁어 부스럼을 낼까 두려웠기 때문이다.

– 정화부인의 병세가 어떠하냐고 묻지 않느냐.

– 아뢰옵기 황공하오나 차, 차도가 없다고 합니다.

- 염도는 어디 있느냐?

- 사가私家에서 어머니 곁을 지키고 있다고 합니다.

- 내 정화부인의 사가로 직접 가 보겠다.

- 아뢰옵기 황공하오나, 자리를 지키시라는 태후마마의 분부가 있었습니다.

- …….

열다섯. 황제는 아직 소년이었다. 일곱 살에 제위에 올라 이미 여러 해가 지났고 그러는 동안 코흘리개 어린애는 가뭇가뭇 수염이 오르기 시작하는 소년이 되었지만 여전히 태후는 그를 어린애 취급을 하고 있었다. 제가 동으로 가거나 서로 가거나 모든 것이 태후의 손바닥 안에 놓여 있었다. 정화부인에 대한 염려 때문에 들썩거리는 몸과 마음을 마지못해 억누르는 제의 얼굴이 더욱 침울해졌다.

같은 시각, 지소태후는 그녀의 사신私臣[8] 이사부와 함께 태후궁에서 아침 식사를 하고 있었다. 오색 찬연한 휘장이 드리워진 방에는 여관들이 좌우로 정렬해 있고, 몇몇 여관은 태후와 이사부 바로 곁에서 시중을 들었다. 열린 창으로 지저귀는 새소리와 함께 아침 햇살이 들어오고 있었다. 화려한 평온과 거대한 위엄이 태후궁의 공기를 가득 채웠다.

치켜 올라간 눈썹과 눈꼬리가 길게 빠진 날카로운 눈매, 판판한 이마와 뾰족하고 긴 콧날, 얇은 입술과 갸름한 턱선. 제가 어린 만큼 그녀는 아직 충분히 젊었다. 이제 마흔. 주름 하나 지지 않은 매끄러운 피부는 그녀에게 권력과 부귀영화를 누릴 수 있는 세월이 여전히 많이 남아 있음을, 그 모든 것들을 향한 욕망 또한 여전히 시들지 않고 있음을 말해 주는 듯했다. 제의 어미라는 이유로 신국의 모든 위엄을 그러모아 한 손에 쥔 지소태후는 황제가 거하는 대전大殿의 일거수일투족을 실시간으로 보고받고 있기에, 그날 아침 제의 상황도 이미 훤히 알고 있던 터였다. 대전의 여관들에게 은밀히 명해 놓는 것도 잊지 않았다.

ㅡ 제께서 자리를 지키시도록 잘 보필하여라.

어린 제는 아침나절 내내 요기조차 하지 않고 남당南堂9에도 나가지 않은 채 처소에만 머물렀다. 정화부인의 사가에서 다시 온 전갈은 그녀의 상태가 더욱 급박해졌음을 알려 주었다. 제는 자리에서 벌떡 일어났다가 다시 자리에 털썩 주저앉았다가를 반복하며 머뭇거리더니 용기를 내야겠다는 결연한 표정으로 자리를 박차고 일어섰다.

ㅡ 태후궁으로 가겠다.

제가 황급히 나서자, 여관들이 황급히 제를 따라나섰다. 숱하게 많은 개미떼들이 줄을 지어 길을 횡단하듯, 여관들이 종종걸음으로 제를 따라 걸었다.

ㅡ 어마마마, 정화부인의 사가로 나가 볼 것을 허락하여 주십시오.

ㅡ 제께서 군이 사가에까지 왜 가시려는 겁니까?

ㅡ 사람을 보내 다시 알아보니 위독하시다 합니다. 직접 임종

화랑

을 지키고자 합니다.

　- 제께서 왜 사가의 부인 임종까지 지키려 하십니까?

　- 정화부인은······.

어린 아들은 차갑기 짝이 없는 어미 앞에서 말을 다 뱉지 못했다. 정화부인은 유모가 아닙니까. 제가 그 젖을 물고 품에서 자랐고, 어린 시절 열병에 시달릴 때 밤새 머리맡을 지켜 준 이 또한 어마마마가 아니라 정화부인이었으니, 그분은 저를 가슴으로 키워 준 또 하나의 어머니입니다, 그 말은 마음속으로만 삼켰다.

　- 물러가 계십시오. 제께서는 사사로운 정에 이끌리시면 안 됩니다.

　- 알··· 알겠습니다.

어린 제가 태후궁에서 축 처진 걸음으로 나서자, 여관들 또한 느린 걸음으로 제를 따랐다. 개미 떼들이 길게 늘어졌다. 생모 지소태후가 독수리라면 유모 정화부인은 비둘기였다. 지소태후가 왜 더 높이 날지 못하느냐고 끝없이 아들을 채근하는 어미였다면, 정화부인은 구구구 부드러운 울음으로 상처 입은 동심을 다독여 주는 부드러운 어미였다. 제에게는 어렴풋하게 떠오르는 하나의 영상이 있었다.

어느 겨울밤. 한 어린애가 누워서 고통으로 뒤척이고 있다. 고열이 계속되는 데다 기침이 계속 나오고 코가 막혀 숨조차 제대로 쉴 수가 없을 지경이다. 정화부인은 부드러운 천 자락을 아이의 코에 대고는 코를 풀어 보라며 연신 홍 하시옵소서, 하며 애를 태웠다. 하지만 세 돌도 되지 않은 아이는 제 코조차 풀 줄 모른다. 결국 답답한 숨을 참지 못하고 아이가 울음을 터 뜨리자, 안타까워하던 정화부인이 울어 제치는 아이를 다독이 며 말한다. 제가 코를 빨아 드리겠나이다. 제가 편안하게 해 드 리겠나이다. 자기 입으로 어린 아이의 콧물을 마치 깊은 숨을 들이마시듯 빨아대는 그녀가 보인다. 그렁그렁 눈물이 맺힌 아 이는 여인을 바라보다가 금세 잠이 든다.

　－유모, 유모, 어릴 때 내 코를 빨아 준 게 유모였나?

　세월이 흘러 그 어렴풋한 영상이 꿈이었는지 생시였는지 궁 금하여 제는 유모에게 묻곤 했다. 그럴 때면 정화부인은 빙그 레 웃을 뿐이었다.

　대전으로 돌아온 제는 꼼짝도 하지 않았다. 아침나절이 다 지나고 해가 중천에 떠오르자, 또다시 제를 위한 어마어마한 상이 차려졌으나 제는 수저를 들지 않았다. 사가로 보낸 사람 이 당도하여 정화부인이 더욱 위독하여 오늘을 넘기지 못할 것 으로 보인다고 전하였다. 그 소식에 두 눈이 퀭해진 제는 놀라 서 벌떡 일어났다.

　－다시 태후궁에 가겠다!

　제가 앞장서자 다시 여관들이 줄지어 따라나섰다. 어렵게 다 시 태후와 마주했지만 태후는 똑같은 말만 되풀이할 뿐이었다.

　－제께서는 인정에 이끌려 경거망동하지 마시기 바랍니다.

제는 다시 무거운 걸음을 돌려 대전으로 왔다. 어머니 앞에만 서면 한없이 작아지는 황제였다. 어머니는 넘어갈 수 없는 산이었고, 그의 가슴을 누르는 무거운 공기와도 같았다. 그 무거운 공기가 답답할 때면 제는 정화부인을 찾곤 했다. 제위에 오르기 직전에도 마찬가지였다. 제위 계승을 앞두고 있던 해의 겨울, 하루가 멀다 하고 지소태후가 어린 아들을 불러 신국의 제가 갖추어야 할 덕목들에 대해 읊어낼 때면, 어린 태자는 아장아장 걸음으로 처소에 돌아와 정화부인을 찾아댔다. 유모, 유모!

그 유모가 사경을 헤매고 있는 날, 안 그래도 긴 여름 해가 더길게 늘어졌다. 늘어진 여름 해마저 잦아들어 월성에 저녁 어스름이 찾아올 즈음, 식사도 물린 제가 다시 태후궁을 찾았다.

─어마마마, 제발 정화부인의 사가로 가는 것을 허락해 주십시오.

─어찌하여 제께서는 어미의 뜻을 이해하지 못하고 하루 종일 고집을 부린단 말입니까?

정화부인의 임종을 꼭 지키고 싶은 황제의 마음이 태후에게는 철없는 인정으로만 보였다.

─제께서 일개 사가의 부인 임종까지 지킨다면 모든 신료들의 임종을 다 지키실 참입니까?

정화부인은 보통의 신하와는 다릅니다. 그이는 제게 어미입니다. 어찌 어미의 죽음에 담담히 있으라 하십니까? 그것이 신국의 법도입니까? 무수한 말들이 가슴 속에서 소용돌이쳤지만 제는 묵묵부답으로 태후 앞에서 고개를 숙인 채 앉아 있을 뿐이었다.

─침소에 들기 전 책을 보시다가 잠자리에 드세요. 정화부인의 임종은 그 가족들이 지킬 것입니다.

제는 할 말을 잊은 채 태후 앞에서 꼼짝도 하지 못했다. 이대로 또 돌아가면 그 밤에 정화부인을 결국 못 볼지도 몰랐다. 침묵 속에서 답답한 시간만 자꾸 흐르는데 지소태후는 매정한 표정으로 미동조차 하지 않았고, 어린 제 역시 침울한 표정으로 움직일 수 없었다. 불편한 침묵의 시간이 한참 흘러가는데, 밖에서 갑자기 다급한 발걸음으로 한 여관이 들어왔다.

─마마, 정화부인의 사가에서 전갈이… 정화부인께서 숨을 거두셨다 하, 하옵니다!

지소태후는 여전히 매정한 표정으로 알았다, 하고 대답할 뿐이었고 어린 제는 이내 눈시울이 붉어지더니 닭똥 같은 눈물을 뚝뚝 흘리며 자리에서 천천히 일어섰다. 지소태후는 그런 제의 모습을 못마땅하다는 듯이 흘겨보며 생각했다. 저리 마음이 유약하고, 사사로운 인정에 연연해서야 어찌 나라를 이끈단 말인가! 그런 어미의 생각을 아는지 모르는지 제는 여관의 부축을 받으며 태후궁을 나왔다.

월성의 어두워진 밤하늘에 달이 떠올랐고, 검은 그림자를 몰고 구름들이 서쪽에서 동쪽으로 급하게 흘렀다. 곧 비가 올 모양인지 구름 빛이 거무스름하여 달빛조차 가려졌다. 어머니! 처음이자 마지막으로 그렇게 한번 불러 보려 했는데! 제를 잠재울 때면 마치 옛날이야기를 해 주거나 자장가를 불러 주듯 늘 들려주던 정화부인의 이야기가 떠올랐다.

– 왕자님! 왕자님이 태어나시던 날에는 하늘에 큰 변화가 있었지요. 북두칠성의 여섯 번째 별인 개양좌가 평소보다 몇 배로 밝게 빛나면서 밤새도록 서라벌을 비추었답니다. 그러니 왕자님은 신국의 큰 별이 되실 겁니다. 그날 밤 개양좌가 서라벌의 밤하늘을 비추었듯이 신국을 빛나게 하는 큰 별이 되실 거예요. 개양좌는 바로 마마의 별입니다!

어린 제는 월성의 한가운데 서서 밤하늘을 한참 바라보았다. 구름에 가려 달빛도 없고, 별빛도 사라졌다. 북두칠성은 보이지 않았고, 개양좌 또한 찾을 수가 없었다. 어린 제는 여관들 앞에서 차마 울음을 터뜨릴 수가 없어 꾹꾹 참아 넣느라 어깨가 들썩이는 채로 한참을 서 있었다.

유모야! 개양좌가 빛나지 않아. 달빛이 밝다 하나 구름에 가렸고, 별빛이 빛난다 하나 먹구름에 덮이고 말았어. 그러니 내가 어찌 먹구름을 헤치고 빛날 수 있겠어.

신국의 제는 살아 있는 신, 즉 '이케가미(생신生神)'였다. 신라 사람들은 황위란 사람이 만드는 게 아니라 신이 내리는 것이라 믿었고, 성골이라는 혈통에 따라 나면서부터 정해진 신의 뜻이라 생각했다. 그럼에도 불구하고 월성 안에는 신 위에 군림하여 그 신을 다스리는 또 다른 신이 존재하는 모양이었다. 어린 제가 마음대로 할 수 있는 것이 하나도 없는 이름뿐인 군주이자 허울만 있는 신이라면, 어린 제를 좌지우지하는 지소태후는 신 위의 신인 셈이었다. 그 높은 벽에 부딪친 어린 제는 결국 자신을 아껴 주던 유모의 임종조차 지키지 못한 채 터벅터벅 불꺼진 침소로 돌아갔고, 태후궁은 중신들이 모여 이런저런 논의를 하느라 오래도록 불이 꺼지지 않았다. 먹구름이 점점 더 빠르게 흐르더니 후두둑, 굵은 빗방울이 떨어지기 시작했다. 한참 폭우가 쏟아질 모양이었다.

3

　설성의 어미가 이승을 뜨던 날 밤에도 비가 쏟아졌더랬다.
달이 높이 떴으나 구름에 가려 빛을 잃었고, 이내 먹구름이 커
다란 흑빛 물결처럼 흐르더니 밤하늘에서 후두둑 굵은 빗방울
이 떨어져서 왕도 밖에 있는 습비부, 그 초라한 마을을 흠뻑 적
셨다.

　설성은 새어 나오는 불빛 하나 없는 어두운 방에 넋을 놓은
채 혼자서 우두커니 앉아 있었다. 아니, 혼자는 아니었다. 초점
을 잃은 눈으로 아무것도 보이지 않는 암흑뿐인 허공을 응시하
는 설성의 바로 앞에 한 여인이 누워 있었으니까. 여인은 해골
처럼 깡마르고, 푸석푸석하고 까칠한 데다 거뭇거뭇 저승꽃까
지 핀 피부에 입술은 갈라져 피딱지가 붙은 몰골이었다. 밖에
서는 빗소리가 적막을 깨고 소란을 떠는데, 방 안의 적요는 그

소란을 다 덮어버릴 듯 무겁고 캄캄하기만 했다.

'엄니!'

설성은 마음속으로 엄니를 부르며 엉금엉금 기어서 시신 가까이 다가가 아직 다 식지 않은 어미의 손에 자기 손을 갖다대었다. 엄니는 그 손으로 마을 어귀에 장승처럼 선 소나무가 있는 땅을 가리키며 이렇게 말하곤 했다.

— 성아, 우리도 저런 땅이 있어서 농사를 짓고 살 수 있다면 얼마나 좋겠니.

그런 땅이라도 있었으면 울 엄니, 배는 안 곯았겠지. 밤새 내린 폭우가 그치고 날이 샜다. 여름 해가 간밤에 푹 젖은 세상을 바짝 말리며 달구기 시작했다. 한낮의 더위 가운데서도 설성은 윙윙거리며 날아드는 파리를 쫓지도 않고 멍하니 앉아 있었다. 그렇게 며칠을 보낸 후 또 다시 새로운 아침을 맞았다. 설성은 아침나절이 지나 해가 중천으로 올라설 즈음, 자리를 박차고 일어나 마을 어귀로 달렸다. 그러고는 태양 아래 푸른빛을 발하고 있는 소나무가 있는 곳으로 가더니, 무작정 땅을 파기 시작했다. 거친 숨을 몰아 헉헉대며 땅을 팔 때는 설성도 자기가 무슨 짓을 하고 있는지 실감할 수가 없었다.

— 엄니, 내가 엄니 좋아하던 땅에 묻어 줄게. 햇빛 잘 들고 소나무도 한 그루 선 이곳에 말이야!

땅에서 파낸 흙이 조금씩 쌓여 갈 즈음, 그 땅 주인의 집에서 하인 하나가 튀어나오더니 소리를 질렀다.

-아니 이 미친놈이 왜 남의 땅에 들어와 삽질이야?

하인은 설성에게 달려들어 당장 삽질을 그만두게 하려고 했으나, 설성이 하도 막무가내라 막을 수가 없었다. 그러자 집안에서 몇 명의 하인들이 더 달려 나와 설성의 양팔을 잡아챘다. 그럴수록 설성은 실성한 사람인 양 온몸을 버둥대며 저항을 했다.

-놔! 이거 놔! 땅을 팔 거야!

-이런 천하에 미친놈을 봤나! 어서 저리로 꺼져!

-땅을 팔 거라고, 이 땅을 파야 한다고!

급기야는 집주인인 6두품 사내가 직접 대문 밖으로 나와 설성의 하는 꼴을 보고는 매섭게 호통을 쳤다.

-저놈을 혼꾸멍 좀 내라!

하인들이 한꺼번에 달려들어 설성을 마구잡이로 패기 시작했다. 하인들의 주먹과 발길질이 얼굴이며 가슴, 엉덩이, 허리를 가격해 들어왔지만, 설성은 아픈 줄도 모르고 더욱 거세게 저항하며 소리를 질러댔다. 뒷짐을 진 채 설성을 못마땅하게 주시하는 6두품 사내의 얼굴은 가진 것 없고 무지한 자에 대한 모멸과 무시로 일그러졌다. 그런데 설성의 악다구니와 하인들의 윽박지르는 고함으로 일대 소란이 벌어진 가운데 또 다른 소리가 끼어들었다.

-무슨 일인가?

짐짓 위엄이 서린 목소리에 6두품 사내가 획 돌아보았는데 거기에는 어린 공자 두 명이 마상에 앉아 이 소란을 궁금해하며 내려다보고 있었다. 위엄의 목소리 주인공이 고작 어린 소년인 것을 확인한 집주인은 다시 거드름을 피우며 말했다.

ー공자들이 상관할 일이 아니니 갈 길이나 가시오!

ー무슨 일인지 묻질 않소? 왜 어린애 하나를 어른들이 폭행하고 있소?

ー팰 만하니 패는 거 아니겠소? 당신들이 상관할 바 아니니 어서 가시오!

그러자 위엄의 목소리가 말 위에서 풀쩍 뛰어내리더니 설성에게 다가갔다. 설성은 이미 피투성이가 되어 옷자락까지 붉게 물든 채 씩씩대고 있었다. 주먹질을 하던 하인들이 잠시 멈칫했다. 위엄의 목소리가 물었다.

ー왜 맞고 있느냐? 무슨 잘못을 했느냐?

ー네가 무슨 상관이야?

악에 받친 설성은 누구의 도움도 필요하지 않아, 하는 독기 품은 표정으로 공자에게 쏘아댔다.

ー피를 많이 흘렸다. 이대로 더 맞으면 크게 다친단 말이다.

ー쳇! 너는 언제 봤다고 나에게 반말이냐?

설성의 무엄함에도 불구하고 위엄의 목소리는 측은지심이 가득한 눈길로 설성을 바라보았다. 그때 하인 중 한 사람이 끼어들었다.

ー이놈이 우리 어르신 땅에 들어와 자기 맘대로 삽질을 하고 있었단 말이오.

위엄의 목소리가 다시 설성에게 물었다.

– 왜 남의 땅에 삽질을 하였느냐?

– 울 엄니 송장 좀 묻으려 했다. 왜 잘못됐냐?

– 어머니가 돌아가셨느냐? 그런데 어머니를 왜 남의 땅에 묻으려 했느냐?

– 그걸 몰라서 묻냐? 내 땅이 없으니 그렇지! 쳇!

순간 공자의 까만 눈이 설성을 측은하게 바라보더니 이내 고개를 돌려 6두품 사내를 향했다.

– 땅을 이 소년에게 주시오!

– 아니, 이 공자가 미쳤나? 네가 뭔데 이래라저래라야?

분위기가 험상궂어지자 마상에 앉아 있던 키다리 공자가 재빨리 말에서 뛰어내리더니 6두품 사내를 가로막고 서며 말했다.

– 물러서라!

– 이건 또 뭐야?

6두품 사내가 어린 것들 하는 꼴이 기가 찬다는 듯이 언성을 높이자, 까만 눈 공자가 키다리 공자 뒤에 서서 6두품 사내를 향해 제안했다.

– 이 땅을 내가 사겠다.

– 뭐, 뭐라고?

– 이거면 되겠느냐?

까만 눈 공자의 옷깃 속에서 나온 금덩어리가 6두품 사내의 눈앞에서 휘황찬란하게 빛났다.

–아, 아니. 이건! 허허. 참, 공자님. 이 땅은 대대로 내려오는 집안 땅이라 특별한 의미가 있습지요. 값으로 계산할 수가 없는 그런 거 말입니다. 흠흠!

–그럼 하나 더 주면 되겠느냐?

까만 눈 공자의 손바닥 위에 두 개의 금덩어리가 하늘 위의 태양처럼 이글거리며 빛났다. 6두품 사내가 냉큼 까만 눈 공자의 손으로 달려들어 금을 낚아채려 하자 키다리 공자가 재빨리 저지했다.

–다가오지 마라! 내가 건네주겠다.

키다리 공자는 긴 옷자락 아래 감춘 칼자루를 쥐고 있던 손을 꺼내어 까만 눈 공자의 금을 6두품 사내에게 건넸다.

–이걸로 이 땅은 내 것이 되었으니, 저 아이가 삽질을 하든 말든 관여하지 마라. 알겠느냐?

–그러믄요, 공자님. 이 땅은 이제 공자님 것이옵니다.

6두품 사내는 까만 눈 공자의 맘이 변하기 전에 얼른 자리를 떠야 한다는 듯이 하인들을 데리고 황급히 집 안으로 들어가 버렸다. 피투성이가 된 설성과 까만 눈 공자, 그리고 까만 눈 공자의 곁에 껌딱지처럼 붙어 있는 키가 훤칠한 키다리 공자만이 그 자리에 남았다. 설성이 어리둥절한 표정으로 두 공자를 바라보는데, 까만 눈 공자가 설성에게 다가가 터진 입술의 상처를 손으로 만져 주며 다정하게 말했다.

　– 이 몸으로는 삽질을 할 수가 없겠다. 우리가 네 어머니를 묻을 땅을 대신 파 주겠다.

　그러자 키다리 공자가 화들짝 놀라 까만 눈 공자에게 다가가 살짝 목례를 하듯 고개를 숙이며 간했다.

　– 직접 하시면 안 됩니다.

　– 아니다. 백성의 일이다. 내가 해 주지 않으면 누가 하겠느냐?

　– 정히 그러시다면 제가 하겠습니다.

　– 같이 하자!

　까만 눈 공자가 시작하자 키다리 공자가 황송해하며 따라나섰고, 이윽고 피투성이가 된 설성 또한 힘을 보탰다. 하늘 한가운데 걸렸던 여름 해가 서쪽으로 조금씩 기울더니 야트막하게 이어지는 서쪽 산자락을 따라 노을이 질 때쯤 세 사람은 삽질을 마칠 수 있었다.

　그게 끝이 아니었다. 세 사람은 야산 밑에 있는 설성의 다 찌그러져 가는 오두막에 가서 시신을 옮겨와 땅속에 안치하고는 다시 흙을 덮느라 한참 땀을 흘렸다. 모든 일을 마친 후에는 다 같이 새로 생긴 무덤 앞에 절하며 제를 올렸다. 절을 하며 무덤 앞에 엎어진 설성의 어깨가 가늘게 떨리더니 이내 들썩였다. 까만 눈 공자가 가까이 다가가 설성의 어깨에 자기 손을 얹자 설성이 피가 말라 붙은 얼굴을 눈물로 적신 채 돌아보았다.

　– 다른 가족은 없느냐?

-없다.

-어머니는 언제 돌아가셨느냐?

-며칠 전 폭우가 쏟아지던 날에.

-네 어머니도 그날 돌아가셨느냐?

-너도 엄니가 죽었냐?

-그래. 너는 임종을 지켜 드렸느냐?

-물론이다.

-부럽구나. 나는 그러지 못했다.

-아들이 임종도 못 지키고 뭐 했냐?

-내가 죄인이다… 키워 준 은혜도 못 갚고…….

이번에는 까만 눈 공자의 어깨가 가늘게 떨렸고, 슬그머니 자리에서 일어서더니 먼 산만 바라보는 키다리 공자의 눈가에는 그리움과 슬픔 같은 것이 어리기도 했다.

-몇 살이냐?

-열다섯이다. 넌 몇 살이냐?

-나도 열다섯이다. 네 이름은 무엇이냐?

-이름?

설성은 잠시 가슴이 먹먹해졌다. 누군가 자기 이름을 물어봐 준 것은 태어나서 처음이었기 때문이다. 하도 오랫동안 불러 주는 사람이 없다 보니 자기 이름이 무엇인지조차 가물가물해 진 설성이었다. 설성은 언제나 '야'로 불렸고, 이름 따위는 없는 존재마냥 '야'에서 '너'로, 이 자식에서 저 자식으로 물건이나 짐승처럼 불릴 뿐이었다. 그래서 그는 자기 이름을 묻는 까만 눈 공자의 까만 눈을 어둠 속에서 빤히 쳐다보았다. 달빛을 받은 까만 눈은 마치 순한 사슴처럼 착한 빛을 띠고 있었는데, 어찌 보면 신탁을 받은 사람처럼 형형하고 예지력이 번뜩이는 것 같기도 했다. 설성은 그 까만 눈에게 대답했다.

─ 성이라 한다. 설성.

─ 설성이구나. 습비부에는 설씨가 많이 있지. 아버지 성이냐?

─ 엄니 성이다. 아버진 모른다.

─ 그렇구나. 나 역시 어릴 때 아버지가 돌아가셔서 아버지에 대한 기억이 별로 없다.

─ 누가 이름을 먼저 물어 준 것은 처음이다.

그 말에 까만 눈 공자가 함박웃음을 지었다.

─ 처음이냐? 그럼 내 자꾸 불러 주마. 설성. 성이. 성아! 성!

달빛처럼 훤하게 빛나는 까만 눈 공자의 반듯한 이마를 쳐다보며 설성이 피딱지가 진 입술로 히죽 웃었다. 그러고는 까만 눈 공자의 팔뚝을 툭 치면서 물었다.

─ 야! 그러는 넌 이름이 뭐냐?

설성이 까만 눈 공자의 이름을 묻자 무심한 듯 서서 먼 산만 바라보던 키다리 공자가 화급히 뒤를 돌아보며 끼어들었다.

─ 함부로 묻지 마라.

설성은 이 자식 왜 이러지, 하는 표정으로 키다리 공자를 쳐다보았고, 까만 눈 공자는 빙그레 웃으며 설성을 바라보았으며,

키다리 공자는 설성에게 경고를 보낸 후 다시 무표정한 얼굴로 먼 산 하늘만 바라보았다. 이미 깊은 어둠이 습비부 이곳저곳에 가득했고, 하늘엔 별도 총총 떴다. 먹구름이 낀 날들이 지나가면 가렸던 별빛이 마침내 그 빛을 드러내는 모양이었다. 까만 눈 공자가 밤하늘에서 북두칠성을 발견하고는 반가운 듯 중얼거렸다.

－북두구나!

까만 눈 공자가 가리키는 쪽의 밤 하늘가를 설성은 바라보았다. 개양좌가 유난히 밝게 빛났다. 세 사람은 그날 밤 설성의 초라한 오두막 좁아터진 방에서 새우잠을 청했다. 마음이 통通한 세 소년이기에 좁고 퀴퀴한 냄새가 나는 방에서도 서로 몸을 부대끼며 단잠을 잘 수 있었다.

날이 샐 무렵 설성은 깊은 잠결에 바스락거리는 인기척을 느꼈다. 눈을 떠 보지는 않았지만 두 공자가 살그머니 방을 나가는 것임을 직감할 수 있었다. 문을 닫고 나가는 소리까지 확인한 후 설성은 조용히 일어나 두 사람이 나간 문가를 한참 바라보았다.

－까만 눈 공자, 고맙다! 나를 사람대우해 준 것은 네가 처음이다. 이 은혜는 잊지 않을게!

문밖에서 히이힝, 말 울음소리가 들리는 걸 보니, 두 공자가 말에 올라 떠나는 듯했다. 엄니도 떠나고 까만 눈 공자도 떠난 빈방에 설성은 혼자 남았다.

4

이른 새벽 설성의 집에서 살며시 나온 까만 눈 공자, 그의 성은 김金, 이름은 삼맥종彡麥宗. 바로 신국 24대 제인 진흥대제이다. 그의 어머니인 지소태후는 법흥대제의 딸로서 법흥대제의 동생인 입종 갈문왕, 즉 작은아버지에게 시집을 가서 아들 삼맥종을 낳았다. 말하자면 근친혼인 셈이었다. 그러나 성골이라는 거룩한 혈통을 이어 나가는 것을 지상 최대의 과제이자 제국의 미래라고 생각하던 신국에서 근친혼은 흔히 있는 일이었다. 법흥대제는 적자가 없어서 자기 동생과 자기 딸 사이에서 태어난 조카이자 외손주인 삼맥종에게 제위를 물려주었다.

― 폐하, 월성으로 돌아가지 않으실 생각이신지요?

키다리 공자가 까만 눈을 가진 어린 제에게 물었다.

― 싫다. 어마마마의 얼굴을 보는 게 두렵구나.

삼맥종은 지소태후의 얼굴을 보는 게 두려웠다. 아니, 싫었다. 유모인 정화부인의 임종조차 지키지 못하게 한 지소태후의 냉정함에 몸서리가 쳐졌다. 월성 전체에 태후의 차가운 귀기가 휘몰아치고 있는 듯해서 월성으로부터 멀리멀리 달아나고 싶을 뿐이었다.

– 염도야, 여러 마을을 돌아보고 싶다. 함께 가 주겠지?

제의 친근한 목소리에 염도는 물론입니다, 폐하! 하고 짧게 답하며 고개를 숙였다. 어머니는 죽는 순간까지도 삼맥종만을 염려하면서 편히 눈을 감지 못했다. 염도야, 네 동생이다. 이 어미젖을 함께 물고 자란 네 동생이다. 피는 섞이지 않았어도 네 동생이다. 그 말만을 되풀이했다. 그분은 하늘 아래 혼자뿐이란다, 지소태후께도 기댈 수 없는 고독한 황제란다. 밤하늘을 밝히는 북두의 개양좌처럼 이 약소국 계림의 어둠을 밝혀 줄 위대한 제가 될 귀한 분이니 네가 지켜 드려라. 포기해서도 안 되고, 딴마음을 품어서도 안 되고, 오직 충심으로 끝까지 제를 지켜 드려야 한다. 어미의 유언이다!

어린 시절에는 친아들인 자기보다 삼맥종을 더 사랑하는 어머니가 원망스러운 적도 있었다. 투정을 부리기도 했다. 그러나 그럴수록 돌아오는 것은 어머니의 깊은 당부, 제를 지켜 드려야 한다는 골수에 사무치는 당부뿐이었다.

– 염도야, 너는 나의 분신이니 이 어미 자신이나 마찬가지가 아니니? 그러나 대제는 우리가 섬겨야 하는 신, 생신生神이다!

그걸 잊지 말아라.

두 사람은 습비부에서 형산강을 건너 동쪽으로 가서 '양부' 지역에 들렀다가 다시 '한기부'로 들어섰다. 그러나 신분도 잊고 시국도 잊고 자연으로 돌아간 듯 평화로운 한때는 오래가지 않았다. 한기부에 들어설 무렵, 갑자기 어디선가 땅을 뒤흔드는 것 같은 요란스러운 말발굽 소리가 몰려들었기 때문이다. 삼맥종과 염도가 타고 있는 말들도 그 소리를 들었는지 등 근육이 심하게 실룩거렸다.

─ 폐하, 추격이 붙은 모양입니다!

짐작치 못한 일은 아니었지만 평화로운 한때가 결국 끝나가는 것 같아 삼맥종은 아쉽기도 하고 맞닥뜨릴 현실이 못내 부담스럽기도 했다. 염도가 삼맥종과 함께 그 자리를 피하려고 했으나 때는 이미 늦었다. 순식간에 추격자들이 모습을 드러냈다. 검은 경장 차림의 무사들이 바람처럼 날아오더니 삼맥종과 염도를 둘러쌌다.

─ 지소태후의 명을 받자와 배웅을 나왔습니다!

맨 앞에 선 무사가 허리를 굽혀 절을 올린 후 쩌렁쩌렁한 목소리로 외치자 사뭇 위협적이기까지 했다.

─ 가지 않겠다.

─ 거부하시면 강제로라도 모셔 오라는 태후마마의 엄명이 있으셨습니다! 무엄을 용서하시옵소서.

무사들이 제를 둘러싸며 모여들자 염도가 칼을 높이 쳐들며 검은 무사들을 막아섰다.

- 다가오지 마라!

- 염도공은 물러서시오!

- 모시러 온 것이냐, 해하러 온 것이냐?

- 태후마마의 명이 지엄하오!

- 무엄하게 구는 자는 내가 용서치 않겠다!

쳉!

염도는 싸움을 걸어 유인하며 무사들을 삼맥종으로부터 일단 떼어 놓았다. 무사들 중에 단연 돋보이는 이가 있었는데, 한눈에 보기에도 이화랑이라는 것을 알 수 있었다. 이화랑은 화랑도[10]의 부제[11]이자 지소태후의 총아였다. 《화랑세기花郞世記》[12]에 따르면 그는 얼굴이 잘생기고 살결이 마치 옥에서 나온 액을 바른 듯하고, 눈은 활짝 핀 꽃과 같았으며 문장을 잘 지어 지소태후의 극진한 사랑을 받아 항상 곁에서 모셨던 인물이다. 염도 또한 화랑도에 속해 있기에 그를 모르지 않았다. 심지어 그가 그 아름다움과 예술적 재능을 매력으로 삼아 지소태후의 젊은 애인 역할까지 하고 있다는 소문도 들은 바 있었다.

그러나 이화랑과 무예를 일대일로 겨뤄 본 적은 아직 없었다. 염도의 차갑고 묵직한 검에 비해 이화랑의 칼은 봄날의 꽃잎처럼 사뿐사뿐 부드러운 포물선을 자유자재로 그려댔다. 얼핏 보면 춤을 추듯 아련했으나 살짝이라도 그 칼날에 닿는 순간, 꽃잎 속에 감춰진 날카로운 힘이 온몸으로 퍼져 나가게 만드는 무예였다.

염도는 눈을 감고 칼이 일으키는 바람의 결을 느껴 보았다. 꽃잎이 흔들린다면 꽃잎을 흔드는 바람이 있을 터, 그 바람의 흐름을 마음의 눈으로 따라가 보았다. 칼끝이 어디를 향하는지를 간파하기 전에 그 칼을 잡은 이의 마음을 먼저 간파해 보았다. 어디를 노리는가? 그 마음이 읽혀지는 지점으로 염도는 재빨리 검을 들이밀었다. 그러자 이화랑이 뒤로 물러났다. 마치 가벼운 깃털과 같은 몸짓이었는데, 바로 다음 순간 정신을 수습한 이화랑의 검이 염도에게 반격을 해 왔고, 두 사람이 한데 어우러져 한바탕 격전이 이뤄질 판이었다.

─그만! 내가 성으로 돌아가겠다.

삼맥종의 외침이 부딪는 칼날보다 더 날카롭게 창공을 찔렀다. 무사들이 일제히 제을 둘러쌌다.

─호위하겠습니다!

삼맥종에게는 호위가 아니라 포박 같았다. 이화랑이 앞장서 달려 나가자 제를 가운데 둔 사내들이 긴 행렬을 이루며 쏜살같이 대지를 달리기 시작했다.

월성에 당도하자마자 삼맥종은 대전으로 모셔졌다. 긴장의 빛이 역력한 여관들이 달려 나와 제를 모시고 들어가 벗기고, 씻기고, 다시 입혔다. 몸은 그의 몸이나 몸에 대한 권한은 그의 것이 아니었다.

그러는 동안 염도는 지소태후·앞으로 끌려갔다. 염도가 태후의 얼굴을 그렇게 가까이에서 본 것은 처음이었다. 태후는 아직 새파랗게 젊은 여인처럼 기가 펄펄 살아 있었다.

－화랑의 신분을 믿고 경거망동하는 것이냐?

－아닙니다.

염도는 지소태후에게 가벼운 목례를 하고 고개를 들었다. 태후가 그를 노려보며 말했다.

－너는 나를 마주하고도 전혀 두려워하지 않는구나.

－신은 오직 신국의 생신이신 제만을 두려워할 뿐입니다.

－호호, 그렇더냐?

태후는 가소롭다는 듯이 웃다가 이내 매서운 눈초리로 호령했다.

－듣거라. 만약 한 번만 더 폐하의 성심을 어지럽히고 제대로 보필하지 못한다면 네놈이 사지를 쓰지 못하게 될 것이다.

－알겠습니다.

담담하게 대답했으나 염도는 속으로 간담이 서늘해짐을 느꼈다. 지소태후는 차가운 귀기를 내뿜고 있었다. 이것이 제를 낳은 모친에게서 나오는 기란 말이냐. 그 차가운 기는 따뜻한 모성조차 얼어붙게 만들 것만 같았다. 어쩌면 지소태후의 이런 면 때문에 어머니는 죽는 순간까지 그토록 삼맥종을 염려했던 것일까.

그 시간 삼맥종은 대전을 나와 남당을 향하고 있었다. 궁인들이 종종걸음으로 그를 따랐고, 남당에 들어서자 대등과 신료들이 좌우 일렬로 각을 맞춰 서서 제를 기다리고 있었다. 제가 들어서자 모두 일제히 허리를 숙여 인사를 올렸다. 신료들 앞을 지날 때 삼맥종은 애써 당당한 척해 보려 했으나 자꾸 식은땀이 났다. 그들이 자기를 얼마나 한심한 어린애로 볼지 짐작이 되고도 남았다. 잠시 후 지소태후가 들어섰다.

− 태후마마 납시오!

신료들이 일제히 허리를 숙여 예를 올렸다. 태후는 호리호리한 키에 화려한 화장을 뽐내며 들어서 제의 곁에 앉았다. 남당에는 제의 보좌뿐만 아니라 태후의 보좌가 나란히 갖추어져 있었다. 엄숙한 분위기 가운데 어전회의가 시작되자, 이사부가 먼저 한걸음 앞으로 나오며 운을 떼었다.

− 모름지기 국사國史란 것은 군신의 선악을 기록하여 자손만대子孫萬代에 보이는 것이니, 신국의 역사를 사기史記로 엮어 두지 않으면 우리 후손들이 무엇을 보고 알겠습니까? 신국의 국사 편찬을 서둘러야 합니다.

태후가 제에게 고개를 돌리며 말했다.

− 윤허하시지요, 폐하.

제가 고개를 끄덕이며 이사부에게 말했다.

− 윤허하오.

다음은 주령 장군이 나와 발언했다.

− 고구려가 백제의 독산성을 공격했다고 합니다. 백제가 구원병을 요청해 왔습니다. 폐하께서 삼천 명의 군사만 내어 주

시면 제가 나가 백제를 도와 고구려군을 섬멸하겠나이다. 이
주령을 보내 주시옵소서.

태후가 제에게 고개도 돌리지 않은 채 말했다.

– 윤허하시지요, 폐하.

제는 또 고개를 끄덕이며 주령 장군에게 명했다.

– 윤허하오. 곧 출정하도록 하시오.

한동안 비워 두었던 정사라 어전회의는 해 질 녘이 가까워지
도록 계속되었다. 창천에 높이 솟은 해가 서쪽으로 기울어지도
록 긴 시간 동안 삼맥종은 윤허하오, 그 말만 반복했다. 월성은
그에게 마치 감옥과 같았다. 넘어갈 수도 머물 수도 없는 감옥
말이다.

5

어전회의가 늦게까지 이어지는 동안 설성은 월성 이곳저곳을 돌아보았다. 구리지의 하인 하나가 설성을 안내해 주었는데, 그는 구리지를 모시고 늘 월성을 드나들던 자라 성 안을 제집처럼 훤하게 알고 있는 듯했다. 이곳이 대전입니다, 저기가 숙명공주궁이고, 저 멀리 연못 건너편에 보이는 게 태후궁입니다. 간단간단한 설명이 간헐적으로 이어졌다. 그럴 때마다 설성은 눈이 휘둥그레지곤 했다. 마치 쥐구멍에 갇혀 살다가 갑작스레 햇빛이 비쳐 벼락출세를 한 사람처럼 그는 구름을 타고 붕붕 떠다니는 기분이었다. 오랜 도보에 다리가 퍽퍽해질 즈음, 남당 부근에 다다른 하인이 짐짓 엄숙해지는 양 말했다.

─지금은 어전회의 중입니다.

그 말이 떨어지기가 무섭게 남당에서 긴 행렬이 나서는 게 먼발치에서 보였다. 화려한 비단옷에 장식이 주렁주렁 달린 금 허리띠를 차고, 화려한 금관을 쓴 소년이 성큼성큼 걸어 나오 는데, 그 소년 뒤로 수많은 궁인들이 뒤따르고 있었다.

– 저 어린애는 누구요?

– 허헛! 말조심하시오. 황제 폐하시오. 어서 엎드려서 행렬 이 다 지나갈 때까지 꼼짝하지 마시오.

황제 폐하? 저 어린애가? 고개를 숙이느라 제대로 보지 못했 지만 한눈에도 어린애임이 분명했다. 제의 행렬이 다 지나가자 설성은 뻐근해진 허리를 펴면서 어린 황제의 뒷모습을 힐끔 쳐 다보았다. 금빛 귀티가 줄줄 흐르는 뒤태였다.

세상이 참 불공평하기도 하군, 저 어린애나 나나 비슷한 나 이인 것 같은데 누구는 금수저 물고 태어나고 누구는 처음부터 흙수저 물고 태어나 밑바닥 인생으로 살다니. 하긴 이젠 뭐 나 도 살 만하지. 비록 구리지 똥구녕이나 핥아대는 용양신이지만, 비단옷도 입을 수 있게 되었고, 진귀한 가구가 있는 내 방도 생 겼고, 성골 나리들만 산다는 월성 구경도 한 데다 구리지가 어 전회의에 다녀와서 태후마마에게 인사도 시켜 준다고 하니, 이 만하면 출세한 거지! 역시 사람은 좀 반반하게 생기고 볼 일이 다. 설성은 신국 최고의 금수저인 제가 새파란 애송이인 것을 보고 속이 뒤틀릴 뻔했다가 이내 다시 좋은 기분을 되찾았다.

어전회의를 마치고 나온 구리지는 약속대로 설성을 지소태 후궁으로 데리고 가 주었다. 태후는 어전회의에서 중요한 결정이 윤허되는 것을 확인한 후 태후궁으로 돌아와 한숨 돌리고 있는 즈음이었다. 유모의 죽음에 절망한 나머지 궁을 빠져 나간 어린 황제의 유약한 성정이 아무리 생각해도 못마땅하고 미덥지 못한 태후는 어두운 표정으로 앉아 있다가 구리지를 따라 들어오는 설성을 보자 흥미롭다는 듯 눈썹을 치켜 올리며 구리지에게 물었다.

　―이 고운 아이는 누군가?

　―습비부에서 올라온 아이인데, 이번에 저의 용양신으로 삼았습니다.

　음흉스럽게 웃는 구리지, 그는 결코 서라벌에서 작은 인물이 아니었다. 《화랑세기》에 의하면 구리지는 법흥대제의 황후와 비량공이라는 인물 사이에 난 인물이었다. 말하자면 황후가 황제 외의 다른 남자와 사통하여 아이까지 낳은 것인데 정작 법흥대제는 황후와 정을 통한 비량공을 총애한 나머지 부정을 눈감아 주었다. 어쨌거나 성골 황후의 피가 섞인 구리지는 거미줄처럼 얽히고설켜 있는 부계 모계의 혈통에 따라 사회적 신분이 정해지던 신라 사회에서는 나름대로 혈통을 잘 타고난 셈이었다.

　―오호. 미색이 소년 시절의 이화랑에 견줄 만하구나. 이화랑이 한 떨기 눈꽃이라면 이 아이는 마치 하얀 암고양이 같구나.

　지소태후는 설성의 눈, 코, 입, 목선 하나하나를 살펴보느라 바쁘게 눈을 움직였다. 천하에 두 번째로 건방지다면 서러울 설성도 지소태후 앞에 앉아 있자니 다소 긴장이 되었다. 태후의 치켜 올라간 눈썹과 범상치 않은 기운이 왠지 사람의 마음을 주눅 들게 만들고, 그나마 아는 것조차 까먹어 버리고 헛말을 하게 될 것만 같아 불안해졌다.

ㅡ 네 재주가 무엇이냐?

태후의 물음에 설성은 구리지를 힐끔 돌아보며, 어떻게 답하면 되겠소? 하고 묻는 표정을 지었다. 구리지는 바보같이 굴지 말고 냉큼 고해 올리라는 눈짓을 보내 왔다. 설성은 지소태후 앞에 고개를 조아리는 시늉을 하며 무엇을 말할까 잠시 고민하다가 그저 있는 그대로 드러내는 게 좋다고 결론지었다.

ㅡ 저는 짐승을 잘 잡습니다.

ㅡ 사냥 말이냐?

ㅡ 사냥이랄 것까지는 없습니다만. 소인 어릴 때부터 먹을 게 없어서 산으로 들로 다니며 이것저것을 잡아먹었습니다. 사냥이 아니라 살아남기 위해 무언가를 잡아야 했습죠. 그러다 보니 몸이 빨라지고, 산을 잘 타고, 또 활을 잘 쏘게 되었습니다.

ㅡ 활쏘기는 누구에게 배웠느냐?

ㅡ 습비부에 유명한 무사가 하나 있습니다. 활을 잘 쏘아서 고을 사람 누구나가 다 알 정도로 명성이 자자했지요. 다만 신분이 미천하여 출사를 하지 못하였고, 또 얼굴이 박색이라 낭도 자리조차 엄두도 못 내었습니다. 그런데 그 활쏘기만큼은

신국 최고라고들 했습죠.

　- 아까운 재주구나.

　설성은 속으로 피식 웃었다. 뭐 새삼스러운 이야기라고 아깝긴. 무예가 뛰어나도 혈통이 따라 주지 않아서 빛을 못 보는 사람이 신국에 어디 한둘이겠는가. 얼굴이라도 반반하면 나처럼 누구 똥구멍에라도 빌붙어 살거나 귀하신 신분의 여인네라도 구워삶아 일신의 영달을 도모해 볼 수 있겠지만. 부모 백도 없고 외모도 안 따라 주면 참 답이 없는 세상이지 안 그렇소, 태후 마마?

　이때 구리지가 끼어들었다.

　- 마마, 이 아이를 낭문에 넣어 주려고 합니다. 힘 좀 써 주십시오.

　- 낭문에? 그래. 이리 미색이 고우면 낭도가 되고도 남지. 내가 모랑 풍월주[13]에게 서신을 써 주마. 모랑에게 당부해서 적당한 화랑 밑으로 넣어 주도록 하겠네.

　당시 화랑은 대개 귀족의 자제만 될 수 있었지만 간혹 평인의 자제라도 용모가 준수하면 낭도가 될 수 있었다. 또한 귀족의 자제도 낭도부터 시작하는 경우가 있었는데, 그 낭도에서 시작한 진골 귀족의 경우에는 낭도에서 화랑으로 올라가고 더 나아가 화랑의 우두머리인 풍월주의 자리까지 이를 수도 있었던 데 비해, 평인으로서 낭도가 된 자는 화랑으로 올라갈 수 없었다. 혈통과 신분이 미천한 설성도 자신이 화랑까지 올라갈 수 없다는 것을 잘 알고 있었지만, 낭도가 되어 화랑들이 있는 선문에 들어가게 되는 것만으로도 큰 출세라 여겨졌다.

－감사합니다, 마마. 이 아이를 잘 키우면 요긴하게 쓰일 때가 있을 겁니다.

－그래야지. 어쨌거나 우리 화랑들이 낭도 수를 늘릴 수 있도록 신경을 많이 써야 하네. 따르는 무리가 없으면 화랑은 아무것도 아니야.

－네네, 알겠습니다.

태후가 말한 '우리 화랑들'이란 모든 화랑을 말하는 것이 아니라 태후에게 줄을 선, 즉 태후가 심어 놓거나 태후에게 충성을 맹세하는 화랑들을 말하는 것이었다. 당시 화랑도는 실질적으로 태후의 영향권 아래에 있었다.

그런데 자신만만한 태후 마음이 불현듯 심란해졌다. 아침나절에 만난 염도가 자꾸 떠오르는 것이었다. 얼마 전 죽은 삼맥종의 유모였던 정화부인의 외아들, 어릴 때부터 삼맥종과 한 젖을 물고 자란 불알친구이자 젖형제인 염도. 아직은 열다섯 살에 불과하지만 오직 신국의 제만을 두려워할 뿐이라며, 그러니까 태후를 두려워하지 않는다는 뜻을 태후 앞에서 의연하게 밝힐 수 있는 화랑이었다.

그런 이들은 두려움을 모르기 때문에 다루기가 더 어렵다. 두려움을 아는 자는 힘으로 제압하여 마음을 약하게 한 후 다시 재물을 내려 그 마음을 위로함으로써 자기 사람으로 삼으면 될 일이다. 그게 바로 지소태후가 숱하게 써먹는 방법이었다. 그러나 그런 원초적인 방법이 염도에게는 통할 것 같지 않았다. 염도는 두려움을 모르기에 협박할 수 없고 또 회유할 수도 없는 인물이었다.

그런 인물 주위로 낭도가 모이기 전에 위험의 싹을 자르는 게 좋을 텐데! 지소태후는 마음 한구석에 희미한 그림자가 드리워지는 것을 느끼면서도, 그럴수록 설성과 같이 새로운 자기 아이들을 화랑도에 최대한 많이 넣어야 한다는 생각에 바로 붓을 들고 모랑에게 보낼 서신을 썼다. 그때였다. 밖에서 여관이 아뢰는 소리가 들렸다.

— 상대등 이사부 어르신 납시었습니다.

설성은 이사부가 왔다고 아뢰는 소리에 구리지가 벌떡 일어나 예를 갖추는 것을 보고 자기도 엉거주춤 따라 일어섰다. 더욱이 놀란 것은 지소태후가 이사부가 왔다는 말에 벌떡 일어나 마치 상전을 대하듯 예를 갖추는 모습이었다. 설성은 눈을 내리까는 척하다가 은근슬쩍 이사부를 훔쳐보았다. 떡 벌어진 어깨에 마치 바위를 깎아 만든 것처럼 한눈에도 다부진 근육과 풍채가 느껴졌다. 거기에다가 굵고 숱이 많은 눈썹과 강직한 눈매가 위엄에 넘쳤다. 이사부는 구리지와 설성처럼 지소태후의 맞은편 신하의 자리에 앉지 않고 지소태후와 나란히 앉았는데, 지소태후는 전혀 이상스럽게 여기지 않고 심지어 어린 소녀처럼 이사부에게 교태를 부리듯 눈짓을 주고받고 목소리 또한 다소곳하게 바꾸어 대하는 듯했다.

태후가 서신을 건네자 구리지는 지체하지 않고 그것을 옷자락 깊숙한 곳에 고이 넣고는 자리에서 바로 일어섰다. 태후궁을 나오면서 설성은 구리지 곁에 딱 붙어서 이런저런 이야기를 주고받았다.

ー 이사부가 누구요? 태후가 꼼짝을 못하네.

ー 함부로 입을 놀리지 마라.

ー 쳇.

ー 이사부는 이 나라 최고의 재상이자 태후마마의 사신이기도 하지. 또 지소태후가 낳은 세종왕자와 숙명공주의 생부이기도 하고.

그러니까 세종왕자와 숙명공주는 삼맥종과 동복同腹, 즉 어머니가 같고 아버지가 다른 형제들이었다. 지소태후는 첫 번째 남편인 입종 갈문왕 사이에서 삼맥종을 낳았고, 입종 갈문왕이 죽자 두 번째 남편과 결혼을 했는데, 이미 오래전부터 이사부를 사신으로 삼아 온 터였다. 이사부와의 사이에서 자손을 둘이나 두었기에 지소태후는 지아비에 대한 예로서 이사부를 대했다.

ー 이사부는 태후의 애인이자 상대등이다. 계림의 모든 신권을 그가 다 쥐고 있는 셈이지. 제는 어린애에 불과하고, 태후가 섭정攝政을 하는데 그 태후를 뒤에서 움직이는 이는 이사부니. 실권은 이사부에게 있고 그가 정사를 주무르고 있는 셈이다.

출세를 하려면 이사부에게 잘 보여야 하는 게야.

설성은 또다시 피식 속으로 웃었다. 높은 귀족들이 사는 도읍 서라벌에 오니 웃기는 일이 더 많은 것 같았다. 제는 허수아비고, 태후는 애인과 같이 붙어 나라를 주물럭거리고 있다? 어미가 애인과 붙어 자식하고 권력 다툼이나 하고, 이거 콩가루도 이런 콩가루가 없네. 우리 엄니는 다 죽어갈 때까지 자식 걱정만 했는데.

엄니 생각이 나자 설성은 일부러 보폭을 크게 해서 힘 있게 걸었다. 성 밖으로 나오자 구리지가 가마 안으로 설성을 불러들였다. 설성이 가마 안으로 들어가자, 구리지는 오래 참았다는 듯이 설성의 머리채를 잡아채며 자기의 입술로 설성의 목을 더듬었다. 설성은 갑작스럽게 몸을 탐하는 구리지를 귀찮다는 듯이 밀어냈다.

—어르신, 내 오늘은 서라벌 구경이나 하고 늦게 들어갈 참이오!

엉겁결에 뒤로 밀린 구리지는 설성을 노려보며 말했다.

—앞으로는 좀 나긋나긋해져야 할 것이다. 계속 그런 식으로는 곤란해. 교태를 배우거라.

도발은 처음에나 매력이 있는 법이지. 하지만 도발적인 야생마를 순하게 길들여 가는 재미도 나쁘진 않아. 구리지는 설성을 가마에서 내려 주고는 가마꾼에게 소리쳤다.

—금진에게로 간다!

– 옛!

금진은 구리지의 부인이었다. 한동안 설성과 많은 시간을 보낸 구리지가 오늘은 금진에게 가 봐야겠다는 거였다. 가마꾼이 속도를 내기 시작하는 것을 설성은 뒤에서 쳐다보았다. 구리지에게 경고를 받은 기분이어서 조금 의기소침해졌다. 불현듯 구리지의 총애를 잃고 예전의 밑바닥 생활로 돌아가게 되면 어쩌나 염려가 되었다.

아니다, 그럴 리가 없지. 구리지의 몸과 마음을 다 휘어잡아 주리라. 손아귀에 쥐고 데리고 놀아 주리라. 설성에게는 열다섯 새파란 젊음과 누구나 한번 보면 눈이 휘둥그렇게 커질 정도로 빛나는 미색이 있었다. 구리지 그 중닭 아저씨쯤이야 녹여 줄 자신이 있었다.

오랜만에 자유의 몸이 되어 돌아보는 대도시의 저녁 풍경은 이국적이었다. 습비부에서 열다섯 평생을 살아온 설성에게 서라벌은 별천지 그 자체였다. 여기저기서 화려하게 지은 금입택도 눈에 띄고, 지나가는 여인들의 세련된 옷차림도 습비부 그 촌구석이랑은 차원이 달랐다. 해거름 때라 찬란한 햇살은 이미 잦아들었지만 지나가는 여인들의 뽀얗게 빛나는 피부가 아직은 똑똑하게 보였다. 또 여인들의 입에서 새어 나오는 서라벌 억양은 세련되고 도도해서 촌스러운 습비부 말에서 느껴본 적이 없는 매력이 물씬 풍겼다. 설성은 그런 도시녀들의 뒤태를 훔쳐보거나 몇 걸음쯤은 눈치 못 채게 따라붙어도 보면서 장난질을 쳤다.

화려한 도시가 그의 목전에 펼쳐지고 있었다. 이 별천지에서 구리지 백으로 호화로움을 누리면서 낭도로 살아갈 것을 생각하니 콧노래가 절로 나왔다. 낭도는 화랑만은 훨씬 못하지만 낭도로라도 화랑도의 일원이 된다는 것은 의미가 컸다. 생각도 못해 본 새로운 기회와 편안한 생활이 저 앞에서 자기를 기다리는 것이 설성의 눈에 보였다. 휘이익! 휘파람을 불었다. 그리고 타락 천사라도 된 양 서라벌을 배회하며 대도시가 풍기는 이지적이면서도 차가운 회색 감성과 도발적 매력을 맘껏 들이마시며 탐닉했다.

6

풍월주 집무실. 모랑이 풍월주 의자에 앉아 앞에 선 새파랗게 어린 애송이를 빤히 쳐다보았다. 설성이었다.

- 네가 태후께서 말씀하시는 설성이냐?

- 네.

- 이화랑을 아느냐?

- 모르오.

- 말투를 바꿔라! 나는 풍월주다. 상관에 대한 예를 갖추란 말이닷!

모랑이 벌떡 일어서더니 설성의 정강이를 걷어찼다. 집무실에 쩌렁쩌렁 울리는 풍월주의 고함 소리에 정신이 번쩍 들었다.

- 옙! 알겠습니닷! 시정하겠습니다!

화랑도는 만만한 곳이 아니라는 말은 귀에 못이 박히도록 들었던 터였다. 비록 미소년들의 공동체인 데다 정규군도 아니어서 병부에 속하지는 않았지만 그 어떤 조직보다도 엄격한 곳이 바로 화랑도였다.

– 다시 묻겠다. 이화랑을 아느냐?

– 모릅니닷!

모랑은 설성의 미색을 보며 이화랑과 닮았다는 생각이 들어서 혹시 지소태후가 총애한 이화랑과 혈연관계가 있어 낭도에 넣어 주라고 당부하는지도 모른다고 잠시 짐작했었다. 이화랑을 모른다는 답을 들었음에도 모랑은 이화랑과 설성을 한데 묶어서 생각하게 되었다.

당시 선문에는 7명의 화랑이 있었다. 풍월주 모랑, 부제 이화랑, 락락, 무뢰, 염도, 보종, 군관이 그들이었다. 이 중에서 염도, 보종, 군관은 화랑 중에서도 어린 축에 들었는데, 특히 군관은 막내로 열네 살에 불과했다. 락락, 무뢰는 약관의 나이인 스무 살이었고, 모랑과 이화랑을 보필하며 화랑도의 실질적인 허리 역할을 하고 있었다. 모랑과 이화랑은 러닝메이트가 되어 화랑을 이끌어 가는 일인자이자 이인자인 풍월주와 부제였다. 풍월주와 부제의 관계는 단순히 일인자, 이인자의 상하 관계가 아니라 더욱 끈끈한 상생과 동맹의 관계였고 때로는 혈맹이 될 수도 있는 친밀한 관계였다. 모랑 역시 선대 풍월주를 섬길 때 충성을 바쳤고, 풍월주의 자리에 오른 후에는 이화랑을 부제로 삼아 충성을 받고 있었다.

─가서 부제 이화랑을 데리고 와라.

모랑이 곁에 서 있는 낭도에게 지시하자 낭도가 집무실을 나갔다가 잠시 후 이화랑과 함께 들어왔다. 설성은 그 낭도의 행동을 잘 살펴보며, 나는 저 어리숙한 낭도보다는 몇 갑절 잘할 자신이 있다며 스스로 흡족해했다.

─이화랑.

─예, 풍월주님.

─새로 들어온 낭도다.

모랑은 이화랑에게 설성을 소개했다. 설성은 이화랑 쪽으로 허리를 확 틀어서 깍듯하게 절하며, 설성이라고 합니다! 하고 큰 소리로 외쳤다. 이화랑. 스물여섯 살. 지소태후의 총애를 받아 화랑이 되었고, 태후의 자녀들인 숙명공주, 세종왕자 등의 글공부 선생 노릇을 해 주며 황실 사람들과 친분이 두터워진 인물이었다. 눈처럼 하얀 얼굴에 붉은 입술이 눈밭의 붉은 매화처럼 아름다운 남자였다. 깊은 눈매는 여름날 녹음이 드리워진 은밀한 그늘처럼 푸르스름했고, 기다란 속눈썹이 그의 눈매를 더욱 그으한 향기가 감돌게 만들었다.

─이화랑, 자네가 이 아이를 맡아 주게.

─예!

모랑은 설성을 이화랑의 낭도로 배속시켰다. 이화랑은 신국이 다 아는 지소태후의 사람이었기에 태후가 특별히 부탁하는 설성을 잘 관리해 줄 것이라 생각했기 때문이다. 물론 화랑도에서 지소태후의 사람이 아닌 자들은 별로 없었다. 모랑 역시 태후의 총애를 받은 선대 풍월주인 미진부의 마음에 들어 부제가 되었을 때부터 풍월주로 활동하는 지금까지 태후에게 충성을 바치고 있었다. 락락, 무뢰 두 사람도 그 가문을 따져 보면 지소태후의 혈통과 가까웠다. 태후는 작은 혈연의 고리 하나까지도 놓치지 않고 살뜰하게 챙김으로써 아랫사람들의 마음을 샀다.

이화랑은 갑작스럽게 새로 들어온 설성이라는 낭도를 머리 끝에서부터 발끝까지 살펴보았다. 태후의 총애인지, 또 다른 누구의 청탁인지 이화랑으로서는 알지 못했지만 과연 아름다운 미소년이라는 사실만은 부정할 수 없었다. 요새 들어 태후가 이화랑을 찾는 일이 뜸해진 것이 어쩌면 이 자식 때문이 아닌가 하는 추측도 들어 그다지 유쾌한 기분이 아니었다. 이런저런 복잡한 생각에 빠져들려 할 때 모랑이 큰 소리로 말했다.

─자자, 낭도 배속은 이쯤으로 하고 오늘밤은 주연을 벌일 것이다!

선문에 어둠이 깃들자 주연을 준비하는 손길들이 바삐 오갔고 예쁘게 치장하는 유화[14]들도 바빠졌다. 횃불이 여기저기 밝혀지고 음식 냄새가 선문을 가득 메울 때쯤 밤하늘 아래 화랑과 낭도들이 한자리에 모였다. 풍월주 모랑이 주연의 의미를 밝히며 먼저 술잔을 들었다.

－태후께서 화랑도를 사랑하시어 오늘밤 주연을 허락해 주셨다. 주연을 베풀어 주신 태후마마를 위해 먼저 인사를 올린다!

화랑과 낭도들은 월성 쪽을 향해 술잔을 쳐들며 외쳤다.

－태후마마께 감사, 태후마마께 번영 있기를!

설성도 어색한 대로 그들이 하는 모습을 그대로 따라했다. 지소태후에게 감사를 올린 다음 모랑은 화랑의 구호를 외쳤다.

－화랑도는 하나! 우리는 신국을 위해 살고 신국을 위해 죽는다!

화랑과 낭도들은 뇌리에 각인된 그 구호를 따라 외쳤다.

－화랑도는 하나! 우리는 신국을 위해 살고 신국을 위해 죽는다!

밤하늘에 울리는 그 외침에는 아직 변성도 되지 않은 미소년들의 까랑까랑한 목소리도 섞여 있었다. 술자리가 무르익어 가자 하늘하늘한 옷감을 삼삼한 몸에 두른 유화들이 끼어들었다. 누가 먼저랄 것도 없이 유화들은 화랑들의 술 시중을 들면서 교태를 부렸다. 물론 낭도들은 언제나 화랑들 뒤로 우선순위에서 밀렸지만 유화들은 많았고, 화랑의 수는 얼마 되지 않았으니 다행이라면 다행이었다. 한 유화가 술기운이 오른 눈매로 설성에게 다가와서 술잔에 술을 채우며 교태롭게 앵앵거렸다.

이런 게 교태인가? 설성은 구리지의 말이 생각나 여자를 유심히 관찰했는데 유화는 그런 설성의 눈길이 탐심인 줄 착각하며 더욱 설성의 가슴팍으로 파고들었다.

－우리 풋풋한 낭도님, 처음 뵙는 얼굴이시와요.

－오늘 들어왔소.

－어머! 진짜요? 아름다운 얼굴이 소년 시절의 이화랑을 뵙는 것 같사옵니다.

유화의 말에 코맹맹이 소리가 섞인 것을 눈치챈 설성은 기가 찼다. 설마 구리지 그놈, 내가 코맹맹이 소리를 내 주기를 바라는 건 아니겠지? 설성은 유화를 관찰하며 어떤 교태를 배우면 구리지의 마음을 더 휘어잡을 수 있을지 곰곰이 생각해 보았다. 그런데 문득 유화가 섬섬옥수처럼 가녀린 두 손을 들어 설성의 두 볼을 잡자, 그는 무안해하며 자신도 모르게 얼굴을 뒤로 뺐다.

－이, 이러지 마시오!

－어머, 호호호! 수줍어하시기는. 편한 누나라고 생각하세요!

여자를 한 번도 안아 본 적이 없는 설성이었다. 곱게 생긴 미색 탓에 불가항력적으로 동네의 힘 있는 놈들에게 농락을 당하기는 몇 번 있었지만 정작 부드러운 여인의 향긋한 살냄새는 맡아 본 적이 없던 터라 유화가 몸을 밀착해 오자 수줍어진 것이다. 그럴수록 유화는 설성이 귀엽다는 듯이 깔깔거렸다.

앉아 있기가 불편해진 설성은 슬그머니 술자리에서 빠져나와 숲길로 접어들었다. 숲길에는 횃불이 없었지만 밝은 달이 숲 구석구석을 은은하게 비추어 주었다. 한참을 걸어 들어가자 키가 큰 화랑이 장승처럼 서 있는 게 눈에 띄었다. 다시 되돌아 나가기도 어색해서 그는 좁은 숲길을 계속 걸어 들어가며 일부러 인기척을 내었다. 인기척에 고개를 든 얼굴은 왠지 설성에게 낯이 익은 듯했다. 누구였더라? 설성이 잠시 생각하며 다가가서 보니 습비부 시절에 만났던 키다리 공자였다.

　－아니, 이게 누구야? 너는 같이 삽질해 준 그 공자?

　설성은 두리번거리며 나머지 한 사람을 찾는 시늉을 하며 다시 말을 이었다.

　－저번에 같이 있던 까만 눈 공자는 어딨냐?

　염도는 그제야 낭도복을 입고 앞에 선 녀석이 습비부에서 만난 이라는 것을 알아보고는 냉담한 표정으로 선을 그었다. 설성은 아랑곳도 하지 않고 물었다.

　－혹시 그때 그 까만 눈 공자도 화랑인가? 그래? 그러면 만날 수 있겠네?

　염도가 검을 빼지 않고 칼집 채로 들어 설성에게 들이대며 호통을 쳤다.

　－함부로 입을 놀렸다가는 목숨을 부지하기 힘들 것이다. 그때 일은 두 번 다시 입에 담지 마라. 알겠느냐?

　－아니, 갑자기 왜 이래?

　염도가 검을 쥔 손에 힘을 더 주자 칼집 끝이 설성의 가슴팍을 깊이 파고들었다. 설성은 객객거리면서도 오기가 나서 몸을 뒤로 빼지 않고 뻣뻣하게 섰다.

－알았어, 알았다고. 나 참, 미친 거 아냐? 갑자기 흥분해서
는.

－서라벌에서 살아남고 싶으면 주둥이를 함부로 놀리지 마
라! 말을 조심해! 한낱 낭도 주제에 기어오르지 마라!

설성은 가슴팍을 칼집 끝으로 눌린 채 염도를 노려보았다.
그래도 제법 사람 냄새 나는 놈인 줄 알았는데, 신분을 들먹이
며 위아래 서열이나 따지다니. 혹시나 했더니 역시나였다. 세
상에 좋은 사람이 있을지도 모른다고 믿고 싶은 마음이 자기도
모르게 스멀스멀 올라왔다가 결국 실망하고 만 것이다. 또 사
람을 믿으려 하다니, 세상에 사람 냄새 나는 놈이 있을 리가 없
지. 설성은 가슴이 서늘해졌다. 독해지려 할수록, 막 살려고 할
수록 이상하게도 외로움이 더 깊어졌다. 그러나 그 외로움을
외면해 버릴 정도로 설성의 가슴은 점점 더 차갑게 굳어 가고
만 있을 뿐이었다.

염도는 조소가 가득 찬 얼굴로 자기를 노려보다가 휙 치면서
지나가는 설성의 뒷모습을 주시했다. 또 한 명의 태후 사람이
화랑도에 들어온 것이다. 그것도 습비부에서 황제를 만난 적이
있는 하필 저런 녀석이. 저놈이 삽질을 같이 한 이가 폐하라는
것을 알게 되어서 입을 놀리기라도 하면, 제의 입지가 더욱 좁
아질 것이 염려되었다.

－화랑은 황제를 위해 존재한다. 태후가 아니라 제를 위해.

염도는 혼잣말로 차갑게 읊조려 보았다. 화랑도가 점점 태후의 사병으로 전락하는 것 같아 불안했다. 문득 한줄기 바람이 불어오자 숲길에 드리워진 잎새에 바람이 일었다. 푸른 솔향이 염도의 코끝을 지르자, 어둠 속을 응시하는 염도의 눈에 힘이 들어갔다. 진정한 화랑은 오직 황제를 위한 것 신국을 위한 것! 그것을 잊지 마시오, 태후!

제 2 장 ── 손 끝 어 살 결 고 와 라

1

찰나刹那의 시간. 한 사람을 사랑하는 데에는 그리 오랜 시간이 걸리지 않는다. 찰나로 충분하다. 바람이 스쳐 지나가듯 짧은 순간에, 영원에 잇대어질 만큼 오래도록 지워질 수 없는 그런 인연이 시작되기도 한다. 열여섯 살이 된 삼맥종에게도 그런 순간이 다가오고 있었다.

─폐하, 천경림에서 이상한 소리를 들으셨다고요?

제가 고개를 끄덕였다.

─그래. 오늘 어마마마와 흥륜사 공사 현장을 돌아볼 때 분명히 이상한 소리를 들었다. 직접 가서 확인을 해 봐야겠다.

─누가 또 그 소리를 들었습니까?

─글쎄, 아무 말도 나오지 않은 걸 보면 다른 사람은 못 들은 듯하다. 어마마마도 못 들으셨다 하고. 하지만 어렴풋이 숲 속

에서 들리는 그 소리를 나는 분명히 들었다.

천경림天鏡林[15]은 신성한 곳이었다. 월성에서 남천을 따라 동쪽으로 가다 보면 만나게 되는데, 햇살도 삼키고 바람도 재울 듯 고요하고 깊은 이 숲을 계림 사람들은 천신天神의 기운이 서린 곳이라 여겼다. 그렇기에 선대 법흥대제 때 이차돈이 천경림의 나무를 베어 흥륜사를 중창하려 하자 귀족들이 거세게 반대하고 나선 것이 아닌가. 천경림의 나무만 베지 않았던들 이차돈은 죽음을 강요당하지 않았을 것이다. 이차돈의 순교 덕분에 불교가 공인되어 흥륜사 중창 공사는 이어졌지만, 천경림은 여전히 그 신성함을 잃지 않고 있었다. 그런데 그곳에서 정체를 알 수 없는 소리가 들리다니 삼맥종은 예사롭지 않았다. 천신이 누군가를 부르고 있는 게 아닌가!

그날 낮에 태후와 함께 공사 현장을 돌아볼 때였다.

─이제 완공일이 얼마 남지 않았소. 마지막 사력을 다해 주시오.

지소태후는 바닥에 납작 엎드려 절을 하는 백제 석공 아비도에게 당부하며 주위를 돌아보았다. 절은 천경림 숲 한가운데 있었다. 산중이 아니니 경주의 황실이나 귀족들이 언제든지 오갈 수 있는 도시의 사원이었고, 계림으로서는 처음으로 갖게 되는 대가람인 터라 그 의미가 컸다. 굳이 백제의 앞선 기술을 빌리기 위해 백제 석공 아비도를 초빙하여 온 것도 그런 이유에서였다.

공사 현장에서는 수백 명의 목공과 석공들이 내는 정과 망치 소리가 경쾌한 리듬을 타고 천경림 숲 전체로 퍼져 나갔다. 날카롭게 탁탁 끊어지는 정 소리, 묵직하고 길게 박는 망치 소리, 톡톡 두드리는 소리. 석공과 목공마다 미묘하게 다른 소리를 내는데 저마다의 소리가 높고 낮음이 있고, 길고 짧음이 달라 하나의 곡조를 이루었다. 그런데 소리들 사이로 전혀 다른 새로운 소리가 섞여드는 게 아닌가. 마치 삼맥종을 부르는 누군가의 목소리처럼 그의 마음을 싱숭생숭하게 만들었다.

결국 삼맥종은 태후가 궁으로 돌아간 후에도 일부 호위무사들과 함께 남아 공사 현장과 천경림을 다시 돌아보았다. 그러나 아쉽게도 그의 마음을 묘하게 흔들던 소리는 들리지 않았다. 바람 소리를 잘못 들은 것일까. 한 바퀴를 돌고 오니 아비도가 나와 절하며 예를 갖추었다. 그러자 삼맥종은 석공을 일으켜 세우며 밝은 목소리로 말했다.

– 일어나시오. 양나라에서 보내는 부처님 사리를 안치할 탑을 짓는 명공이니 귀한 사람이 아니오.

– 황송합니다!

– 그런데 아비도, 내가 아까 숲에서 나는 어떤 소리를 들었는데 혹시 모르시오?

– 소리라니요? 공사 현장의 소리가 아니었는지요?

– 그렇지 않소. 분명 숲에서 나는 소리였는데 무언가 청아하고 공기를 울리는 듯한…….

아비도가 고개를 들어 제의 얼굴을 슬쩍 올려다보았지만 숲 쪽으로 고개를 돌린 채 소리에 대해 골똘히 생각에 잠긴 삼맥종은 아비도의 시선을 알지 못했다. 결국 삼맥종은 그날 밤 잠행을 나가기로 결심했다. 염도가 만류했지만 직접 가서 그 소리를 확인하지 않고서는 잠들 수 없을 것만 같았기 때문이다. 정체 모를 소리가 그를 부르고 있었다.

밤의 천경림은 눈을 감고 깊은 생각에 잠겨 있는 듯 보였다. 흥륜사 공사 현장 바로 주변에는 흥륜사 공사를 위해 벌채한 나무들이 쌓여 있었다. 삼맥종은 염도와 함께 더 깊이 들어갔다. 수백 년 된 왕버들과 소나무들의 숨소리가 들렸다. 철 모르던 어린 시절 황실 어른들이 천경림에서 제사를 지낼 때면 몰래 커다란 거목을 골라 나무타기를 하던 기억이 났다.

－아무 소리도 들리지 않습니다.

－더 들어가 보자. 무언가 발견할 수도 있을 테니.

그때였다. 밤바람 결에 낮에 들었던 것처럼 청아하고 숲의 공기를 이리저리 흔드는 듯한 소리가 들렸다.

－들어 봐라!

삼맥종의 발걸음이 빨라졌다. 염도도 덩달아 긴장하여 제를 따랐는데, 혹시라도 위험에 대비하여 검을 잡은 손에 힘이 들어갔다. 소리는 점점 가까워지고 또 점점 빨라졌다. 천경림의 가장 깊은 가슴팍 그 한가운데까지 다다르자 유독 키가 크고 몸통이 묵직한 왕버들 아래 앉아 있는 누군가가 보였다. 소리는 그로부터 나오고 있었다.

－사람이 아닌가? 무엇을 하고 있는 것이냐?

긴 머리를 하나로 묶어 가슴으로 늘어뜨린 사람이 무언가를 다리 위에 올려놓고 기다란 팔을 이리저리 흔들면서 현을 튕겨 대고 있었는데 그것은 악기 같았다. 삼맥종은 가까이 다가가다가 그만 나뭇가지를 밟아 딱, 하니 부러지는 소리를 내고 말았다. 불현듯 소리가 멎었고 묶은 머리를 늘어뜨린 소리의 사람이 삼맥종과 염도를 발견하고는 깜짝 놀라 자리에서 벌떡 일어서는 게 보였다.

－알 수 없는 소리가 들리기에 여기까지 오게 되었소.

－누, 누구십니까?

뜻밖의 불청객에 소리의 사람은 겁에 질린 듯했다. 염도는 겁에 질린 소리의 사람 따위에는 아랑곳도 하지 않은 채 위험한 것이 없는지 확인하기 위해 소리의 사람이 들고 있는 희한한 악기를 횃불로 비추더니 다시 얼굴 쪽으로 횃불을 가져갔다. 어둠 속에서 여자의 얼굴이 드러났다. 커다란 눈망울, 동그란 이마와 볼, 갸름한 턱과 도톰한 입술. 무엇보다 반달처럼 부드럽고 정겨운 선을 그리는 눈꼬리가 커다란 눈망울 끝에서 해맑게 웃고 있는 듯했다. 삼맥종은 자신도 모르게 소리의 사람 쪽으로 한 발짝 다가갔다.

하루 종일 나를 부르던 소리의 정체가 이것이었단 말인가. 맑은 물결 같고, 푸른 솔향 같고, 정겨운 솜털 구름 같았다. 손을 담그면 훤히 그 속이 다 보일 듯 맑았고, 코로 들이마시면 가슴을 시원하게 뚫어줄 듯 청량하였으며, 살짝이라도 건드리면 이내 흩어질 듯 보슬보슬했다. 찰나의 순간이 마치 영원인 양 삼맥종의 가슴에 각인되었다.

－너, 넌 누구냐?

－그러는 공자께서는 누구십니까?

－나, 난…….

삼맥종이 머뭇거리자 소리의 여자가 먼저 말했다.

－전 리아라고 합니다.

－리아! 방금 연주한 게 무엇이냐?

－이건 가얏고라 하옵니다.

－가얏고?

가얏고. 그것은 가야국의 금이었는데, 아직 신라에는 전해지지 않은 악기였던 탓에 삼맥종으로서는 처음 보는 것이었다. 그때였다. 뒤에서 조금은 화가 난 듯한 굵은 목소리가 그녀를 불렀다.

－리아야!

삼맥종의 앞에 서 있던 리아가 화난 목소리에 다급하게 대답했다.

－네, 아버지.

－거기서 뭐 하는 게냐. 공자들께서는 뉘시오?

화난 목소리가 삼맥종과 염도 그리고 리아가 선 곳으로 가까이 다가왔다. 아비도였다. 삼맥종은 아비도의 얼굴을 알아보고는 다소 당황했는데 더 당황한 것은 아비도였다.

– 아니! 황제 폐하가 아니십니까?

아비도가 황급히 절을 하며 엎드리자 삼맥종이 애써 정신을 차리며 말했다.

– 내 낮부터 들린 이상한 소리가 하도 궁금하여 천경림에 나와 보았소.

– 폐하, 아뢰옵기 황공하오나 제 여식입니다. 저를 따라 이곳 계림에 와서 무료한 나날을 보내고 있는데 향수병이 나서 어미의 유품인 저 가얏고를 시도 때도 없이 연주하곤 하오니 용서하여 주시옵소서.

– 일어나시오. 용서라니 당치 않소. 아름다운 소리였소.

– 여식을 데리고 물러갈 것을 허락하여 주십시오.

고개를 조아린 아비도였지만 그의 목소리엔 단호함이 묻어 있었다. 삼맥종은 아비의 손에 이끌려 돌아가는 리아의 뒷모습을 물끄러미 바라보았다. 소리의 정체를 알게 되었으나 속이 후련하기보다는 더 깊은 미궁 속으로 빨려 들어가는 느낌이었다. 그러나 그 미궁에서는 향긋한 향이 났다.

밤이슬을 맞으면서 월성으로 돌아온 삼맥종은 쥐도 새도 모르게 침소에 들었다. 그러나 잠이 오지 않았다. 천경림에서의 일이 마치 꿈을 꾼 것처럼 현실감이 없었다. 숲에서 접신이라도 하고 온 양, 어리둥절하기만 했다. 이리저리 뒤척거리며 새벽녘이 다 되도록 한 사람의 얼굴만 생각이 나니 참으로 이상한 일이었다.

다음날 아침나절에 태후가 갑자기 대전을 찾아들었을 때까지, 향긋한 미궁 속을 헤매고 있던 그는 태후가 던진 뜻밖의 말에 정신이 퍼뜩 들었다.

— 결혼이라 하셨습니까?

— 그렇습니다.

— 아직 저는 열여섯 살입니다.

— 오히려 늦은 감이 있습니다. 예로부터 황제는 일찌감치 황후를 맞이하여 자손을 얻어야 그 황위가 든든해질 수 있습니다.

삼맥종은 태후의 계획을 듣자 가슴이 답답해졌다. 갑자기 결혼이라니. 마음에도 없는 결혼 이야기에 숨이 막힐 것 같았다. 막막해지는 그의 숨통을 더 조이게 한 것은 태후의 마지막 말이었다.

— 황제에게는 순수한 성골 혈통을 이어가는 일이 무엇보다도 중요합니다. 황족 내에서 황후를 선택하는 것이 가장 바람직하오니, 숙명공주를 점지하고 있습니다.

— 네에?

숙명공주는 지소태후와 이사부 사이에서 난 딸이었으므로, 삼맥종에게는 동복 남매, 즉 아버지가 다르고 어머니만 같은 누이였다.

- 어찌 누이를 황후로 들이겠습니까?

- 누이이기에 그 혈통으로 볼 때 가장 적임자가 아닙니까? 이 태후 또한 법흥대제의 명으로 작은아버지인 입종 갈문왕에게 시집을 가서 제를 낳았습니다. 황족끼리 결혼하는 것은 신국의 오랜 전통이니 제께서는 그리 아시고 마음의 준비를 하고 계세요.

- 어마마마!

태후의 입에서 말이 떨어졌으니 곧 현실로 이루어지겠지. 삼맥종은 온몸에 힘이 빠져나가는 무력감에 휩싸였다. 도대체 마음대로 할 수 있는 일은 무엇일까. 그저 야밤에 여관 몇을 다독여 입막음을 시켜 놓고 월성을 빠져나갔다가 돌아오는 잠행 외에 의지대로 할 수 있는 일은 아무것도 없는 듯했다. 내 누이, 숙명공주라니. 숙명과 결혼하는 것을 숙명으로 받아들이라는 건가. 동생과 나란히 예복을 입고 선 모습이 떠오르자 삼맥종은 고개를 힘껏 흔들었다. 그러다가 문득 숙명이 아닌 다른 이름이 떠올랐다.

리아!

한번 떠오르자 그 이름 곁에서 생각이 떠날 줄을 몰랐다. 결국 삼맥종은 흥륜사를 다시 돌아본다는 핑계로 천경림으로 달려갔다. 훤히 밝은 대낮에도 천경림은 신비스러운 기운에 젖어 있는 듯했는데, 전날과 같은 가얏고 소리는 들리지 않았다. 지난밤에 가얏고 소리를 따라 천경림 숲을 헤집고 들어갈 때는 얼마나 급히 달렸던지 쌀쌀한 밤바람에도 불구하고 온몸이 땀에 젖었더랬다. 리아를 처음 발견한 그 왕버들까지 이르러 주변을 두리번거리는데 위에서 소리가 났다.

－폐하?

그러더니 나무 위에 걸터앉아 있던 리아가 풀쩍 뛰어내리는 것이 아닌가. 그녀에게서는 이제 막 꽃망울을 터뜨리는 봄기운이 풍겼다. 불어오는 산들바람에 리아의 향이 묻어 제의 코끝을 찔렀다. 가얏고 소리처럼 향긋한 그 내음에 취한 제는 전날 달빛이 비추어 본 여자의 얼굴이 밝은 햇빛 아래 환하게 드러나자, 눈을 떼지 못했다.

2

설성, 그는 계림으로 떨어진 타락 천사였다. 가난과 천대받던 설움 가운데 살다가 서라벌 귀족 구리지의 총애를 받게 된 그는 난생처음 좋은 옷과 편안한 잠자리, 내일 먹을 것을 염려할 필요가 없는 여유를 맘껏 누렸다. 그의 욕망은 봉인되어 있다가 풀려난 요괴처럼 오래 갇혀 있던 만큼 더 활개를 쳤다. 그의 미색은 물 만난 고기요, 만개기를 맞이한 꽃과 같아서 아름다움을 숭상하는 서라벌 사람 모두를 사로잡을 듯 빛을 발했다. 이런 농담이 선문 안에서 돌기도 했다.

— 이화랑이 지는 해라면 설성은 뜨는 해야!

한때 선문 최고의 미색을 자랑하던 이화랑은 설성에게 뉴 페이스의 자리를 넘겨주고 지는 해의 자리로 본의 아니게 물러난 셈이었다. 물론 그 신분이야 화랑과 낭도, 귀족과 천인이라는 엄연한 차이가 있었지만 아름다움에 있어서만큼은 스물여섯 살의 아름다움이 이제 막 꽃망울을 터뜨리며 물이 오르기 시작하는 열여섯 살의 아름다움을 이길 수가 없었다. 스물여섯의 피부가 유리처럼 투명한 호수라면 열여섯의 피부, 그것도 잘 먹고 잘 누리며 쾌락의 단물에 젖어 있는 열여섯의 피부는 아름다움을 넘어 경이로움이었다.

꽃미남 넘버 원 설성, 넘버 투 이화랑의 '설·이 쌍두 체제'에 묘한 균열을 일으키는 이가 있었는데, 바로 열일곱 살의 보종이었다. 선문에서는 그들 세 사람을 '얼짱 삼인방'이라고 불렀는데, 그들이 한데 모여 있으면 빛이 난다고들 했다.

– 얼짱 삼인방이 있어서 선문에는 해도 달도 필요 없다니까!

이화랑과 설성의 아름다움이 여자를 능가하는 수려한 이목구비와 피부를 내세운 꽃미남의 자태라면, 보종의 아름다움은 남성스러움이 그대로 묻어나서 그 얼굴만 보았을 때는 눈길을 확 사로잡을 만한 교태나 요기는 없었다. 그러나 유화들의 갖은 수작에도 그다지 관심을 보이지 않는 투명한 차가움, 중국 촉나라의 제갈공명을 능가하는 명석함, 그리고 이지적인 이미지 뒤로 보이는 센티멘털리즘이 반전의 매력을 더했다. 달밤에 피리를 불며 밤 정취를 즐기거나 사람을 그윽하게 바라보는 우수에 찬 눈빛은 여자들은 물론 남자들의 마음까지 설레게 하는 마력이 있었다. 남모르게 연정을 품고 있는 이들이 선문 안에는 제법 많음에도 불구하고, 보종은 아리따운 유화들의 수작에 냉랭한 것처럼 준수한 사내들이 보내는 끈끈한 연모의 눈빛에도 무심할 뿐이었는데, 바로 그러한 도도함 - 본인은 전혀 도도할 의도가 없지만 독특한 정신세계 때문에 그렇게 보일 수밖에 없는 - 이 더욱 그의 연모자들을 양산하는 최종병기가 되었다.

물론 설성에게도 은밀한 눈빛을 보내는 사내들이 있었으나, 적어도 선문 안에서만큼은 그런 사내들보다는 죽어라 달라붙는 유화들을 섭렵하는 게 더 즐거운 일인지라 그를 거치지 않은 유화가 없다는 말이 나돌 정도였다. 그도 그럴 것이 사내라면 구리지 하나만으로도 지겨울 만큼 충분했고, 구리지 외의 다른 사내와 연을 맺는 날에는 구리지에게 들킬 게 번했기 때문이다.

설성은 낭도 신분에 불과했지만 깡다구가 9단이라 미색이든 행실이든지 간에 자신에 대해 떠도는 말에는 그다지 상관하지 않았다. 그저 하루하루의 즐거움을 누리기에도 바빴고, 오늘의 즐거움을 내일로 미루지 말자는 게 그의 신조였다. 오늘의 즐거움이란 상식과 도덕의 경계를 위태롭게 넘나드는 일이 많았다. 그중 하나가 구리지의 부인 금진과 벌이곤 하는 하오의 정사였다.

- 마님, 일어나세요! 구리지 어른께서 오시는 중이랍니다!
- 뭐라고?

씨줄과 날줄처럼 엉켜 있던 금진과 설성은 황급히 서로에게서 몸을 떼며 옷을 입었다. 하녀 말이 사실이라면 곧 구리지가 당도할 터였기에 설성은 금진의 왼쪽 젖꼭지를 갓난애마냥 세차게 한번 빨아 주는 것으로 작별 인사를 대신하고는 뒷문으로 바람처럼 빠져나오곤 했다.

설성의 일탈을 전혀 알지 못하는 구리지는 종종 은밀한 전갈을 선문으로 보내어 설성을 불러내곤 했는데, 우연히도 금진과 정을 통하고 들어온 날에 부를 때도 있었다. 그럴 때면 설성은 더욱 서둘러 천경림으로 달려갔다.

– 낮에는 어딜 나갔다 왔느냐?

– 하루 종일 연무장에 붙어 훈련을 했습죠.

– 그게 사실이냐?

– 그럼요, 어르신. 이화랑 부제님께 물어보십시오. 계속 같이 있었으니까요.

이화랑 이야기까지 나오자 그제야 구리지는 누그러지는 듯했다. 이화랑은 이사부의 마복자摩腹子[16]였다. 계림에서는 임신 중인 여자와 정을 통하는 경우 그 태어난 아이를 자신의 마복자로 삼아 정치적 후견인이 되어 주었다. 세계에서 그 유래를 찾아볼 수 없는 독특한 풍습이었다. 신분이 높은 자는 마복자를 많이 거느림으로써 정치적 지지 기반을 다졌고, 마복자의 입장에서는 든든한 후견인을 얻는 효과가 있었다. 이사부는 많은 마복자를 거느렸는데, 그 많은 마복자 중에서도 이화랑은 특히 신임을 받는 마복자였다. 그러니 태후, 이사부와 결탁되어 있는 구리지에게도 이화랑은 비중이 적은 인물이 아니었던 것이다.

－정말 같이 있었느냐?

한결 누그러지다 못해, 설성의 결백을 믿고 싶어서 애원하듯 구리지가 물었다.

－네.

바라던 대답을 확인한 구리지가 안도의 숨을 터뜨리며 끌어안으려 하자 이번에는 설성이 몸을 뺐다.

－화가 났느냐?

－저를 믿지 못하시면서 어찌 사랑해 주실 수 있습니까?

튕겨 보는 것. 그것이 설성이 나름대로 터득한 교태였다.

－이러지 마라.

구리지가 뻣뻣하게 버티는 설성의 몸을 더듬으며 옷을 벗겼다.

－싫습니다. 어르신께서 자꾸 저를 의심하시니 내키지가 않습니다.

－제발, 이러지 마라!

설성은 속으로 회심의 미소를 지으면서, 못 이기는 척 두 손으로 구리지의 등을 쓰다듬어 주었다.

－그래그래, 이놈아. 딴생각을 하면 안 된다. 딴 놈하고 놀아나면 안 된다. 알겠느냐?

설성을 뒤에서 끌어안은 구리지의 숨소리가 점점 거칠어지자 설성은 뒤를 돌아보며 나긋나긋한 목소리로 속삭였다.

　─어르신, 무얼 그리 불안해하십니까. 저는 어르신 은혜로 살고 있지 않습니까. 이제 어르신을 떠나서는 살 수 없을 것 같습니다.

　그러나 정작 떠나서 살 수 없는 것은 설성이 아니라 구리지가 되어 버린 형국이었다. 아름다움과 색은 짐승을 길들이는 권력과도 같았다. 구리지는 설성의 젊은 육체에 이미 길들어 가고 있었다. 그 모습을 보며 설성은 혼자서 킥킥거리며 만족스러워하며 교만한 미소를 지었다. 누군가를, 그것도 자기보다 훨씬 지위가 높은 이를 지배한다는 것은 말할 수 없는 만족과 희열을 주었고, 그것은 설성을 가장 흥분시키는 쾌락 중의 하나였다. 그런 설성을 비아냥거리는 사람이 있다 해도 그는 전혀 개의치 않았고 오히려 그런 무리들에게 Why not? 하고 되물을 준비가 얼마든지 되어 있었다. 있는 놈들은 다 누리고 사는데 나는 왜 안 되는데? 하고 물을 기세였다.

　천년만년 계속될 것 같았던 설성의 행각에 제동이 걸린 것은 열여섯 살의 여름 불장난이 가을로 번질 즈음이었다. 백제가 갑작스럽게 국경 마을을 침략해 왔을 때 언제나처럼 구리지가 출정을 했는데, 뜻밖에 비보가 날아들었다. 그리 크지도 않은 국지전에서 구리지가 전사했다는 것이었다. 인명은 재천이니 큰 전쟁이든 작은 전쟁이든 위험은 항상 따르는 법이지만, 그래도 구리지의 죽음은 충격이었다.

구리지가 없으면 이제 어떻게 되는 거지? 다시 습비부로 쫓겨나야 하나. 금진이 힘을 좀 써 줄 수 있을까? 태후마마께라도 아니면 이사부 상대등 어른께라도 내 뒤를 좀 봐달라고 청을 넣어 줄까? 그러나 금진은 믿을 만한 여자가 아니었다. 선문의 직속상관인 이화랑이 혹시 태후에게라도 말을 해 줄 수 있지 않을까, 기대해 보려 해도 웬일인지 요즘 들어 이화랑 역시 태후와 소원해진 듯해서 마음이 놓이지 않았다. 거취 문제가 염려가 되어 꼬리에 불붙은 망아지마냥 애를 태우며 - 그래서 유화들의 수작에도 전혀 입맛이 당기지 않게 될 정도로 - 하루하루를 보내던 설성에게 뜻밖의 전갈이 날아들었다. 상대등 이사부가 은밀히 하인을 보내 설성을 부른 것이다. 설성은 한달음에 달려갔다.

　- 네놈이 제법 쓸 만하다고 들었다. 구리지는 네 머리가 쓸 만하다고 했고, 너의 상관인 이화랑은 네 활솜씨가 쓸 만하다고 했다. 물론 유화들은 네 아랫도리가 쓸 만하다고 말하겠지. 이제 할 만한 짓은 다 해 보았을 테니 일 좀 해 보지 않겠느냐?

　이사부를 독대한 것은 처음이었다. 앞에 앉아 설성을 내려다보는 이사부는 거대한 바위처럼 크고 우람하고 단단해 보였다. 온 신국 백성들이 영웅이라고 찬미하는 장군 이사부, 지소태후의 지아비와도 같은 애인 이사부, 지소태후의 자식이자 삼맥종 황제의 동복 동생인 세종왕자와 숙명공주의 아버지 이사부, 대소 신료들의 구심점이자 신권의 핵심인 이사부였다.

- 일이라 하시면 어떤 일이신지요?

- 허락을 하기 전에는 질문을 하지 마라. 내가 하문하는 말에 그저 예, 아니오로만 답해라. 알겠느냐?

- 네, 알겠습니다.

- 이제 유화들과의 수작질은 집어치우고 일다운 일을 해 보지 않겠느냐고 물었다.

설성은 아주 짧은 동안 머리를 바쁘게 돌렸다. 무슨 일일까, 설마 이사부도 남색을 좋아하는 것인가? 아무리 그래도 구리지는 나이가 좀 있어도 중늙은이는 아닌 데다 나름 매력이라도 있었지만 이사부에게는 몸이 열릴 것 같지 않았다. 정말 남색을 원하는 것일까? 하지만 찬밥 더운밥을 가릴 게재가 아니었다. 어쨌든 구리지는 죽었고, 이제 빌붙을 데가 사라진 마당에 이사부가 무슨 일을 시킨다고 하니 그게 무슨 일인지 묻지도 따지지도 말고 일단 잡아야 한다. 잡아야 하는 기회라고 설성은 결론지었다.

- 시, 시켜만 주신다면 충성을 다하겠습니다.

- 나는 구리지와는 다르니, 침신 노릇을 할 필요는 없다.

- 아…….

설성은 안도의 한숨을 내쉬었다.

- 지금부터 말하는 것을 잘 듣고 은밀하고 정확하게 시행하거라. 이 일을 통해 너의 존재를 증명해 낸다면 앞으로 구리지 밑에 있을 때보다 더 많은 영달을 얻을 수 있으리라. 어떠냐, 하

화랑

겠느냐?

– 네! 무엇이든지 하겠습니다.

– 홍륜사 공사 현장에 있는 백제 석공의 딸 리아를 찾아라. 홍륜사는 얼마 전 마무리 공사를 끝내고 대가람을 열었는데, 석공 아비도가 병을 얻어 아직 백제로 돌아가지 못한 채 천경림 부근에 초막을 짓고 딸과 함께 살고 있다. 너는 리아의 일거수일투족을 감시하고 더불어서 황제의 출입을 감시하라.

– 화, 황제요?

– 묻지 말라 했다.

이사부의 소리가 천둥소리처럼 떨어졌다.

– 예예!

설성은 참으로 간담이 서늘해짐을 느꼈다. 구리지에게서는 느껴보지 못한 위압감과 두려움이었다.

– 황제가 리아라는 여자에게 미쳐서 하루가 멀다 하고 궁을 빠져나가고 있다. 곧 우리 딸 숙명공주와 결혼도 해야 하는데 리아라는 아이 때문에 황제는 그 결혼을 거부하고 있다. 그래서!

– 네!

– 리아와 황제를 감시하다가 명을 주면 틈을 봐서 제거하라.

– 여자 말입니까? 아, 아니면 황제 말입니까?

황제를 죽이라니, 아무리 설성이었지만 목소리가 떨렸다.

– 당돌하구나. 황제를 죽이는 일을 너 같은 피라미에게 시키

겠느냐?

설성은 잠시 이사부를 올려다보았다. 성골, 진골 이 높은 것들의 세계란 요지경이라고 그는 생각했다. 황제 암살이라, 이사부의 머릿속에는 도대체 어디까지 시나리오가 그려져 있는 것일까? 갑자기 궁금해졌다.

ㅡ황제와 리아의 동태를 감시하고 주기적으로 보고하라. 그리고 명을 보내거든, 즉시 제거하는 것이다. 알겠느냐?

ㅡ네!

황제를 죽이라는 게 아니어서 천만다행이라고 설성은 씁쓸하게 웃었다. 아무리 막 나가는 타락 천사라지만 황제 암살은 다소 부담스러운 일이니까. 혹시라도 들키는 날엔 어떤 화를 입을지도 모를 일이다. 돌아서 나가는 설성에게 이사부가 덧붙였다.

ㅡ습비부 촌구석으로 다시 쫓겨나 밑바닥 인생으로 굴러떨어지고 싶지 않거든 실수하지 마라. 그리고 입을 나불대는 날에는 습비부로 도망치기도 전에 목숨을 잃을 것이다.

ㅡ옛! 명심, 또 명심하겠습니다!

설성은 두 주먹을 불끈 쥐고 이사부의 집을 나와서는 그 금입택 대문 앞에 한참 서 있었다. 다시 돌아보니 화려한 저택의 모습이 설성의 눈을 압도했다. 궁전도 이런 궁전이 없지 싶을 정도로 휘황찬란했다.

구리지가 이무기라면 이사부는 용이었다. 구리지가 약간의 재물을 줄 수 있었다면 이사부는 재물에 권력까지 얹어 줄 수 있는 인물이었다. 인생에서 기회는 몇 번 오지 않는다. 그 기회를 잡느냐 못 잡느냐는 자기 자신에게 달렸다. 개천에서 용 나듯, 쥐구멍에 햇볕 들 듯, 가진 것은 불알 두 쪽밖에 없는 천한 촌놈이 서라벌 한가운데서 신국 최고의 권력가인 이사부의 수족이 될 수 있다면 이보다 더한 출세가 어디 있겠는가? 어차피 신분이 낮아 기를 쓰고 낭도질을 해 봤자 귀족 자제들처럼 화랑이 될 수는 없다. 얼마 전까지는 낭도라도 되었으니 평생의 복을 다 얻었다 만족했건만, 이리 생각지도 못한 더 큰 기회가 올 줄이야. 설성은 눈을 반짝이며 금입택을 바라보았다.

3

리아. 열일곱 살. 아버지가 백제인이자 재주가 뛰어난 석공이고, 어머니는 가야인으로 그녀가 어렸을 때 일찌감치 죽었다. 그녀에게는 한 살 연하의 연인이 있다. 눈동자가 까맣고 얼굴에 귀태가 잘잘 흐르는 귀공자이고, 문장을 잘 지으며, 총명하고, 예술을 즐길 줄 아는 심미안이 있고, 무엇보다 그녀를 너무나 사랑한 나머지 하루라도 보지 못하면 안달이 나 못 견딜 정도로 열정적인 로맨티스트였다. 나무랄 데 없는 그 연인에게 딱 한 가지 결정적인 흠이 있었는데, 그것은 그가 바로 계림의 황제 삼맥종이라는 사실이었다.

– 아야!

연인은 그녀를 '아야'라고 부른다. 이름의 끝 자만 따서 '아'라고 부르는 것이다. 연인의 '아'에는 봄꽃이 생명의 신비를 간직하듯, 가을 하늘이 푸른빛의 절정을 우려내듯, 깊은 마음의 울림이 담겨 있다. 연인의 '아'는 그녀의 귀를 타고 흘러 들어와 가슴 깊숙이 여울지는 가얏고 현의 울림 같다.

그를 만난 지 여러 달이 지났다. 연인의 사랑은 식을 줄 모르고 여전히 달달하고 따끈따끈하고 때론 격하게 타오른다. 그러나 그게 다였다. 그 열정적인 로맨티스트와는 결혼을 할 수도, 어디론가 떠나 버릴 수도 없었고, 그저 운명이 허락한 기한까지만 함께할 수 있을 뿐이었다. 더욱 리아를 애가 타게 만드는 것은 그 운명의 기한이 오늘까지인지 내일까지인지 아니면 한 달이 남았는지, 또 아니면 1년이 남았는지 짐작조차 할 수 없다는 모호함이었다. 아버지는 태후가 너를 죽일 거라며, 백제로 떠나자고 날마다 말하지만, 정작 아버지가 백제까지 먼 길을 갈 수 있는 몸 상태가 아니었다. 그녀 역시 삼맥종을 떠날 용기가 생기지 않는다.

여러 달 리아를 지켜본 설성은 삼맥종보다도 더 깊이 리아의 사생활을 아는 남자가 되었다. 그녀가 천경림을 혼자 거닐 때도, 황제를 만나 몸을 섞을 때도, 밤늦도록 잠 못 이루고 가얏고를 뜯을 때도 그의 시선은 그녀에게서 떨어지지 않았다. 목표물을 주시하는 맹수의 눈이었다. 이사부의 명이 언제 떨어질지 모르니 이제나저제나 명만 떨어지면 행동에 옮길 태세로 그는 리아의 주변을 맴돌았다. 선문을 수시로 빠져나오는 일이 쉽지는 않았으나 이화랑의 비호가 있었기에 그리 어려운 것도 아니었다. 처음엔 그녀의 집을 알아 두고 먼발치에서 얼굴을 익혔으며 하루가 멀다 하고 여자를 찾아오는 제의 행렬, 행렬이라고 해 봤자 극비 잠행이니 딸랑 호위무사 하나만 달고 슬그머니 나타났다가 쥐도 새도 모르게 사라지는 그런 제의 행차를 목격하곤 했다. 황제는 항상 눈만 내놓은 채 얼굴을 가리고 다녔기에 정확히 볼 수가 없었다. 더구나 호위무사가 껌딱지처럼 붙어 있는 바람에 황제 가까이에는 다가갈 수도 없었다. 물론 설성의 목표물은 황제가 아니니, 황제에게는 그리 관심을 가질 필요가 없었다.

8월 그믐, 이사부와 약속한 날이었다. 설성은 이사부와 함께 은밀히 태후궁에 들어갔다.

─내일이다.

─네.

─마음의 준비는 다 되었느냐?

─물론입니다.

─자객 세 명을 붙여 주겠다.

─여자 하나 죽이는 데 자객이 세 명이나 필요하겠습니까?

─이들은 저잣거리 불한당들로 위장할 것이다. 만약 누군가에게 들킨다고 해도 그저 불한당으로서 벌을 받으면 그뿐이다. 그들은 남천 다리 밑으로 리아를 끌고 가 돌림질을 하고 강물에 버릴 것이다. 방해하는 이들이 따라붙으면 네가 길목을 지키고 있다가 심장을 겨눠라. 알겠느냐?

- 옛!

- 일을 잘 처리하면 큰 상을 내릴 것이다.

설성은 고개를 조아렸다. 이제 서라벌 사람들이 하듯이 공손하게 예, 할 줄도 알게 되었고 필요한 경우 고개를 조아리며 송구한 표정을 지을 줄도 알게 된 그였다. 분합문을 열고 나가는 설성의 뒷모습을 확인한 후 뒤에 남은 태후와 이사부가 나지막한 목소리로 이야기를 주고받았다.

- 저 아이가 잘할 수 있겠습니까?

- 잘 해낼 겁니다. 강단이 있는 아이입니다. 설사 일이 잘못된다고 해도 이 일은 불한당들이 벌인 범죄로 위장될 것이고, 설성에게 모든 것을 뒤집어씌우고 제거하면 그만입니다. 천것 하나쯤은.

비장한 각오를 다지며 태후궁을 나오는 천것 설성의 머릿속은 분주하게 움직였다. 몇 번이고 머릿속에서 시뮬레이션을 그려 본 일이었으나 막상 하루 전으로 다가오자 조금 긴장이 되기도 하였다.

천경림으로 발길을 옮겼다. 수개월에 걸쳐 리아 주변을 맴돌면서 몇 번이고 오간 길이었지만 마지막으로 다시 한 번 되짚어 가 보았다. 우연인지 필연인지 천경림 입구에서 리아와 마주쳤다. 리아는 무언가를 들고 바삐 집으로 돌아가고 있는 듯했다. 설성은 문득 그동안 먼발치에서만 보아 온 그 얼굴을 가까이에서 한번 보고 싶다는 호기심이 일어서 그녀를 뒤따라가 말을 붙여 보았다.

　－여보슈, 길 좀 물읍시다!

　그녀가 돌아보았다. 일단 눈. 커다란 눈망울이 그녀가 얼마나 천진하고 맑은 영혼을 지니고 있는지를 말해 주었다. 그다음 코. 눈망울 밑으로 날렵하게 흘러내린 콧날은 아버지의 예술가적 기질을 닮은 것인지, 어머니의 가얏고 감성을 닮은 것인지 모르지만 섬세한 기품이 흘렀다. 마지막으로 입술. 입술은 특히 가운데가 옴폭 들어간 데다 가는 주름이 있고 양쪽으로 도톰하게 살이 오른 아랫입술은 탐스러운 과실 같아서 한입 콱 깨물고 싶은 충동을 불러일으켰다. 이제껏 한 미모 한다는 유화들을 두루 섭렵해 보았다고 자부하는 설성이었지만 리아와 같은 미색은 처음이었다.

　－흥륜사를 가려는데 길을 아시오?

　리아에게 흥륜사를 묻는 것은 자기 집 가는 길을 묻는 것만큼이나 익숙한 것이리라. 과연 그녀는 아주 쉽게 그 길을 가르쳐 주었고 설성은 고맙다는 말을 남기고 지나쳐 왔다. 과연 황제가 빠질 만하군. 쳇. 세상에 좋은 것은 모두 황제의 것이지. 좋은 집, 좋은 옷, 좋은 여자까지! 다 가진 황제니까 여자 하나쯤 제거한다고 해서 그리 미안할 것 같지도 않네.

　그날 밤 황제는 또 리아를 찾아왔다. 그러나 만날 수는 없었다. 아비도가 딸을 집에 가둔 채 내놓지 않았다. 황제가 리아를 보게 해 달라고 간청했으나, 아비도 역시 비장한 각오를 했는지 황제 발밑에 엎드려 눈물로 간청했다. 눈물을 보이는 아비도의 얼굴은 병색이 완연했다.

　－폐하, 이제는 찾아오지 마시옵소서.

　－그게 무슨 말인가?

　－제 여식을 불쌍히 여겨 주시옵소서. 제 몸이 낫는 대로 저희는 백제로 돌아갈 것이오니 저희 부녀가 무사히 백제로 돌아갈 수 있도록 통촉하여 주시옵소서.

　－그게 무슨 말인가. 누가 자네와 리아를 해치려 한단 말이냐?

　나무 위에 숨어서 엿듣고 있던 설성은 콧방귀를 끼며 웃었다. 그믐이라 달빛도 새어 나오지 않는 칠흑 같은 밤이었다. 달빛 하나 없는 그 밤에 정인의 아비에게서 문전박대를 당하고서 황망한 표정으로 서 있는 황제가 어둠 속에 잠겨 들었다. 염도가 입을 열었다.

　－폐하! 아비도의 말이 맞습니다. 이제 리아와의 인연을 접으실 때가 되었습니다.

　－그게 무슨 말이냐?

　－태후께서 이미 숙명공주를 황후로 점찍은 이상 저항할 명분이 없습니다. 성골끼리의 결합은 신국 모두가 원하는 바가 아닙니까.

　－나는 아야 외에 그 누구도 황후로 맞이하고 싶지 않다.

　－불가능하다는 것을 더 잘 아시지 않습니까? 잘 아시기에

이러지도 저러지도 못하고 계신 것 아닙니까?

　－…….

　－폐하, 태후마마의 원대로 숙명공주를 황후로 맞이하셔야
합니다. 다른 방도가 없습니다. 그 길이 리아를 살리는 길이기
도 합니다. 이대로 가면…….

　－이대로 가면?

　－리아가 위험할 수도 있습니다.

　－그게 무슨 말이냐? 어마마마께서 설마 아야를 해치기라도
한단 말이냐? 그러실 리가 없다. 그래도 그분은 내 어머니가 아
니냐?

　－저도 그렇게 생각하고 싶습니다만…….

　황제가 리아 때문에 숙명공주를 황후로 맞아들이기를 거부
하고 있으니 태후로서는 리아를 제거하려 들 게 분명하다고 염
도는 말하고 싶었다. 지소에게는 숙명을 황후로 만들어야 하는
분명한 동기가 있으니 말이다. 신국에서는 모계로 이어지는 두
개의 계통이 있었는데 진골정통과 대원신통[17]이 그것이다. 진
골정통과 대원신통은 왕과 그 일족의 남자들에게 여자를 공급
하는 두 가지 계통으로, 혼인을 통해 이어지는 일종의 인통姻通
이었다. 말하자면 왕의 여자들, 색공지신色供之臣을 배출하는 가
문이라 할 수 있는데, 예를 들어 훗날 진흥왕의 애첩이 되는 미
실은 대원신통 출신의 색공지신이었다.

　당시 진골정통의 대모인 지소태후는 자신의 딸인 숙명을 황

후로 만들고, 그 숙명을 통해 다음 태자를 출산케 함으로써 진골정통의 힘을 기르려는 게 분명했다. 그런 지소태후의 속셈이 뻔했지만 염도는 좀 더 신중해지자고 자신을 다독였다. 태후의 움직임이 아직 드러나지 않았으니까 말이다.

― 염도! 만약 그런 일이 정말로 생긴다면 네가 리아를 구해다오.

그때였다.

뚝! 어디선가 제법 굵은 나뭇가지가 부러지는 소리가 어둠을 헤치고 염도의 귀에 박혔다.

― 누구냐!

염도가 순식간에 검을 뽑아 소리 나는 쪽으로 향했다. 아무도 보이지 않았다. 잠시 적막이 흘렀다. 그러나 잠시 후 잎과 바람이 무언가에 스치는 소리가 들리더니, 나뭇가지들이 흔들렸다. 드리워진 수풀 사이로 검은 물체가 이 나무에서 다음 나무로 커다란 다람쥐라도 되는 양 허공을 날아 옮겨 갔다.

― 여기서 잠시 계십시오!

아주 빠르게 한마디를 뱉은 염도는 검은 다람쥐를 추격했다. 다람쥐가 조금 더 빨랐다. 염도는 거의 다람쥐를 놓칠 뻔했다. 나무와 나무 사이를 날아 옮겨 가던 설성은 쉽게 염도의 추격을 따돌리는 듯했으나 갑자기 나무에서 떨어지고 말았다. 열 번째로 건너갈 나무가 너무 멀리 떨어져 있던 탓이었다. 그만 땅으로 떨어진 검은 다람쥐가 욕설을 내뱉었다.

– 에이 젠장!

설성이 흘러내린 머리카락을 재빨리 쓸어 올리며 땅에서 일어서려는데 뒤에서 익숙한 발걸음 소리가 들렸다. 그리고 번뜩이는 검이 다가왔다. 염도가 설성을 따라잡아 뒤에서 칼을 겨눈 것이다.

– 누구냐? 얼굴을 보여라.

등을 돌린 채 설성은 돌아보지 않았다. 그러자 벼린 칼끝이 금방이라도 베어 버릴 듯 설성의 기다란 목을 눌렀다.

– 얼굴을 보여라!

염도의 단호한 목소리에, 설성은 슬그머니 돌아서서 염도를 마주 보았다.

– 아니, 너는? 여기서 뭘 하는 게냐?

– 아이고 염도 공자님 아니십니까? 웬일이십니까? 난 또 누구라고, 깜짝 놀랐습니다!

– 여기서 뭘 하고 있는 거냐?

– 뭘 하긴요. 천신의 기운이 깃든 이곳 친경림에서 무술 연습을 하면 효험이 있다고 해서 궁술 연습을 하고 있었습죠.

– 이 밤에 말이냐?

– 보이는 것만 쏘면 궁술의 달인이라 할 수 있겠습니까? 보이지 않는 것도 쏘아 맞출 수 있어야 합지요. 그래서 어두울 때 연마를 하고 있었습니다.

– 그런데 왜 도망을 쳤느냐?

─도망이라니요? 저는 그저 깜짝 놀라서, 혹시 무슨 귀기 같은 거라도 떠도는 소리인지 놀라서 뛰었을 뿐입니다. 염도공인 줄은 꿈에도 몰랐습죠.

넉살을 떨며 이죽거리는 설성을 노려보며 염도는 천천히 검을 거두었다.

─어서 선문으로 돌아가라!

─예, 예! 지금 바로 갑니다!

염도는 오늘따라 유달리 굽실거리는 설성의 뒷모습을 미심쩍은 눈초리로 바라보았다.

4

- 와아 와아!

선문 연무장에서 점점 환호성이 커졌다. 아침 먹고 시작한 격검 훈련이 한낮이 다 되었는데도, 힘이 빠지기는커녕 낭도들의 함성만 하늘을 찌를 듯 점점 높아졌다. 그날은 일곱 명의 화랑들이 각기 자기 낭도들을 거느리고 격검 대결을 벌이는 날이었는데, 실전이 아니라 훈련인데도 불구하고 승부를 가리려는 화랑과 낭도들의 응원 열기가 뜨거웠던 것이다.

염도는 운이 없게도 풍월주 모랑과 먼저 붙어야 했다. 풍월주 모랑은 낭도의 수가 일천을 넘어가니 그것은 붙으나마나 한 싸움이었다. 화랑 락락은 보종과 붙어 이겼고, 부제 이화랑은 화랑 무뢰와 겨뤄 이겼다. 모두 낭도 수에서부터 우열의 격차가 크니 승부를 뒤집기가 쉽지 않았다. 그런데 군관은 일곱 번째 막내인지라 대결을 벌일 짝조차 얻지 못한 채 기다리고만 있다가 선배 화랑들의 승부가 가려지자 그제야 풍월주 모랑 앞으로 나왔다.

　－나라를 구하는 데 장과 유가 따로 없는데 어찌 막내라고 해서 저에게만 기회를 주지 않으십니까? 부제 이화랑과 대결을 청하오니 허락하여 주십시오!

　대결을 청해 올 때 물러서지 않는 것이 화랑의 자존심이었다. 비록 한 차례 결전을 앞서 치르느라 이화랑 자신이나 그의 낭도들도 지쳐 있었지만 흔쾌히 군관의 도전을 받아들였다. 그런데 이화랑의 승리로 금세 결판이 나리라 다들 예상한 바와는 달리 손에 땀을 쥐는 진검 승부 한판이 벌어졌다. 우선 군관이 시작을 알리는 깃발이 휘날리자마자 굶주린 호랑이 새끼처럼 고함을 지르며 이화랑을 향해 돌진해 들어가는 것부터 기세가 남달랐다. 이끄는 자가 그러하니 그를 따르는 낭도들도 비록 수백에 불과한 숫자이지만 군관의 뒤를 따라 군관처럼 미친 듯이 달려든 것이다. 안 그래도 지쳐 있는 데다 막내 화랑 군관이라서 다소 방심했던 이화랑 측은 허를 찔린 셈이었다. 군관이 말을 달리며 목검을 전후좌우로 휘두르며 전광석화처럼 빠르게 돌진해 들어가자 이화랑의 낭도들이 일제히 두 갈래로 벌어지는 바람에 큰길이 났다. 모세가 이스라엘 백성들을 이끌고 홍해를 건널 때 바다가 갈라진 기적이 수천 년이 지난 신국 땅에서 재현이 되는 듯했다.

여유롭게 휴식을 취하던 염도가 그 모습을 보고는 자리에서 벌떡 일어났다. 군관의 활약이 매우 흥미로웠기 때문이다. 이미 한 차례씩 승부를 끝낸 후 쉬고 있던 다른 낭도들도 모두 몰려들면서 대결을 주시했다. 그러다가 누가 먼저랄 것도 없이 낭도들 사이에서 응원이 새어 나오더니 점점 커다란 함성이 되어 연무장을 꽉 채웠다.

– 군관! 군관! 군관!

– 막내 이겨라! 막내 이겨라!

흐뭇한 미소를 띠며 군관과 이화랑 측의 대결을 지켜보던 염도는 문득 다른 한 사람을 찾기 시작했다. 바로 설성이었다. 아까 분명 이화랑이 무뢰와 붙을 때까지만 해도 설성이 있었는데, 군관과 대결을 벌이는 지금은 아무리 찾아보아도 눈에 띄지 않았다. 설성은 이화랑의 낭도이므로 분명 저 북새통 속에 있어야 하는데 말이다.

– 이놈이 어디 있지?

이미 설성은 선문을 빠져나가고 있었다. 그는 발길음을 서둘렀다. 할 일이 있었기 때문이다. 눈에 불을 켜고 설성을 찾던 염도는 설성이 이미 빠져나갔음을 직감할 수 있었다. 불길했다. 염도는 몇 명의 낭도들을 데리고 선문 밖으로 나왔다.

– 각자 흩어져서 찾아라!

염도는 먼저 리아의 집에 가 보았으나 아비도만 보일 뿐이었다. 자세한 내막을 묻는 아비도를 뒤로한 채 염도는 천경림 온

숲을 다 뒤졌지만 리아도, 설성도, 이상한 움직임도 발견할 수 없었다. 월성 주변을 수차례 이 잡듯 뒤지며 돌던 그가 리아의 비명을 듣고 남천 기슭으로 다시 말머리를 돌린 것은 저녁 어스름이 깊은 칠흑으로 변해 가던 즈음이었다. 그러나 한번 들린 비명은 다시 들리지 않았다. 마치 바람결에 잘못 들은 것이 아닌지 의심스러울 정도였다. 오직 바람 소리만이 들린다고 생각했다. 적막이 흐르는 그 시간, 리아가 고통 가운데 몸부림치고 있는 줄 그는 몰랐다. 험악한 불한당들에게 끌려간 리아가 화를 당하고 설성의 화살까지 꽂힌 채 몸부림치고 있는 줄 그는 몰랐다. 폭력과 범죄와 공포의 예감만이 가슴을 옥죄어 올 뿐이었다. 염도는 마치 망망대해 가운데 혼자 떠 있는 배처럼 막막하였다. 현장이 어디인지 짐작조차 되지 않았다. 흩어져서 찾던 낭도들도 다시 돌아와 아무것도 찾지 못하였다고 보고할 뿐이었다.

─어디냐? 설성, 네놈이 일을 벌이고 있는 곳은!

그때였다. 풍덩! 커다란 물체가 남천에 빠지는 소리가 들렸다. 여름이라 한껏 불어난 남천으로 무언가 빠진 게 틀림없었다. 소리가 들리는 쪽으로 달려가 보았더니 남자 셋이서 강물을 내려다보고 있었다. 그쪽으로 급히 다가갔지만, 설성은 보이지 않았다. 그러나 정체도 알 수 없는 그놈들과 마주하자 오래전부터 염도를 옥죄어 오던 예감이 확신으로 변해갔다. 삼맥종의 목소리가 들리는 듯했다. 염도 만약 그런 일이 있다면 네가 리아를 지켜 줘!

　─거기서 뭣들 하는가?

남자들은 모두 복면을 하고 있었는데 염도를 보자 즉시 칼을 뽑아들었다. 염도 역시 검을 들고 막았는데, 남자들 중 한 사람이 외쳤다.

　─도망가자! 어차피 일은 끝났다!

　─거기 서라!

염도는 반사적으로 그들을 추격하려다가 말머리를 돌리고는, 즉시 말에서 내려 강물로 뛰어들었다. 추격보다 급한 것은 리아를 구하는 일이었다. 뒤이어 염도의 고함을 듣고 달려온 낭도들도 염도를 따라 물에 뛰어들었다.

　─여자를 구해라. 여자를 찾아라!

　─넷!

낭도들과 염도는 남천 물속을 헤집고 다녔다. 다행히 여자를 찾는 데는 오래 걸리지 않았다.

　─공자님! 여기, 이쪽입니다.

한 낭도가 의식이 없는 여자를 들쳐 메고 물속에서 뛰어 올라오는 게 보였다. 강 기슭으로 올라와 횃불을 비추자 피투성이가 된, 남자 셋에게 욕을 보이고 그 심장에 여러 개의 화살이 꽂힌 리아의 얼굴이 불빛 아래 일렁이며 드러났다. 리아의 옷은 다 찢겨 있었고, 저항한 흔적으로 여기저기 상처투성이였다. 강물에 씻겨 나간 자리에서도 여전히 다시 피가 솟구쳤다.

－이럴 수가!

　너무나 참혹한 모습에 염도는 자신도 모르게 순간적으로 얼굴을 돌려 버렸다. 그 순간 황제가 생각났다. 만약 황제가 이 모습을 본다면 아마도 그 충격에서 평생 헤어 나오지 못하리라. 과연 리아를 살릴 수 있을 것인가. 중국 한나라의 명의 화타가 살아 돌아온다 해도 살리기 힘들 정도로 상처가 깊었다. 염도는 리아의 심장 언저리에 꽂힌 화살들을 뽑아내 오른손에 쥐고는 주변의 나무들을 둘러보았다. 저 어딘가에 설성 놈이 숨어 있을지 모를 일이었다. 그러나 지금은 리아를 구하는 게 먼저다. 설성을 잡아 보았자 증거도 없고, 리아를 살리는 게 더 중하다!

　－듣거라. 어의 서준을 모셔 와라. 황제의 유모였던 정화부인 자제 염도공의 부탁이라 일러라!

　－옛!

　－서둘러라, 한시가 급하다!

　염도는 미친 듯이 달려가는 낭도와 말의 뒷모습을 확인하고는 리아의 심장에 귀를 갖다댔다. 아직은 그녀의 심장이 뛰고 있었다. 그의 심장도 벌렁거렸다. 분노와 염려와 안타까움과 충격으로 뒤범벅이 된 심장이었다. 의원 서준이 어머니 정화부인은 살려내지 못했지만 제발 리아만은 살려 주기를 간절히 바랐다. 황제의 여자, 그래서 미워할 수밖에 없지만 또 그래서 소중할 수밖에 없는 여자였다.

설성은 밤이 깊어서야 선문으로 돌아왔다. 피곤한 몸을 이끌고 자기 방으로 들어왔는데 어둠 속에서 뭔가 번뜩였다. 깜짝 놀라 불을 밝혀 보니 염도가 검을 들이대며 다가오는 것이 아닌가.

– 누가 시켰느냐?

– 무슨 말씀이시오?

설성은 능청을 떨었다.

– 태후냐? 이사부인가?

– 도대체 무슨 말인지 모르겠소이다.

– 태후든, 이사부든 다 마찬가지겠지. 구리지 똥구멍이나 핥아대더니 이제 이사부에게 붙었느냐? 더러운 놈!

설성의 눈에 불똥이 일더니 이내 너스레를 떨었다.

– 더럽다? 그럴지도 모르지. 귀족 나리께서 천한 것들이 살아가는 법을 어찌 알겠소? 상관없소이다. 귀족 나리께서 어떻게 보시든.

염도는 가슴팍에서 부러뜨린 화살들을 꺼내어 설성의 바로 코앞에 갖다 대었다.

– 이것이 네놈의 화살이렷다?

– 허, 이거 생사람 잡지 마시오.

– 습비부의 일을 기억하느냐?

설성의 눈이 잠시 흔들렸다. 까만 눈 공자의 총총하고 따뜻한 눈과 반듯한 이마가 떠올랐다.

―은혜를 원수로 갚는 것이냐?

―내가 무슨 잘못을 저질렀다고 이러시오? 그리고 은혜는 내가 까만 눈 공자에게 졌지, 염도공에게 졌소이까?

그래도 습비부에서 삽질이라도 같이 해 준 걸 생각해서, 아까 남천 기슭 나무 위에서 리아를 안고 있는 당신에게 차마 활을 겨누진 않았는데, 그건 알는지 모르겠소. 설성은 그렇게 혼자서 생각했다.

―네놈은 은혜를 원수로 갚는 놈이다. 황제께서는!

―무슨 소린지 모르겠소이다. 황제야 타고난 금수저시니 뭐 부족한 게 있겠소이까. 나는 잠이나 자야겠으니 나가시오. 화랑이라고 해서 낭도 방을 무단 침입해도 된다는 법이 화랑도에 있습디까?

설성은 염도가 있건 말건 아랑곳도 하지 않고 이불을 펼치고 벌렁 나자빠졌다. 염도는 이를 악 물고 분노를 삭이더니 돌아섰다. 그러자 설성은 등을 보이고 누운 채로 물었다.

―그건 그렇고 결과는 어찌 되었소?

리아의 생사를 묻고 있는 게 분명한 설성의 그 질문에 염도는 잠시 멈칫하더니 벽을 똑바로 응시한 채 딴전을 피웠다.

―아침의 격검 말인가. 군관이 승리했다더군. 신국제일검이란 애칭을 달았다지, 아마.

―다행이군. 난 또 막내 화랑님이 죽어 나간 줄 알았네.

―그렇게 쉽게 죽을 리가 있겠나.

밖에 나오니 그믐밤에 사라졌던 달이 여인의 눈썹처럼 가느다란 초하루달이 되어 다시 나타났다.

5

하얗게 분칠한 얼굴에 붉은 입술. 그리고 칠흑같이 검은 머리카락을 쇄골까지 늘어뜨린 여자가 앞에 있었다. 금빛과 은빛, 그리고 채색된 장막이 겹겹이 드리워진 침소에서 마주한 여자가 삼맥종을 빤히 쳐다보았다. 정해진 절차에 따라 모든 예식을 마치고 침소에 든 지 이미 오래되었지만 삼맥종이 옷을 벗겨 줄 기미조차 보이지 않았기 때문이다. 자존심이 상해서 뾰로통해진 이 여자는 누구인가. 한 어머니의 배에서 태어나 궁에서 같이 자란 누이. 그 누이가 신부가 되어 화관을 쓰고 삼맥종 앞에 있다. 그녀의 얼굴에서 코흘리개 어린 시절의 얼굴이 보인다. 밖에는 여럿의 귀가 이 은밀한 침소에서 일어나는 소리에 집중하고 있으리라. 제는 천천히 손을 들어 여자의 허물

을 하나씩 하나씩 벗겨 알몸을 드러내고는 제 자신의 아랫도
리를 들추어냈다. 누이의 입술은 촉촉했고 누이의 알몸은 제의
체온으로 금세 따뜻해졌다.

　- 삼맥종! 리아가, 리아가!

　그날 밤 흥분하는 적이 없는 염도조차 충격에 떨었던 탓이었
을까? 어린 시절 함께 장난을 치며 놀던 때 이후로는 이름을 부
른 적이 없는 호위무사 염도가 제의 이름을 부르며 달려왔다.
온몸이 젖어 있었다. 강물에서 시신을 찾지 못했다고 했다. 불
한당들에게 돌림질을 당한 후 버려진 듯하다고 했다.

　- 살려라, 살려내라!

　제의 말이면 무엇이든지 들어주던 충성스런 호위무사이기
에 살려내라고 명령만 내리면 명대로 살려내 주리라 제는 믿고
싶었다. 그날 이후 아비도는 미친 사람처럼 머리를 풀어헤치고
딸을 찾아 헤매다가 어디론가 사라졌다.

　- 리아… 나의 아야!

　제는 자신도 모르게 그녀를 불렀다. 그러나 대답은 숙명에게
서 들렸다.

　- 네, 오라버니. 아니 폐하!

　누이의 몸속에 있는 제의 아랫도리에 힘이 들어갔다. 남자를
모르지 않는 누이이기에 어느새 허리를 뒤틀며 몸을 떨었다.
그러자 숨소리조차 내지 못하고 제의 품에서 떨던 리아가 생각
났다. 눈처럼 하얀 치맛자락에 봄날의 철쭉처럼 선명하게 번지

114　　　　　　　　　　　　　　　　　　　　　　　　　　　　화랑

던 선혈 자국도. 천경림에 갈 때면 그녀를 데리고 나무에 오르곤 했다. 자연 속에서 자란 그녀는 몸이 날렵하고 민첩해서 곧잘 나무를 탔다. 천경림에서 가장 수령이 오래되고 제일 키가 큰 그 왕버들에 오르면 천경림이 다 내려다보이는 듯했다.

─봐라, 아야! 그 옛날 신선들이 내려와 놀았던 숲이다. 신성한 숲, 아무도 함부로 침범할 수 없는 이곳이 천경림이지. 나는 언젠가 우리 계림을 이 천경림처럼 아무나 함부로 침범할 수 없는 곳으로 만들고 싶다. 강국 고구려도, 신흥국 백제도, 저 멀리에 있는 대륙의 나라들도 함부로 할 수 없는 나라 말이다. 지금은 변방의 작은 나라, 백제가 도와주지 않으면 고구려로부터 국경조차 지키기 힘든 약소국이지만 이 약소국의 설움에서 언젠가는 벗어나게 할 거다. 그게 나 삼맥종의 꿈이다.

리아는 언제나 눈을 반짝이며 이야기를 들어 주었다. 이름뿐인 허수아비 어린 황제, 실권도 없고 강단도 없는 유약한 황제, 아무도 섬기는 이 없는 약한 황제였지만 리아 앞에서만큼은 그 누구보다 강하고 힘 있는 남자가 되었다.

─나의 첫사랑, 나의 첫 신하. 나를 황제답게 황제로 섬겨 준 첫 신하! 어마마마 앞에서는 한없이 작아지고 못난 황제지만 리아 앞에서만큼은 한없이 커지고 뭐든 할 수 있을 것 같은 황제가 되었다고. 그게 그녀라고!

언젠가 염도가 물었을 때 황제는 그렇게 답했다. 그녀의 목소리를 한 번만이라도 다시 듣고 싶었다. 품에 안겼을 때 붉은 입술에서 새어나오던 그 숨소리도. 황제는 누이의 귀에 대고 조용히 일렀다.

　－소리를 내 보시오.

숙명은 황제의 명대로 조금씩 신음 소리를 내기 시작했다. 리아의 목소리가 들릴 것만 같았다. 웃어 주고 들어 주고 수다를 떨다가 품에 안겨서는 가얏고 현처럼 떨리던 그 목소리. 기억 속에서 그녀의 목소리가 조금씩 희미해지는 것이 불안하고 안타까웠다. 리아의 마지막 모습은 보지도 못했다. 시신이라도 찾아내라 명했지만 소용이 없었다. 염도는 타살이라고 확신했다. 태후 측에서 숙명을 황후로 만들기 위해 리아를 제거한 것이라고 말이다. 제는 아니라고 했다. 어마마마가 설마 그렇게까지 하실 리 없다고 말이다. 황제는 다시 한 번 누이에게, 태후가 리아를 죽이면서까지 황제의 품에 던져 주기를 원했던 그 누이에게 아무도 듣지 못할 만큼 작은 목소리로 명했다.

　－더 크게 소리를 내시오!

숙명은 제를 꼭 끌어안더니 더 크게 신음 소리를 냈다. 소리를 지르는 것도 같았다. 소리를 내라. 밖에서 다 듣도록, 태후가 심어 놓은 사람들의 귀에까지 분명하게 들리도록. 태후의 아들과 딸이 어머니의 소원대로 한 침소에 들어 몸을 섞고 있다고, 어서 가서 알리도록!

제의 침소를 지키던 한 여관이 슬그머니 빠져나가 태후궁으로 갔다.

- 태후마마, 조금 전 잠자리에 들었습니다.

- 상황은 어떠하냐?

- 공주님의 교성이 높아지고 있습니다.

- 되었다. 물러가라. 가서 추이를 더 지켜보고 다시 아뢰라.

지소태후의 입가에 만족의 미소가 떠올랐다. 딸아, 깊이 더 깊이 몸을 섞어라. 성골 중에서도 성골, 제의 씨를 받거라. 그리고 제의 씨를 잉태하라. 나 지소의 딸, 진골정통의 딸 숙명아. 네가 황후가 되었으니 이제 진골정통의 앞날이 더욱 창대하리라. 가문의 영광이 더욱 커지리라. 황후를 배출했으니 대★진골정통의 영예가 찬란히 빛나리라. 이제 옥진의 대원신통 떨거지들은 더 이상 설 곳이 없어지리라. 그들은 나 지소의 아들 삼맥종이 황위에 오를 때 이미 타격을 입었지. 옥진, 제아무리 선제이신 법흥대제의 총애를 받았다 하나 그 아들은 성골이 아니었으니 황위를 이어받을 수는 없었다. 오직 성골의 혈통만이 신국을 가질 수 있으니 나의 아들 삼맥종, 성골만이 왕이 될 수 있었다. 이제 성골인 나의 딸이 성골인 나의 아들의 씨를 받아 잉태만 한다면 나의 보좌는 황위보다도 더 높아지고 강해지리라. 신국의 하늘에서, 누구도 넘볼 수 없는 높디높은 천상에서 화려하게 빛나리라!

삼맥종에게는 상처 입은 가슴에 슬픈 본능을 허용할 수밖에 없는 밤이었지만, 원하는 바를 다 이룬 태후에게는 그 어느 때보다도 시퍼런 기가 살아서 펄떡대는 밤이었다. 숙명에게는 몸이 이끄는 대로 따라가는 밤이었고, 이화랑에게는 질투와 낭패감으로 치가 떨리는 밤이었다.

─이화랑! 그만해라!

누군가 술을 퍼마시는 이화랑을 말리는 듯했다. 밤새도록 계속된 선문의 여흥이 식을 줄 모르는 중이었다. 유화들 옷깃 속을 헤집으며 손장난을 하던 설성이 그런 이화랑을 발견하고는 슬그머니 다가가다.

─아니 웬일로 술을 이리 마십니까?

─시끄럽다!

이화랑이 술기운에 거칠게 말을 받자 또 누군가가 이렇게 말했다.

─나라에 경사가 있는 밤인데, 공께서는 왜 이렇게 심기가 편치 않으십니까?

그러자 금세 감길 듯 게슴츠레한 눈으로 술을 마시던 이화랑이 갑자기 눈을 부릅뜨고 소리를 질렀다.

─경사는 무슨 경사!

설성이 킥킥거렸다. 그는 마치 이화랑이 왜 그렇게 행동하는지 알고 있다는 눈치였다. 설성이 위로랍시고 이렇게 말했다.

─공주님께서 황후가 되셨다 해도 몰래 만나면 되지, 뭐 걱정이십니까?

멀찍이서 그 모습을 지켜보던 염도가 믿을 만한 자기 낭도 하나를 부르더니 가서 저 둘의 대화를 은밀히 엿듣고 보고하라고 명했다. 술판이 깊어지자 거나해진 설성이 마치 친구마냥 이화랑 어깨에 자기 팔을 걸치고 마셔댔지만, 이미 정신이 나간 이화랑은 설성의 무례한 행동을 알아채지도 못했다. 하나둘 술자리를 떠나가는 사람이 생길 때쯤에 염도의 낭도가 돌아왔다.

ㅡ무슨 말을 하더냐?

ㅡ그게, 잘 이해할 수 없는 말입니다만…….

ㅡ말해 보거라.

ㅡ숙명공주님을 이제 만날 수가 없다고 했습니다. 또…….

ㅡ또?

ㅡ숙명공주님께서 좋은 꿈을 꾸셨는데, 아이를 잉태하는 꿈이었다고 합니다.

황후가 되었다 해서 왜 만날 수가 없다는 말인가. 어떤 만남이기에? 태몽을 꾸었다면 그것을 어찌 이화랑이 알았단 말인가.

ㅡ너는 오늘 들은 말을 절대로 비밀에 붙여야 한다. 알았나?

ㅡ네. 여부가 있겠습니까.

역시 소문이 진짜였던 것일까. 이화랑이 숙명의 거처에 남모르게 드나든다더니. 이화랑은 한때 지소태후의 총애를 받는 사신이자 애인으로서 궁을 드나들면서 태후의 어린 것들인 숙명공주와 세종왕자에게 문장을 가르치곤 했다. 숙명은 어릴 때부터 이화랑을 곧잘 따랐다.

소문이 사실이라면 이화랑은 모녀에게 다 사랑을 받은 셈이
군. 염도는 술에 취해 쓰러져 있는 이화랑을 보았다. 훤칠한 키
에 수려한 외모가 어느 여인이라도 마음을 열고 몸을 열게 만
들 만한 미남자였다. 그 순간, 어쩌면 지소태후의 질주에 제동
을 걸 수 있는 물꼬가 이화랑에게서 터질지도 모른다는 생각이
번뜩였다. 낭도에게 일렀다.

－오늘부터 이화랑의 일거수일투족을 잘 주시하고 내게 보
고하라. 특히 선문을 나가는 경우에는 신속하게 내게 일러야
한다. 알았느냐?

낭도는 고개를 끄덕였다. 낭도가 돌아가자 멀찍이서 앉아 있
던 화랑 보종이 염도 가까이로 다가왔다. 피리를 들고 있었다.
보종에게는 언제나 피리 소리가 따라다닌다. 술기운이 도는 밤
이면 그의 피리 소리가 여인의 분향처럼 향긋하게 느껴질 때가
있었다. 술에 취하고 싶은 밤이었다. 염도는 팔짱을 끼고 눈을
감은 채 피리 소리에 귀를 기울였다. 가느다란 관을 울리며 나
오는 피리의 선율은 여자의 손길처럼 염도의 여기저기 생채기
난 마음을 부드럽게 어루만졌다. 숙명을 안고 있을 삼맥종이
떠올라 염도는 쓴웃음이 지어졌다.

그때 삼맥종은 신음 소리에 들떠 있는 숙명에게서 몸을 일으
키고 있었다. 온몸이 땀에 젖어 있었다. 갑자기 황제가 몸을 빼
자 숙명은 의아스러운 눈빛으로 물었다.

－갑자기 왜 일어나시옵니까?

이제 태후의 귀들도 다 돌아갔으리라. 황제는 정신을 집중해서 몸을 다스렸다. 그는 자신의 몸에서 성골의 실체를 이루는 씨들이 빠져나가기를 원치 않았다. 새로운 성골을 잉태시킬 수 있는 신의 생명수를 누이의 몸속에 베풀고 싶지 않았다. 교접은 하되 사정을 하지 말라는 인도《소녀경》의 진리를 실천하듯 그는 멈추었고, 친히 옷을 입었다. 숙명이 눈을 동그랗게 뜨더니 수줍은 듯 가슴을 가린 채 엉거주춤 일어나 삼맥종의 팔목을 잡아끌었다.

─ 마마, 아직······.

그러나 삼맥종은 슬그머니 숙명의 손에서 자신의 손을 빼며 고개를 저었다. 누이와의 처음이자 마지막 교접을 끝내고 싶었다.

지금쯤 황제는 숙명과의 잠자리를 끝냈을까? 염도는 지그시 감고 있던 눈을 떴다. 피리를 아랫입술에 댄 채 염도를 뚫어져라 바라보고 있던 보종이 깜짝 놀라 시선을 돌렸다. 염도가 남아 있던 술잔의 술을 입에 털어 넣자, 보종이 피리를 내려놓고는 염도의 잔을 다시 채워서 두 손으로 내밀었다. 술잔을 건네받는 염도의 손가락이 보종의 손등을 스쳤다. 보드라운 살결이 고왔다.

─ 다시 피리를 불어 보라.

술잔을 비운 염도가 보종의 피리를 집어 주며 말했다. 피리를 건네받는 순간 보종의 손가락이 염도의 손에 닿았다. 따뜻한 체온이 고왔다. 이윽고 보종의 청아한 피리 소리가 달빛과 몸을 섞으며 은은하게 울려 퍼졌다.

6

동지섣달, 깊고도 검은 밤. 푸른빛이라고는 실낱만큼도 끼어들지 못하는 칠흑같이 어두운 밤이었다. 바람조차 잠이 든 듯 무거운 적막과 고요가 대궁을 가득 채우고 있었다. 삼맥종은 누운 채로 보이지도 않는 어둠을 노려보았다. 잠이 들면 자꾸만 리아가 보였다. 때로는 천경림에서 보내던 호시절의 모습이 보이고, 때로는 화살이 꽂힌 채 죽어가는 모습이 보였다. 처참한 몰골의 리아를 부둥켜안고 울다가 잠이 깨면, 다시 잠들기가 두려웠다. 꿈에서라도 만나 보고 싶은 리아였지만 마지막 모습만은 마주하기가 두려웠다. 아니, 심장에 화살이 꽂힌 그녀를 부둥켜안고 울부짖는 자신의 모습을 마주하는 게 더 겁이 나서, 그는 뜬눈으로 밤을 새우곤 했다.

─황후궁의 동태가 이상합니다.

염도가 숙명에 대해서 보고를 한 것이 이미 두어 달 전이었다. 밤마다 이화랑이 황후궁을 드나들고 있는 낌새를 황제 또한 모르지 않았다. 황제는 첫날밤 이후 숙명을 두 번 다시 찾지 않았는데, 그럴수록 숙명이 이화랑을 불러들이는 횟수가 빈번해져서 이미 월성 안에서 알 만한 사람은 다 아는 스캔들이 되었지만 황제는 못 들은 척했다.

─이대로 방치하실 생각이십니까?

─잘하면 숙명이 어마마마의 자충수가 될 수도 있지 않겠느냐? 가만히 놔둬라.

실체를 다 드러낼 때까지! 삼맥종의 뜻에 따라 가만히 놔둔 지 두어 달. 황제가 황후궁에서 잠을 잔 적이 없었음에도 불구하고, 황후에게 일찌감치 태기가 있었다. 여관들이 수군거렸지만 황제는 또 모른 척했다. 다만 염도에게 부제 이화랑의 동태를 주시하라는 명을 은밀하게 내려 두었을 뿐이다. 그렇게 가을이 갔고 동지섣달이 되었다.

황제가 악몽에 시달리다 깨어 어둠과의 눈싸움에 한참 빠져 있던 그날 밤. 밖에서 다급한 발소리가 들렸다.

─염도입니다!

깊은 잠에 빠져 있던 대궁이 급작스럽게 깨어나고 있었다. 염도는 침소를 지키는 여관들이 다 들으란 듯이 목소리를 있는 힘껏 높여 고했다.

─폐하, 황후께서 누군가와 궁을 빠져나가셨다고 합니다.

-누군가라니? 그게 누구냐?

-그자는…….

염도는 잠시 뜸을 들였다가 말을 이었다.

-부제 이화랑입니다!

-잡아라! 놓치지 마라. 황후는 생포하고 이화랑은 발견 즉시 죽여라!

황제는 평상시답지 않게 큰 소리로 명했다. 사랑의 도피행을 벌이는 남녀. 여자는 태후의 딸이었고, 남자는 이사부의 마복자였다. 그 둘이 함께 붙어 준 것은 어쩌면 하늘이 내린 천행인지도 몰랐다. 염도가 나간 후 태후궁에서 급한 전갈이 왔다. 황제는 태후의 부름을 받고 태후궁으로 갔다. 동지섣달 깊은 밤이었지만 태후궁 역시 대낮처럼 불을 훤히 밝힌 채 긴장하고 있었다.

-황후는 생포하고 이화랑은 죽이라는 명을 내리셨습니까?

-예, 그랬습니다.

-폐하, 명을 거두시지요. 황후께서는 지금 홀몸이 아니지 않습니까? 병사들을 풀어 쫓는다면 두려움 때문에 몸이 상할까 염려됩니다.

황제는 언제나처럼 듣고만 있었다. 태후가 말을 이었다.

-이화랑 또한 죽이라니요. 화랑도의 부제가 아닙니까? 신국 화랑도의 부제를 어찌 국문도 해 보지 않고 함부로 죽이겠습니까?

묵묵부답이었다. 황제는 어떤 대꾸도 하지 않은 채 고개를 숙이고 있다가 가만히 태후의 안색을 살폈다. 태후는 긴장된 기색이 역력했다. 진골정통의 대모, 그 딸을 황후로 만들고 딸의 몸을 통해 다음 성골 왕을 잉태시킴으로써 황금 보좌처럼 굳건한 자신의 세를 굳혀 가고자 했는데, 그 숙명이 부제 이화랑과 사랑의 도피행을 벌이고 있는 상황. 태후는 속이 타들어 가고 있음이 분명했다. 삼맥종의 마음에 한 가닥 희망이 모락모락 올라왔다.

 ─ 물러가겠습니다.

알 수 없는 일이었다. 리아가 죽고 모든 것을 잃은 듯한 절망 속에서 자포자기의 심정으로 태후의 압력에 따라 숙명과 결혼했을 때는 마치 그물에 걸린 물고기처럼 빠져나갈 구멍이 보이지 않았다. 그런데 쇠줄처럼 단단하기만 하던 그물이 스스로 그물코를 풀어 그를 놓아주는 것만 같았다. 멀리서 병사들의 기합 소리와 함께 칼과 칼이 부딪치는 소리가 들려왔다. 월성 전체가 소란에 휘말렸다. 황제가 나간 후 태후는 자신의 호위무사를 불러 은밀히 명했다.

 ─ 황제의 병사들보다 먼저 황후와 이화랑을 취해서 은거시켜라!

황후가 불륜을 저지르고 사랑의 도피행을 벌이다가 잡혀온다? 그 후는 뻔했다. 후위를 빼앗길 것이다. 그럴 만한 충분한 명분이 되는 일이었다. 태후는 그렇게 내버려둘 수는 없다고 다짐하며 아랫입술을 지그시 깨물었다.

－잡아라! 황후는 생포하고 이화랑은 죽이라는 황명이시다!

병사들이 기를 쓰고 이화랑과 황후를 쫓았다. 갑작스럽게 모든 일이 햇빛 아래처럼 만천하에 드러나게 된 이유를 이화랑은 알 수 없었다. 은밀하게 만전에 만전을 기하면서 준비한 도피의 밤이었는데, 어디서 샜을까. 누군가 그를 주시하고 있다가 숨을 죄어 오는 것이 분명했다. 기를 쓰고 뛰었다. 조금만 더 가면 성벽이었다. 그러나 미리 준비해 둔 밧줄에 채 닿기도 전에 잡힐 것 같았다. 병사들과의 거리가 점점 가까워지고 있었다. 잉태까지 한 숙명을 데리고는 맘껏 검을 쓸 수도 없었다. 모든 계획이 수포로 돌아가는 것은 아닌지 불안과 공포가 엄습해 왔다.

－이화랑은 창을 받아랏!

밧줄을 잡고 성벽을 오르려는 순간 한 병사가 이화랑을 향해 창을 날렸다. 미처 막을 새도 없이 급작스럽고 빠른 창이었다. 이젠 정말 끝이구나, 하던 순간에 어디선가 검은 복면으로 얼굴을 가린 무사들이 튀어나오더니, 그중 가장 날렵한 검은 복면이 세차게 말을 몰아 이화랑에게 날아오는 검을 막았다.

－여기는 나에게 맡기고 어서 달아나시오!

－누, 누구시오?

이화랑이 머뭇거리는 사이 병사들이 몰려들었다.

－이화랑을 죽여라!

검은 복면이 재촉했다.

－어서! 머뭇거릴 시간이 없소.

이화랑이 숙명과 함께 벽을 타고 오르기 시작했다. 몰려드는 병사들과 검은 복면의 현란한 접전이 어둠을 가르며 번뜩였다. 그때 태후의 병사들이 달려왔다.

－숙명공주님!

－한발 늦었다.

숙명과 이화랑을 왕의 병사들보다 먼저 취해서 은거시키라는 태후의 명이 있었지만 이미 두 사람은 줄을 타고 월성의 벽을 오르고 있었다. 벽 끝까지 오르니 월성을 두르고 있는 구지의 검은 물이 커다랗고 축축한 아구를 벌린 채 이화랑을 노리고 있는 게 내려다보였다. 동지섣달 한밤중의 구지에는 군데군데 살얼음도 끼어 있었다. 이화랑이 거친 숨을 몰아쉬며 숙명을 바라보았다.

－공주님, 준비는 되셨는지요?

숙명이 고개를 끄덕이며 이화랑의 손을 꼭 잡았다. 두 사람은 깍지를 꼭 끼고는 서로를 바라보았다.

－혹시 잘못된다고 해도 이 이화랑, 영원히 공주님을 사랑합니다!

담에서 뛰어내려 월성 밖으로 나가는 순간 공주는 성골로서의 모든 특권과 신분을 다 잃어버리고 만다. 그러나 그녀는 배 속의 아이와 그 아비 되는 이화랑과의 사랑을 포기할 수 없었다. 그때 숙명은 미처 짐작조차 하지 못했지만 배 속의 아이는 자라서 훗날 진평왕 때에 화랑들에게 세속오계世俗五戒를 가르치는 원광법사圓光法師가 된다. 대선각자의 잉태가 황후의 불륜에서 비롯된 셈이었다.

휘익! 바람이 거세게 불었다. 치맛자락이 바람결에 펄럭이며 요란한 소리를 냈다. 구지의 차갑고 검은 물이 아구를 벌리며 남자와 여자를 집어삼켰다.

- 성 밖으로 추격하라! 놓치지 마라!

검은 복면들이 숙명과 이화랑을 좇는 병사들을 막아서며 끈질기게 시간을 끌었다. 태후의 군사들과 왕의 병사들, 그리고 정체를 알 수 없는 검은 복면들이 뒤엉켜 칼을 휘두르는 사이 누군가가 검은 물속에서 허우적대는 숙명과 이화랑을 건져냈다.

- 태후마마 납시오!

여관의 아뢰는 소리가 채 끝나기도 전에 태후가 분합문을 확 열어젖히며 들어왔다. 삼맥종은 벌떡 일어서서 예를 갖춰 태후를 맞았다. 마주 앉은 태후가 황제를 노려보았다.

- 병사를 거두지 않으셨습니까?

- 예.

- 어찌하여 어미의 말에 따르지 않는 것입니까?

- 어마마마. 저 역시 어마마마의 말씀대로 하고 싶습니다만,

황후가 야밤에 화랑과 도피행을 벌이고 있는데 이를 허술하게 넘기면 신료와 백성들이 황실을 우습게 알 것입니다.

– 병사들을 거두십시오!

– 어마마마.

– 어미의 명대로 하지 못하겠다는 말입니까?

– 어마마마, 제가 이제껏 어마마마의 말씀을 거역한 적이 있습니까? 글을 읽으라 하면 글을 읽었고 무술을 연마하라 하면 무술을 연마하였고, 누이를 황후로 맞이하라 해서 황후로 맞이하였습니다. 그러나 누이가 사내와, 그것도 화랑과 야반도주를 하고 있지 않습니까? 월성을 넘어 성골이라는 신분도 초개처럼 버리고 도망을 치고 있지 않습니까?

– 그렇다고 태자를 잉태한 황후를 사지로 몰아넣을 참입니까?

저의 아이가 아닙니다. 삼맥종은 마지막 말을 속으로만 삼켰다. 그때였다. 밖에서 병사의 고함 소리가 들렸다.

– 폐하, 숙명공주님과 이화랑이 월성의 벽을 넘었다 합니다!

등 뒤에서 들리는 병사의 말에 태후의 표정이 일그러졌다. 결국 막지 못했단 말인가. 가장 유력한 진골정통이 사라진 것이다. 어떻게 해서든지 월성을 나가는 것을 막은 후 숙명의 마음을 다독여 제자리로 돌려놓을 참이었는데!

– 검은 복면을 두른 자들이 숙명공주님과 이화랑을 도왔다 합니다.

- 무엇이?

　태후가 호통을 치며 병사를 돌아보았다.

　- 그게 무슨 소리냐?

　- 자세한 것은 알 수 없사오나, 검은 복면의 사내들이 끼어들어 시간을 끄는 바람에 공주님과 이화랑을 놓쳤습니다. 검은 복면들의 무예가 출중하여서 당하지 못하였습니다.

　- 끝까지 추격해서 모셔 오라 일러라!

　- 옛!

　병사가 물러가자 태후가 번쩍거리는 가락지를 낀 손으로 탁자를 탁, 하고 내리치며 분통을 터뜨렸다. 삼맥종이 분노로 이글거리는 태후의 눈을 보며 말했다.

　- 어마마마께서는 어찌하여 병사를 내셨습니까?

　그러자 태후가 삼맥종을 노려보며 되물었다.

　- 황제께서는 어찌하여 병사를 거두지 않았습니까?

　- 제가 숙명을 내친 것이 아니라 누이 스스로 황후 자리를 버리고 간 것입니다.

　- 황제께서는 아직 어리십니다. 무엇이든지 혼자서 판단할 것이 아니라 이 어미에게 고하고 깊은 식견을 들어야 합니다.

　- 이제 곧 열일곱이 됩니다.

　- 열일곱 살이 무엇을 안단 말입니까?

　태후의 언성이 높아졌다.

　- 그럼 아무것도 모르는 열일곱 살에게 왜 그러셨습니까?

― 무슨 소리입니까?

리아는 열일곱 살이었습니다. 아무것도 모르는 열일곱 살 리아에게 왜 그러셨습니까? 황제는 묻고 싶었다. 그때 다시 병사가 달려오더니 큰 소리로 고했다.

― 폐하, 숙명공주님과 이화랑이 월성 구지에 떨어지셨으나 검은 복면을 두른 사내들이 건져서 말을 태워 어디론가 사라졌다고 합니다!

삼맥종은 은밀하게 안도의 한숨을 내쉬었다. 태후의 딸이자 진골정통인 숙명이 스스로 황후위를 버리고 나간 것이다. 태후의 허리가 휘청거리는 순간이리라. 찬바람을 내며 나가는 태후의 등 뒤에 대고 삼맥종이 아뢰었다.

― 어마마마. 황후의 위를 폐할 것입니다.

― 숙명을 반드시 찾을 것입니다.

― 다시 찾는다 해도 스스로 신분을 버린 자를 다시 성골로 맞이할 수는 없습니다.

태후가 돌아간 후 삼맥종은 뜬눈으로 밤을 새며 염도를 기다렸다. 새벽달이 뜰 때쯤 염도가 한 손에 검은 복면을 쥔 채 달려들어왔다.

― 폐하, 이화랑과 숙명공주님을 무사히 탈출시켰습니다. 병사들은 추격을 포기하고 돌아갔고 태후가 보낸 무사들의 추격도 따돌렸습니다.

삼맥종이 벌떡 일어나 염도를 안고는 등을 두드렸다.

－수고했다. 고맙다, 염도!

－옛!

황제는 삼맥종과 함께 새벽 미명 가운데 월성을 빠져나가 남천으로 갔다. 남천의 물줄기가 푸르스름한 새벽 미명 속에 떨고 있었다. 천 기슭의 풀과 나무들이 겨울 추위에 오그라들었고, 물줄기도 여름보다 말라 목이 메는 듯했다. 황제가 염도에게 물었다.

－어디쯤이었느냐?

염도가 가리키는 지점으로 황제는 천천히 걸어 내려갔다. 강물의 찬 기운이 온몸으로 번져 왔다. 추위 때문인지 슬픔 때문인지, 사랑하는 이를 지켜주지 못한 회한인지, 아니면 태후에 대한 분노 때문인지 온몸이 부들부들 떨렸다.

－아야! 아야! 지켜주지 못해서 미안하다, 미안하다……

새벽의 찬바람이 얼굴을 할퀴어대는데 황제는 강가로 다가가 엎드린 채 소리도 내지 못하고 울었다. 한참을 먼 산만 바라보던 염도가 더 이상 참지 못하고 황제에게 다가가 흐느끼는 등을 쓰다듬었다.

－삼맥종.

황제가 눈물이 범벅이 된 얼굴로 염도를 돌아보았다.

－염도야.

－이런다고 살아 돌아오지 않아.

고개를 주억거리는 황제의 볼을 염도가 두 손으로 비비며 데워 주었다. 황제의 뜨거운 눈물에 염도의 손이 젖어들고, 황제의 입에서 새어 나오는 뜨거운 입김이 염도의 입술에까지 닿는 듯했다. 염도는 황제의 두 볼을 잡은 채 엄지손가락으로 제의 눈물을 닦아 주었다. 손끝에 닿는 제의 살결이 고와서 염도는 다시 한 번 씁쓸하게 웃었다.

제 3 장 ─ 하늘이 필연을 버리니

1

550년, 정월부터 백제가 고구려의 도살성道薩城을 쳐 빼앗았다는 소식이 들렸다. 서라벌에는 진눈깨비가 흩날렸다. 대전 창밖으로 허공에 휘몰아치는 진눈깨비가 보였다. 빗물은 소리를 내뿜지만 눈발은 소리를 먹는 법이다. 사방이 고요한 적막 속으로 잠기는 듯했다. 창밖을 바라보며 삼맥종은 심호흡을 해보았다. 곧이어 어전회의가 시작될 터였다. 황제는 자신이 준비한 말을 몇 번이고 되뇌어 보았다.

– 폐하, 남당으로 납시실 시간이옵니다!

남당에서는 여느 때와 마찬가지로 신료들이 모여서 황제를 기다리고 있었다. 삼맥종은 신료들 사이를 지나 황좌에 앉았고, 황제가 앉자마자 태후가 들어서서 황좌 옆 태후좌에 자리를 잡았다. 진눈깨비가 흩날리는 가운데 지루하게 이어지던 어전회의가 끝나갈 때쯤이었다.

　－올봄에 지방순시를 다녀와야겠습니다.

　어전회의 때마다 시종일관 앵무새처럼 태후의 말대로 읊어대던 황제가 불쑥 꺼내 든 안건이었다. 사전에 태후에게 아뢴 바가 없는 급작스런 발언이었기에 미처 막지 못한 태후는 이맛살을 찌푸리며 황제를 노려보았으나 황제는 아랑곳하지 않고 신료들을 향해 자신이 준비해 둔 말을 한 자 한 자 글을 읽듯이 차분하게 내뱉었다.

　－내년이면 열여덟 살이 됩니다. 친정親政을 시작하기에 앞서 지방순시를 통해 백성들의 삶을 직접 보고 듣고자 하는 뜻입니다.

　－치, 친정이라니!

　뜻밖의 발언에 놀란 태후가 삼맥종을 향해 바로 제동을 걸었다.

　－폐하, 황제의 움직임이 어찌 그리 충동적으로 결정하실 사항입니까? 시간을 두고 고려해 볼 일입니다.

　－어마마마, 오랜 고심 끝에 내린 결정입니다. 언제까지 섭정 체제를 유지할 수는 없는 것이고 친정에 대비하여 백성의 삶을 보겠다는 것이 어찌 충동적인 결정이겠습니까?

　섭정의 막을 내리고 친정을 시작한다? 고개를 조아린 채 시종일관 엄숙한 자세로 서 있는 신료들이 웅성대며 태후의 안색을 살피는 듯했다. 친정의 시작이란 곧 태후가 권좌에서 물러나야 함을 의미했다. 황제는 담담한 목소리로 덧붙였다.

─지방순시 때 동행할 호위무사는 병부가 아니라 화랑도에서 선발하겠습니다.

─병부의 군사들로 충분합니다.

─굳이 병부의 군사들을 움직이고 싶지 않습니다. 선문을 방문하여 마음에 맞는 이를 직접 선발하겠습니다.

─황제께서 선문을 직접 방문하시겠다는 말입니까? 그런 법은 이제껏 없었습니다.

─화랑도를 창설한 지 이제 겨우 10년이 아닙니까. 그동안 그런 법이 없었다 하면 이제부터 만들면 될 일입니다. 언제까지나 구시대의 방법으로 해 나갈 수는 없습니다.

─화랑들은 아직 나이가 어리니 황제의 호위무사를 그들로만 선발하는 것은 적절하지 않습니다.

─젊고 패기만만하여 오히려 믿을 만합니다.

신료들이 황제와 태후의 의견 대립을 불안한 눈빛으로 지켜보며 끼어들지 못하는 가운데 상대등이자 병부령인 이사부가 끼어들었다.

─병부의 군사를 내겠습니다.

─병부령의 말씀은 감사하나, 화랑 중에서 선발한다 하지 않았습니까, 못 들으셨습니까?

─아, 아닙니다. 허면 화랑과 함께 동행할 장수들을 병부에서 준비하겠습니다.

—아닙니다. 화랑들이면 충분합니다. 오늘 어전회의는 이만 끝내겠습니다.

삼맥종은 술렁대는 신료들 사이를 걸어서 밖으로 나왔다. 긴장한 티를 내지 않기 위해 최대한 여유를 부리며 느긋하게 걷는 시늉을 했다. 그러나 태후와 이사부의 날카로운 시선이 칼끝처럼 뒤통수에 박히는 듯해서 속으로는 숨이 막힐 지경이었다. 바깥공기가 얼굴에 닿고서야 긴장했던 가슴이 확 트이며 숨이 터져 나왔다. 진눈깨비가 제법 굵은 눈발로 변해가고 있었다.

염도는 진눈깨비를 맞으며 발길을 재촉했다. 점점 눈발이 굵어지고 있어서 날씨가 더 나빠지기 전에 보종의 별장에 도착하려니 마음이 급했다. 서라벌 외곽의 산자락 밑에 있는 보종의 별장에 당도하자, 정원에 있는 작은 연못이 눈발을 맞아 하얗게 빛나는 것이 눈길을 끌었다. 겨울임에도 운치를 느낄 수 있는 아름다운 정원이었다. 하인의 안내에 따라 들어서니 등촉을 밝힌 방에 앉아서 그를 기다리고 있던 보종이 탁자에서 일어섰다. 염도는 보종을 보자마자 물었다.

—그녀는 어떤가?

—오늘도 하루 종일 먼 산만 바라보며 아무 말도 하지 않았습니다.

여자를 바라보며 안타까운 표정을 짓는 염도를 보종 역시 안타까운 눈빛으로 바라봤다.

　－음악을 좋아하는 듯합니다.

　－왜 그렇게 생각하지?

　－내가 피리를 불자 귀를 기울이는 눈치였습니다.

　－가얏고를 아느냐?

　－가야의 금이라 알고 있습니다.

　－가얏고를 좋아하던 여자다.

　가얏고를 아주 잘 탔지, 하고 덧붙이며 염도는 여자가 선 창가에서 멀리 떨어진 탁자에 앉았다.

　－전혀 말을 안 합니다.

　－충격으로 말을 잊었다.

　－그러나 피리 소리에 반응을 하는 걸 보면 말을 못 해도 듣기는 하는 것 같습니다.

　－그렇군. 말뿐만 아니라 기억 또한 잃었다. 자신의 이름도 잊었다. 나를 못 알아보았지.

　누구입니까? 도대체 누구이기에 숨겨 두고 이토록 정성껏 보살피려는 것입니까? 보종의 마음속에는 수많은 의문부호가 일었다.

　－연모하는 여인입니까?

　그렇게 묻자 무표정한 염도의 얼굴에 잠시 여울이 일다가 사라졌다.

　－연모하는 이가 연모하는 이다.

– 그렇다면 염도공께서 연모하는 이는 누구입니까?

염도는 피식 웃으며 탁자에 걸터앉아 창밖으로 시선을 돌렸다. 벌써 해가 바뀌어, 남천에서 그녀를 건진 게 지난해의 일이 되었다.

– 연모라… 연모라는 게 무엇이라고 생각하는가?

– 그것은 괴로우면서도 벗어날 수 없는 달콤한 감옥입니다.

– 하하, 그런가? 내게 연모란 불이다. 나를 다 태워 버릴까 봐 두려워서 차라리 삼켜 버린 불.

염도는 화제를 돌리려는 듯 정원을 돌아보겠다며 벌떡 일어섰다. 그의 목소리가 비쩍 마른 겨울 나뭇가지들처럼 서걱거렸다. 마주 앉은 보종도 따라 일어섰다.

– 제가 안내해 드리겠습니다.

– 아니다. 혼자 돌아보고 오겠다.

그러나 보종은 돌아서는 염도를 뒤에서 와락 끌어안았다.

– 이게 무슨 짓인가?

– 나는 염도공으로 인하여 감옥에 갇힌 지 오래입니다.

염도가 다시 돌아서며 자신을 안고 있는 보종의 깍지 낀 손을 잡아 내렸다.

– 보종, 이러지 마라.

그러나 보종은 두 손을 염도의 두 볼에 갖다 대었다.

– 공의 불이 되고 싶습니다.

이렇게 말하며 보종은 염도에게 입을 맞추며 가슴에 파고들었다. 염도는 두 눈을 감고 목석처럼 가만히 서 있더니 보종을 살며시 떼어내며 물었다.

─불이 되고 싶다고?

보종이 고개를 끄덕거렸다.

─어떻게? 어떻게 나의 불이 되려는가? 그게 뭔지 아는가?

─…….

─곁에 있으면서도 가질 수도 만질 수도 없고 오직 바라보기만 해야 하는 심정을 네가 아느냐? 혹시 마음을 들켜 버릴까 봐 속으로만 삼켜야 하는 마음의 불덩이를 네가 아는가?

염도의 음성이 점점 높아졌다.

─연모하는 이가 다른 이를 연모하는 모습을 지켜봐야 하는 고통을 네가 아느냐? 그걸 네가 아느냐 말이다!

─염도공!

보종의 두 눈이 벌겋게 달아올랐다. 언성이 높아지자 창밖만 바라보던 리아가 휙 고개를 돌려 두 남자를 보았다. 리아의 커다란 두 눈이 염도와 마주쳤다. 염도는 그 눈을 보자 삼맥종이 떠올라 할 말을 잊은 채 탁자에 털썩 주저앉아 버렸다.

하루 종일 진눈깨비가 내리는 가운데 조용하던 선문이 갑자기 술렁거리기 시작했다. 그날 낮에 어전회의 때 일이 선문에 발 달린 동물처럼 순식간에 전해졌기 때문이다.

─황제가 선문에 온다고?

- 왜?

- 이번 지방잠행 때 데리고 갈 호위무사를 선발한다잖아.

황제가 직접 선문을 찾는 일은 화랑이 창설된 이래 처음이었다. 그것도 황제의 지방잠행 때 동행할 호위무사를 직접 선택하기 위해서라니. 풍월주 집무실에 모인 화랑들이 황제 이야기에 열을 올리고 있었다.

- 몇 명이나 뽑는다고 합니까?

선배들의 이야기에 눈을 반짝이며 듣고 있던 군관이 끼어들었다. 한두 명을 뽑는다면 막내인 자신에게까지 순서가 오지 않을 게 분명하니 불안했기 때문이다.

- 막내야, 너는 좀 빠져 있어라.

모랑이 웃으며 핀잔을 주었다. 부제 이화랑이 숙명공주와 사라진 후 이빨 빠진 호랑이처럼 권위를 잃은 모랑이었다. 황제가 온다 하니 공연히 죄지은 사람처럼 내심 편치가 않았다. '부제 관리 역량 부족'이라는 낙인이 자신에게 찍혀 있을까 봐 은근히 염려가 되기도 했다.

낭도들도 삼삼오오 모여서 수군댔다. 어느 화랑이 뽑힐까? 낭도들에게는 그것이 초미의 관심사였다. 자신들이 소속된 낭문을 이끄는 화랑이 뽑히는 것이 낭도들의 명예가 되었기 때문이다.

- 어느 화랑이 뽑힐 것 같아?

- 부제도 없는데 모랑 풍월주는 당연히 뽑히겠지?

-그럼. 모랑 풍월주가 반드시 뽑힌다에 내 한 표 걸지.

-염도공은 어때?

-그야 당연하지. 황제의 불알친구 아닌가! 하하하.

-그나저나 이화랑 낭문의 낭도들은 낙동강 오리알 신세군. 이화랑이 날아가 버리고 없으니.

낭도들 사이에 열띤 추측이 난무하는 가운데 설성이 찬물을 끼얹듯이 한마디 던졌다.

-황제라고 해 봤자 새파란 어린애라서 실권도 없다던데, 뭐. 섭정이잖아.

-아니, 이 사람아 영원히 섭정이겠어? 곧 때가 오는 거지.

-글쎄, 뭐 난 누가 뽑히든 별 관심 없다!

설성은 피식 웃으며 대꾸했다. 염도와의 약속 장소로 출발할 시각이 되었기 때문에, 낭도들이 황제 이야기에 정신이 팔린 사이 슬그머니 선문을 빠져나갔다. 밖에는 여전히 굵어진 눈발이 소리도 없이 흩날리고 있었다.

2

　겨울 남천은 차고 물줄기가 말라들곤 한다. 물이 넘쳐 종종 범람하기까지 하는, 그래서 천경림의 빽빽한 수목들을 흠뻑 적시곤 하는 여름 남천과는 사뭇 달랐다. 그 넘실대는 여름 남천에 던졌던 여자 리아. 그녀가 설성 앞에 다시 나타난 것은 진눈깨비가 굵은 눈발이 되어 흩날리던 그날 밤이었다. 염도가 말한 보종의 별장으로 찾아가 보니 난데없이 그녀가 있었던 것이다.

　－알아보겠나?

　－사, 살아 있었소?

　－이제부터 이 여자를 네가 맡아서 돌봐야겠다.

　－뭐요?

　－너에게는 그래야 하는 이유가 있다.

- 무슨 말이요?

- 너와 나에겐 딱 한 가지 똑같은 목적이 있지. 그게 뭔지 아느냐?

- 그게 뭐요?

- 리아가 다시 세상에 알려지기를 원치 않는다는 것이지. 리아가 살아 있다면 너는 이사부에게서 문책을 당하거나 신임을 잃을 것이다. 그러니 너로서는 절대로 리아가 살아 있다는 게 알려지길 원치 않을 게다.

- 염도공은 왜 이 여자가 사라지길 원하오?

염도는 잠시 침묵하며 말을 고르더니 낮은 목소리로 이렇게 말했다.

- 황제께서 리아라는 여자에게서 벗어나기를 원한다.

이 여자의 죽음을 딛고, 그 슬픔을 발판 삼아 강해지기를 원한다. 그리고 드디어 황제는 달라지기 시작하고 있다. 여자를 잃은 슬픔이 황제를 성숙시키고, 리아를 죽인 태후에 대한 분노가 태후에 대한 두려움을 넘어서고 있다. 물론 처음부터 리아를 숨길 생각은 아니었다. 리아가 깨어났을 때 실어증에 걸리고 기억조차 잃어버린 것을 알기 전까지는 말이다. 말도 기억도 잃어버린 상태라면, 그것도 운명이라 여기고 리아의 기억에서 황제가 지워졌듯이 황제의 인생에서도 리아의 페이지를 찢어내 버려도 상관없지 않을까, 그런 생각이 들었던 것이다. 리아의 페이지를 찢어낸 후에 황제가 앞만 보고 나아가길 바랐으니까.

　ㅡ그건 또 무슨 소리요?

　ㅡ너는 알 것 없다. 어쨌든 여자를 맡아라. 절대로 세상에 내보이지 말고 은밀하게 돌봐라. 이것은 너와 나만의 비밀이다.

　맡긴 맡았는데, 그 맡는다는 것이 도대체 무엇을 의미하는 것인지 설성은 감이 오지 않았다. 염도는 알고 있었을까? 그 자식이 알긴 뭘. 그저 이 여자를 떠넘기기에 바빴겠지. 그저 선문 근처에 여자를 은거시킬 만한 집 하나를 마련해 주고는 끝이지. 그런데 이 여자는 뭐지? 말도 못하게 되고 기억도 잃었다니.

　설성은 여자를 데리고 보종의 별장을 나와 은거지로 옮겼다. 그곳은 이제 설성과 여자의 집이었다. 염도는 들키지 않도록 평소에 여자에게 남장을 시키라면서 남자 옷도 마련해 주었다. 하지만 저 미모를 남장으로 가릴 수가 있겠나 싶었다. 목석처럼 하루 종일 가만히 앉아서 먼 산만 바라보는 여자에게 설성은 무엇을 어떻게 해야 할지 난감했다.

　ㅡ어이, 어이!

　불러도 반응이 없었다. 듣기는 한다고 하던데, 아무리 불러 보았자 쳐다보지도 않는다.

　ㅡ이봐. 리아!

　마치 개를 훈련시키듯 그녀를 불러 보았지만 소용이 없었다.

　ㅡ리아야!

연거푸 불러댔다. 짜증이 날 정도로.

– 아야!

그때였다. 이름의 끝 글자만 따서 부르니 그녀가 고개를 돌리고 설성을 쳐다보는 것이 아닌가. 설성은 그녀의 커다란 두 눈을 똑바로 마주하게 되었다. 마치 월성 하늘에 뜬 보름달처럼 그 눈은 동그랗고 환하고 세상이 다 비칠 듯 투명했다. 거사일 바로 전날 마지막으로 얼굴이나 똑똑히 봐 두자는 심산에서 말을 걸었던 순간이 생각났다. 자신이 어떤 일을 당하게 될지도 모른 채 천진하게 웃으며 길을 가르쳐 주던 그 얼굴이. 설성은 갑자기 심장 언저리가 욱신거렸다. 처음 겪는 느낌이었다. 뭐야, 이건. 기분이 왜 이래! 그는 묘한 기분을 씻어내려는 듯이 다시 '아야'라고 불러 보았다.

– 아야! 아야!

그러자 그녀가 설성을 똑바로 쳐다보더니 금세 두 눈이 글썽거리기 시작했다.

– 아야, 왜 그래? 왜, 내가 뭘 어쨌다고?

설성이 어쩔 줄 몰라 하는 사이, 그녀가 천천히 설성에게 다가오더니 와락 품에 안겼다. 뭐, 뭐지 이건? 뜻밖의 상황에 설성은 그만 그녀를 품에 안은 채 가만히 숨을 죽였다.

황제가 선문에 나타나자, 모두가 숨을 죽인 채 황제를 바라보았다. 말로만 듣던 삼맥종, 열일곱 살의 어린 황제를 가까이

서 보는 것은 처음이었다. 똑같은 열일곱, 혹은 그보다 조금 많
거나 적거나 하는 화랑들은 비슷한 또래이면서도 한 나라의 황
제 자리에 있는 청년을 다소 경이로워하며 바라보았다. 호위무
사를 선발한다면서 무예를 보기보다는 오찬을 하자고 제의한
다소 엉뚱한 황제였다. 모랑이 먼저 나와 절을 올렸다.

　－풍월주 모랑입니다.

　모랑. 그는 화랑도가 다 아는 태후의 사람입니다. 태후의 입
김으로 들어왔고 전임 풍월주 미진부가 태후의 사랑을 받았기
에 부제였던 모랑도 쉽게 풍월주 자리까지 오를 수 있었습니
다. 염도의 말을 하나하나 황제는 곱씹었다.

　－모랑, 반갑다!

　락랑, 무뢰 등이 차례로 나와 황제에게 절을 했다. 그때마다
황제는 마치 친구에게 대하듯 손을 잡았다. 다른 사람은 한 손
을 잡았고 염도를 마주했을 때는 두 손으로 덥석 염도의 손을
잡았다. 유모의 아들로 황제와 형제처럼 궁에서 자란 염도는
신국이 다 아는 황제의 사람이었고 황제 또한 그것을 숨기려
하지 않았다.

　－보종입니다.

　보종. 아름답고 기품이 있어 흠모하고 따르는 자가 의외로
많습니다. 무예 실력은 물론이고 두뇌가 뛰어납니다. 또 저에게
충성을 다하는 헌신적인 자입니다. 곁에 두시면 유비가 제갈공
명을 둔 것처럼 힘이 되실 것입니다. 두뇌가 뛰어난 청년이라.

황제는 보종의 눈을 들여다보았다.

– 보종, 반갑다. 눈빛이 좋다.

다음은 군관이 서 있었다. 황제는 군관에게 다가가며 먼저 물었다.

– 이름이 뭔가?

– 군관이라고 합니다.

군관은 막내 화랑입니다. 나이는 제일 어리지만 무예 실력은 신국제일검이라는 별명이 붙어 있을 정도로 뛰어납니다. 성정이 반듯하고 때 묻지 않았습니다. 나라에 충성하고 입신양명하고자 하는 순수한 열정이 뜨거운 자입니다.

– 나는 삼맥종이라고 한다.

황제가 마치 친구들끼리 통성명을 하듯이 자기 이름을 말하자 군관이 당황하며 답했다.

– 아, 알고 있습니다!

군관은 뜻밖의 통성명에 웃어야 할지 더 엄숙하게 응해야 할지 순간 헛갈렸지만 그저 이렇게 덧붙이고 말았다.

– 폐하의 존명은 신국 백성이 다 아는 바입니다.

황제가 웃으며 물었다.

– 몇 살이지?

– 올해 열여섯 막내 화랑입니다.

– 열여섯이면 알 거 다 아는 나이 아닌가. 노땅들은 우리가 아무것도 모른다고 무시하지만 말이야. 그렇지 않나?

웃어야 하는 상황인지 진지하게 들어야 하는 상황인지 판단이 서지 않는 화랑들이 잠시 멈칫하는 사이 염도가 먼저 풋! 하고 웃음을 터뜨렸다. 얼마나 애쓰고 신경 써서 준비해 온 황제의 멘트들인지 짐작이 되고도 남았기 때문이다. 염도가 웃음을 터뜨리자 화랑들도 긴장을 풀며 일제히 황제의 말에 웃음을 터뜨렸다.

– 난 그대들의 황제이자, 친구다. 나와 말동무를 해 주고 또 나를 지켜 줄 자를 청하러 왔다!

그러자 화랑들이 일제히 한목소리로 외쳤다.

– 황제 폐하, 환영합니다!

– 환영합니다!

– 화랑은 황제를 위해 존재합니다!

군관이 굵은 눈썹 아래 쌍꺼풀도 없는 눈을 반짝이며 황제를 바라보았다. 그의 눈에 황제는 한 살 위의 형 연배였지만 그보다 훨씬 큰 사람으로 보였다. 그 순간 황제는 군관을 마주 보며 그의 손을 두 손으로 꼭 잡았다. 염도에게 보인 친근감이었다.

설성은 리아의 손을 자신의 두 손으로 꼭 잡아 주었다. 그녀의 길고 가느다란 열 손가락이 그의 손아귀 안에서 꼼지락거렸다.

– 손 시리지?

그녀가 고개를 저었다. 추운 겨울날 천경림 숲속에 들어왔으니 손이 시리지 않을 리 없었지만, 손이 시리더라도 가얏고를 계속 만지고 싶다는 뜻인 듯했다. 리아는 가얏고가 추울까 봐 걱정이라도 되는 양 그 현악기를 가슴에 꼭 품었다.

며칠 전 설성이 가얏고를 내밀자 리아의 눈동자가 휘둥그레지며 반기는 기색이 역력했다. 사실 설성은 가얏고가 어떻게 생겼는지 가까이서 본 적도 없었다. 다만 리아를 감시할 때 먼발치서 그녀가 그것을 들고 현을 뜯거나 애지중지 안는 것을 몇 번 보았을 뿐이다. 물론 황제에게 그것을 연주해 줄 때면 덩달아 들어 본 적도 있지만 그뿐이었다.

그런데 얼마 전 설성은 새삼스럽게 가얏고를 찾으러 천경림 부근에 있는 리아의 옛집에 다녀온 것이다. 왠지 가얏고가 리아에게 큰 위안이 되어 줄 것 같았기 때문이다. 집은 이미 폐허가 되어 먼지가 뒤덮여 있었지만 장막 뒤로 조심스럽게 세워 둔 가얏고를 찾아낼 수 있었다.

─이거, 아무 때나 소리를 내면 안 돼! 다른 사람이 들으면 안 되는 거야. 소리를 내고 싶으면 내가 저 멀리 그래, 천경림 깊은 곳으로 데리고 가 줄게. 알았어?

예상대로 리아는 아이처럼 가얏고를 품에 안고 좋아서 어쩔 줄 몰라 하면서 고개를 끄덕였다. 자기 가얏고라는 걸 알아보는 것일까? 알 수 없었다. 그녀의 기억 속에 있는 희미한 그 무엇을 건드렸는지. 다만 그날 이후 그녀가 가얏고를 하루 종일 안고 지내게 된 것만은 분명했다. 잠시도 손에서 놓으려고 하지 않고 이리저리 만지며 때로는 현을 한두 줄 퉁겨 보기도 하는 듯했다. 그러다가 바로 오늘, 그녀가 설성의 손을 이끌고 나가자고 한 것이다. 한 팔로는 가얏고를 안고서 말이다. 처음에는 설성도 리아가 무엇을 원하는지 금세 알 수 없었다.

　-아야! 왜? 밖에 나가고 싶어? 그런데 가얏고는 왜 가지고 가?

　그녀는 그에게 무언가 부탁하는 눈길을 보내며 가얏고 현에 손가락을 얹은 채 꼼지락댔다.

　-가얏고 퉁기고 싶어?

　그러자 그녀가 고개를 세차게 끄덕였다. 결국 설성은 그녀를 싸늘한 냉기가 가득한 천경림 숲속으로 데리고 갔다. 그녀의 손이 지난해 여름 황제 앞에서 하듯이 조심스럽게 가얏고 현을 뜯었다. 예전처럼 현란한 손놀림은 아니었으나, 청아하고 은은한 소리가 천경림 나무 사이사이를 다니며 춤을 추는 듯했다. 그 소리는 설성의 가슴 속으로도 들어와서 춤을 추었다. 리아를 한참 쳐다보는데, 리아가 손가락이 시린지 두 손을 비벼대는 게 눈에 띄었다. 그러자 설성은 가까이 다가가 자신의 두 손바닥을 마주 대고 막 비벼서 따뜻하게 데우더니 리아의 두 손을 꼭 잡아 주었다.

　-어때, 좀 따뜻하지?

　리아가 아이처럼 고개를 끄덕였다. 그 모습을 보자 설성은 숲 속의 한기 때문인지 가슴이 시렸다.

– 아야! 아야!

그렇게 부르기만 해도 리아는 좋아라 하며 설성을 마주 보고 활짝 웃어주곤 했다. 황제는 이 미소가 좋아서 그녀에게 그토록 빠졌던 것일까? 설성은 문득 자문자답해 보았다. 틀림없이 이 미소에 반했을 것이다. 아니면 저 커다란, 사람 마음을 다 들여다볼 듯 깊고 맑은 호수 같은 저 눈동자에 반했거나. 황제가 사랑했던 여자가 천것 설성의 손에 맡겨져 있다는 게 믿어지지 않았다.

아야! 미, 미안하다! 너를 그렇게 만들어서. 미안해!

그러나 그 말은 차마 밖으로 소리가 되어 나오지 못했다. 대신에 그는 자신의 볼을 리아의 언 볼에 비벼대며 말했다.

– 아야! 이제 가자! 고뿔 걸려!

리아는 순한 양처럼 고개를 끄덕이며 설성의 손을 잡고 일어섰다. 숲을 나와 남천가를 따라 걸을 때 멀리 황제의 행렬이 보였다. 앞선 병사들이 고함을 치며 길을 냈다. 선문 방문을 마치고 돌아가는 황제의 행렬이었다.

– 물렀거라! 황제 폐하이시다!

설성은 행렬을 보자마자 리아의 얼굴을 한 팔로 감싸 가리며 고개를 숙였다. 황제는 두 남자를 내려다보며 지나갔다. 고개를 숙인 설성의 눈에는 황제가 탄 백마의 쭉 빠진 다리만 보였다. 남장을 한 리아가 설성의 품에서 꼼지락거렸으나 완력으로 그녀를 꼼짝 못하게 누른 채 숨을 죽였다. 그녀의 동그랗고 가녀린 어깨가 설성의 손아귀에 잡힌 채 맥이 풀렸다. 여기서 황제에게 들키면 안 되잖아. 설성은 그렇게 중얼거렸다. 그의 손이 조금 떨리고 있었다. 그 떨림이 두려움인지 설렘인지 그때는 생각해 보지도 못했다.

3

겨울 한파가 다 물러간 후 황제는 지방순시에 나섰다. 어느 지역을 돌아 어떻게 환궁을 할지 구체적인 계획은 일체 비밀에 부쳐졌다. 그를 호위하는 염도, 보종, 군관조차도 황제의 여정을 미리 알지 못하고 그저 명에 따라 동행할 뿐이었다. 또한 평인복을 하고 나섰기에 누구도 황제를 알아볼 수 없었다.

– 왜 염도, 보종, 군관을 선택하셨습니까?

황제가 선문 방문을 통해 선발한 호위무사에 대해 태후가 강한 반발을 드러냈다. 그도 그럴 것이 누가 봐도 태후의 사람인 모랑을 제외시켰으며 모랑의 오른팔, 왼팔이 되는 락락, 무뢰 역시 빼 버렸기 때문이다.

– 풍월주 모랑은 부제 이화랑의 관리를 소홀히 한 책임이 있습니다. 그에 대한 문책을 면한 것만 해도 큰 은혜를 베푼 것입

니다. 또한 풍월주와 한 몸 한마음이 되어 움직이는 부제의 상태를 미리 알지 못했으니 그 통찰력을 어떻게 믿을 수 있겠습니까?

황제는 또박또박 서책을 읽듯이 태후에게 아뢰었다. 아무리 막강한 태후라 해도 단독 행동을 시도하는 황제를 강압적으로 제지할 방법이 없었다. 순종적이기만 하던 아들이 갑작스럽게 훌쩍 커 버린 것에 태후는 적응하기 힘들었다.

황제는 평인복을 입고 산하를 돌아다녔다. 유오游娛를 일상적으로 다니는 신국의 화랑들에게 강산을 돌아보는 것은 지극히 익숙한 일이었다. 백제와의 국경에 가까운 마을에 이르렀을 때였다.

―이 마을은 유달리 옹색해 보이는구나.

―저잣거리 아이들이나 노인들의 행색이 무척 초라합니다.

염도가 대답했다.

―보종, 먼저 가서 알아보고 오도록 하라.

보종이 말을 달리더니 그 뒷모습이 사라졌다. 황제는 다른 일행과 더불어 논밭을 둘러보며 천천히 이동했다. 한참이 지난 후 보종이 마을 어귀에서 다시 황제에게로 달려왔다.

―폐하, 병부에서 내려온 장수들이 군을 유지한다는 명목으로 지역민들에게 별도의 세금을 거둬들이고 있다고 합니다.

―이중으로 세금을 걷는다는 말이냐?

―네, 그렇습니다.

백제는 물론 고구려와도 국경이 가까운 그곳은 전쟁의 위험이 크기 때문에 그만큼 병부에서 내려간 장수들의 영향력도 막강하였다. 그러한 영향력을 이용하여 장수들이 배를 불리고 있었던 것이다.

－병부의 군사들이 세금을 이중으로 거두고 있는 것으로 보입니다.

－이런 뒷구멍에서 착취가 자행되고 있었다니!

그때였다. 마을에서 한 어린애가 미친 듯이 도망 나오는 것이 보였다. 아이는 어디선가 훔친 떡 덩이와 고깃덩어리를 보물인 양 꼭 끌어안은 채 가랑이가 찢어지도록 뛰고 있었다. 그 뒤로는 멀리서 말을 탄 병사 하나가 아이를 뒤쫓아 오는 게 보였다. 병사의 손에는 창이 들려 있었다. 그 모습을 보고 있던 황제가 다급하게 명했다.

－군관! 아이를 데려오라.

명이 떨어지자마자 군관이 날렵하게 말을 몰아서 마을 어귀에서 도망치고 있는 아이를 향해 달려갔다. 마을 병사도 점점 아이에게 가까워지고 있었다. 군관 역시 박차를 가해 속도를 냈다. 아이는 그만 돌부리에 걸려 넘어진 채 겁에 질려 일어서지 못했다. 병사의 창이 아이를 향하는 순간 군관의 말이 날아올랐다가 아이 앞으로 내려섰다. 그러고는 마상의 군관이 오른팔로 아이를 들어 올리고 왼손으로는 병사의 창을 막았다.

－누구냐!

―서라벌에서 온 화랑이다. 아이의 목숨을 구하는 것이 화
랑의 도리이니 억울하다고 생각된다면 덤벼라. 내가 너의 창을
받아 주겠다!

서라벌에서 온 화랑이라는 말만 듣고는 병사는 꽁지가 빠지
게 달아났다. 황제가 화랑들과 함께 길을 떠났음은 이미 지방
까지 소문이 난 터였다. 달아나는 병사의 뒷모습을 씁쓸하게
바라보며 황제가 말했다.

―지방의 조세를 개혁해야겠다. 병부의 장수들이 이중으로
세금을 착복하고 또 그것이 중앙의 병부로 들어가고 있는 게
분명하다.

병부에 누가 있는가. 바로 병부를 총관장하는 이는 병부령
이사부였다. 이사부가 지소태후와 함께 정사를 주무르는 것도
모자라 나랏돈을 제 맘대로 황령하고 있음이었다. 황제는 화랑
들과 더불어 산천을 돌아보고 마을을 순시하며 여러 날을 보냈
다. 겨울 끝자락에 시작한 순시는 이곳저곳에 봄이 한창일 때
끝나갔다. 서라벌에 당도했을 즈음에는 곳곳에 벚꽃이 흐드러
지게 피어 있었다. 여러 선왕의 능이 봉긋봉긋 솟아 먼발치 남
산 자락과 한 물결로 어우러져 보이는 대릉원[18] 주변에도 하얗
게 만개하기 시작한 벚꽃이 꽃바람을 날리고 있었다. 하늘하늘
한 꽃잎들이 봄바람에 흩날리며 하늘과 땅과 사람의 마음까지
물들였다.

남천가에 벗꽃이 흐드러지게 피었다. 설성은 햇살이 좋은 날이면 리아를 데리고 남천가를 거닐다가 천경림에 들어가서 한참을 머물곤 했다. 리아는 여자치고 몸이 날렵해서 나무도 잘 타고 걸음도 빨랐다. 하루는 가얏고를 연주하던 자리의 그 왕버들을 타고 리아와 함께 올라갔는데, 나무 위에서 숲을 내려다보고 있으려니까 리아의 표정이 그 어느 때보다도 편안하고 행복해 보였다.

– 봐라, 아야. 이 숲에는 말이야 천것도 없고 성골 귀족도 없어. 나무는 다 똑같다니까. 그래서 난 이 숲이 좋아. 언젠가 말이야 이 숲처럼 여기 있는 나무들처럼 천것도 없고 성골 귀족도 없이 다 공평하게 사는 세상이 되었으면 좋겠어. 하지만 현실은 그렇지 못하지. 천한 것들은 사람대우도 받지 못하잖아. 이제껏 나를 사람대우해 준 사람은 한 명도 없었다. 언제나 천대하고 무시만 했지.

설성의 팔에 안긴 채 리아는 그의 이야기에 귀를 기울였다. 때론 고개를 끄덕이며 때로는 눈을 반짝이며 리아는 설성의 말을 들었다. 그 모습이 설성에게는 정말 사랑스럽고 고맙게 느껴졌다.

– 하지만 말이야, 내가 습비부에 있을 때 나같이 천한 신분을 친구처럼 대해 준 사람을 딱 한 번 만난 적이 있었어. 황금을 가지고 다니는 걸 보면 신분이 꽤 높은 공자 같았는데, 우리 어머니 묫자리를 사 주었지. 나이도 나랑 비슷해 보이던데 말이

야. 나 그 공자를 잊지 못한다. 왜냐하면 나를 사람대우해 준 유일한 사람이었으니까. 그가 내게 해 준 것은 단순히 뭇자리가 아니야. 엄니를 잃고 모든 걸 포기한 내가 다시 살아 볼 용기를 주었지. 그는 내게 은인이야.

그도 지금쯤은 청년이 다 되었겠네, 설성은 까만 눈 공자의 얼굴을 떠올리며 리아의 동그란 어깨를 더욱 세게 안았다. 그녀가 자신의 품안에 있는 게 믿어지지 않았다.

─ 아야! 내가 언제까지나 너를 지켜 줄게.

내 인생에는 딱 두 개의 빛이 있지. 까만 눈 공자와 너. 까만 눈 공자는 나를 살게 해 주었고, 너는 나를 행복하게 해 주었다. 까만 눈 공자는 다시 만날 수 없겠지만 너는 내 곁에 있어 주겠지? 너만 있으면 돼. 세상 사람들이 다 나를 나쁜 놈, 천한 놈이라 하겠지만 그런 건 상관없어. 딱 한 사람, 너만 나를 알아 주면 되는 거야.

설성은 리아의 두 볼을 꼭 잡고 입을 맞추었다. 온갖 유화란 유화는 다 섭렵한 타락 천사 설성이었지만 리아 앞에서는 한없이 순진하고 어설픈 남자가 되었다. 이제 막 신록이 올라오기 시작하는 천경림의 왕버들 나뭇가지들이 바람에 떨며 바스락 수줍은 소리를 냈다. 푸른 소나무들도 한껏 바람에 몸을 안기며 봄기운을 재촉했다.

대궁의 소나무 솔잎들이 봄바람에 한들한들 일렁였다. 오랜

만에 궁에 돌아온 황제는 여독을 푸는 대로 태후를 뵈었다. 태후의 심기는 여전히 편치 않아 보였다. 태후의 반대에도 불구하고 강행한 지방순시였기 때문이다.

− 조세제도를 개혁해야겠습니다.

− 지금 뭐라 하셨습니까?

− 조세제도를 개혁해야겠다고 말씀드렸습니다.

− 왜 그렇게 해야 합니까?

− 이번 순시 때 돌아보니 병부에서 내려간 장수들이 이중으로 세금을 거두어 백성들의 삶이 곤궁하고 피폐해질 대로 피폐해진 곳이 많았습니다. 심지어 어린아이들이 굶주림을 참지 못해 도둑질을 하다가 변을 당하는 곳도 있었습니다.

− 병부에서 세금을 더 거두는 것은 병사들의 필요에 의한 것입니다. 지금 신국은 고구려, 백제 양대 강국에 둘러싸여 하루도 마음 편히 지낼 날이 없을 정도로 위태로운 정세가 아닙니까. 병사들의 사기를 죽여서는 아니 됩니다. 또한 국경을 지키는 병사들에게 많은 재물이 소요되는 것 또한 인정해야 합니다.

− 그렇다 하더라도 백성들의 고초를 모른 채 할 수는 없습니다.

− 폐하, 그리도 인정에 연연해서 어찌 정사를 돌볼 수 있겠습니까? 백성들은 신국과 황실을 위해 존재합니다. 나라와 황실의 필요에 따라 언제든지 이리저리 움직이고 때론 목숨도 내

놓아야 하는 게 백성입니다. 백성은 성골의 종일 뿐입니다. 신의 종이지요!

─어머니의 백성은 성골의 종일 뿐인지 모르지만, 저의 백성은 그렇지 않습니다. 백성이 황실을 위해 존재하는 것이 아니라 황제가 백성을 위해 존재하는 것입니다.

─하! 참으로 답답하고 어리십니다. 백성은 언제든지 필요에 따라 살릴 수도 있고 죽일 수도 있습니다. 그것이 신분이고 성골의 위엄이지요.

─백성을 돌보지 않는 황실이 어찌 진정한 황실이 될 수 있겠습니까? 백성을 살리지 못하는 생신生神이 어찌 진정한 생신이 될 수 있습니까? 성골이 살아 있는 신이라면 자기 백성을 죽이지는 않을 것입니다. 백성을 죽이는 조세제도를 묵과할 수 없습니다.

─허허, 조세개혁은 아니 된다고 해도 그러십니다. 허락할 수 없습니다.

─섭정기에 할 수 없다면 친정을 선포한 이후에 제가 직접 하겠습니다.

─친정이라니요! 아직은 성급한 생각이십니다.

─어마마마, 내년에는 제가 열여덟 살이 됩니다. 친정을 선포하겠습니다.

─아직 친정을 시작할 때가 아닙니다. 폐하께서는 아직 정치를 모르십니다. 열여덟 살이 무엇을 안단 말입니까?

─그럼 몇 살이 되어야 정사를 돌볼 만큼 알게 되는 것입니까?

─제위란 사사로운 정에 이끌려서도 아니 되는 자리이고, 냉철한 통찰력과 군부를 통솔할 수 있는 위엄이 있어야 합니다. 인정에 이끌리고 감상적인 마음에서 백성들에게 휘둘리기만 해서 어떻게 제위를 지키고 황실의 위엄을 지킬 수 있겠습니까? 아직도 한참 멀었습니다. 무엇으로 나라를 다스리려 하십니까? 더 냉정해지시고 더 강해지셔야 합니다.

─열여덟 살이 되면 친정을 선포하고 새로운 연호를 사용할 것입니다.

─절대로 허락할 수 없습니다!

─어마마마!

─나가 보십시오. 친정 이야기는 못 들은 것으로 하겠습니다. 조세개혁 또한 허락할 수 없습니다. 설사 어전회의에 다시 안건을 부친다 해도 신료들이 찬성하지 않을 것입니다.

그렇겠지요. 조세제도를 개혁하면 신료들의 수입이 줄어들 테니까요. 특히 병부령께서 타격을 입겠지요. 그러니까 개혁을 반드시 해야 한다는 것입니다.

황제는 그렇게 마지막 말을 속으로 곱씹으며 태후궁을 나왔다. 홀로 남은 태후의 눈가가 파들파들 떨리고 있었다. 훌쩍 커 버린 키만큼 이제 어미 치마폭에서 싸여 고분고분하던 아들이 아니었다. 친정! 황제가 진정 친정을 하고자 한다면 무슨 명분으로 그것을 막을 수 있단 말인가? 막다른 골목에 다다랐다는 위기감이 태후의 마음을 불안하게 만들었다. 친정을 막지 못한다면 모든 권력을 황제에게 넘겨야 했다. 그러나 그러기에는 그녀가 이제껏 누리고 있는 것이 너무 많았다. 그 단물을 아직 다 빨아먹지도 못했는데 황제에게 넘길 수는 없었다. 날카로운 목소리로 태후가 소리쳤다.

　－여봐랏! 상대등 이사부 어르신을 드시라 전해라!

4

– 이사부 장군 만세!

– 이사부 장군 만세, 만만세!

왕도 서라벌이 이사부 장군의 개선을 축하하며 요동을 쳤다. 낭도는 물론 화랑들조차 거리로 나와 월성으로 전진하는 부대의 긴 행렬에 환호성을 던졌다. 이사부는 맨 앞에서 거대한 검을 찬 채 시커먼 흑마 위에 앉아 위엄이 서린 눈으로 백성들을 돌아보고는 다시 정면을 응시하곤 했다.

550년 삼맥종이 즉위한 지 11년째 되던 그해. 신라에는 경사가 있었다. 정월부터 백제가 고구려의 도살성을 빼앗았다는 소식이 들리더니, 3월에는 고구려가 백제에 대한 보복으로 백제의 금현성을 빼앗았다는 보고가 있었다. 그런데 서로 빼앗고 빼앗기는 접전을 벌이느라 두 나라의 군사들이 지친 그 틈을 타서, 병부령 이사부가 군사를 내어 두 성을 쳐서 함락시킨 것이다. 이사부는 빼앗은 두 성을 증축하고 무사 1,000명을 두어 지키게 한 후 서라벌로 개선하는 중이었다.

　- 대단한 환영인데.

　- 개선이잖아. 성을 무려 두 개나 빼앗으셨대. 소국 신라가 고구려, 백제의 성을 빼앗는 데 성공하니 온 나라가 들떴다고.

　- 그래도 그렇지, 이사부 장군 환영을 위해 화랑도가 거리로 동원되다니. 이건 아니지. 이건 선문의 자존심 문제라고. 우리가 태후의 사병도 아니고!

　- 쉿! 조용히 해. 말조심해야지.

　군관은 낭도들끼리 주고받는 말에 귀를 기울였다. 분명 신국에 공을 세운 것은 맞지만 한 장군을 위해 화랑도가 동원된 것은 처음 있는 일이었다. 선문에서 태후의 입김이 상당하다는 것을 모르는 바는 아니었지만 노골적인 태후의 명에 거리로 나오기까지 군관의 마음은 내내 편치 않았다.

　태후의 남자, 이사부. 그는 마치 거대한 태산처럼 신국 한가운데 있었다. 지증마립간을 모시고 다음 법흥대제를 모신 데 이어 지금까지 그는 계림의 산 역사였고, 황실과 조정의 모든 일은 그가 가장 잘 알고 있었다.

　군관은 어릴 때 들은 이사부 무용담이 아직도 생생하다. 지증마립간 시절인 512년 이사부가 우산국于山國(지금의 울릉도 및 독도를 포함한 그 부속 도서)을 복속시킨 이야기 말이다. 신국의 애들이라면 누구나 그 이야기를 듣고 자랐다. 군관 역시 조모로부터 귀가 닳도록 이사부의 이야기를 듣고 자란 세대였다.

— 바다 멀리 떨어져 있으니 우산국 섬사람들은 그것을 믿고 우리 신국에 항복하지 않았지. 그때 이사부 장군이 계교를 부려서 나무로 맹수를 만들어서는 전선에 가득 싣고 우산국 해안을 내왕하면서 위협을 하셨대. 신국에 항복하지 않으면 맹수를 풀어 밟아 죽이겠다고 말이야. 그랬더니 우산국 사람들이 마침내 항복을 해 왔더라는 거야. 그래서 그 섬, 우산국이 우리 땅이 된 거란다. 무예도 뛰어나고 지혜도 뛰어난 이사부, 그 이사부 장군과 같은 사람이 되거라.

그러나 지금 군관의 눈앞에 있는 이사부는 어릴 적 듣던 이야기 속의 영웅 이사부가 아니었다.

이사부는 남당으로 가 신료들 앞에서 황제의 치하를 받은 후 태후궁으로 바로 향했다. 전선에서 돌아오는 대로 드시라는 전갈이 당도한 지 이미 오래였다. 태후궁에는 세종왕자도 함께 있었다. 이사부가 들어서자 세종이 벌떡 일어나 반갑게 맞으며 절을 했다. 이사부도 함께 절을 올리려 하자, 태후가 만류했다.

— 여기는 남당도 아니고 우리들밖에 없으니 신하의 예를 생략하시지요. 어찌 다른 신하와 같겠습니까?

일곱 살 세종. 그 아이는 지소와 이사부의 아들이자 사랑의 도피행을 감행한 숙명의 어린 남동생이었다. 이사부는 절을 하려다 말고 자세를 편하게 고쳐 앉으며 어린 아들을 바라보았다. 눈에 넣어도 아프지 않을 귀하디귀한 아들이었다.

언젠가 황제를 만날 때 세종왕자도 함께 자리한 적이 있었다. 그때도 이사부는 먼저 황제에게 절하고 세종왕자에게 절을 하려 했다. 이사부는 신하였고 세종은 황제의 동생이기에. 그러자 어린 왕자는 일어나 이사부를 부축하며 절을 받지 않으려 했다. 황제가 물었다.

– 어찌하여 울먹이느냐.

– 황제 폐하. 상대등 이사부께서는 저의 아비 되시는데 자식된 제가 앉아서 절을 받는 게 너무 슬프고 송구해서 그렇습니다.

어린 세종은 금방이라도 닭똥 같은 눈물을 흘릴 것 같은 표정이 되어서는 황제에게 고했다. 황제는 어린 동생이 귀엽다는 듯 웃으며 말했다.

– 상대등 이사부께서는 분명 너의 아버지 되시나 황제의 신하이니 황제의 동생인 너에게 절을 하지 않을 수 없다.

– 아버지입니다……. 어찌 신하로 대하겠습니까?

이사부가 짐짓 공손한 척하며 끼어들었다.

– 왕자님, 어찌 감히 신하된 제가 절을 받겠습니까? 태후마마는 신성하시니 왕자님께서도 신자神子가 되십니다.

– 하지만…….

– 세종아, 그렇다면 상대등 이사부를 아버지라 부르는 것을 허락하겠다. 이제부터는 아버지라 불러라.

그제야 세종은 이사부를 아버지라 부르며 감격해했고 이사부 또한 황제에게 다시 절을 올렸다.

ー폐하의 은혜가 끝이 없습니다.

이사부는 그때 일을 생각할 때마다 세종이 기특하기 이를 데가 없었다. 더구나 만백성이 위대한 신으로 숭상하는 선대 법흥대제의 딸 지소를 통해 얻은 혈통이니 그냥 아들이 아니었다. 힘겹게 황후의 자리에 앉힌 딸 숙명이 사랑에 빠져 화랑과 출궁을 해 버린 마당이니 이제 세종이야말로 이사부의 야망을 실현시켜 줄 유일한 희망인 셈이었다.

ー황제께서 지방순시를 마치고 돌아왔습니다. 내년에 친정을 선포하고 조세개혁을 단행하겠다고 합니다.

ー조세개혁이라니요?

ー네, 그렇습니다.

이제 황제는 더 이상 어린애가 아니었다. 일곱 살 삼맥종이 즉위할 때만 해도 어린 황제를 등에 업고 권좌의 영화를 세세토록 누릴 수 있을 것만 같았다. 태후가 그의 손에 있었으니 어린 황제는 허수아비나 마찬가지였다. 그런데 영원히 지속될 것만 같던 세월이 참 빨리도 지나 버렸다. 황제가 벌써 제 목소리를 내기 시작하고 있으니!

ー보고받기로는 황제가 거칠부를 은밀히 불러 많은 대화를 나누었다 합니다.

ー무슨 이야기가 오고갔다고 합니까?

－극비리에 오고간 터라 상세한 내용까지는 캐내지 못했습니다. 그런데…….

　－그런데?

　－삼맥종이 새 황후를 들이려고 하고 있습니다.

　－아니! 그건 안 될 말이오. 우리 숙명이 돌아올지도 모르지 않소?

　－숙명이 마음을 돌린다 해도 받지 않을 작정이겠지요. 명분이 있으니까요. 그런데 새 황후 자리로 사도를 점지하고 있는 듯합니다.

　－사도라니!

　－그렇습니다. 대원신통 가문의 여자인 옥진궁주의 딸 사도 말입니다!

　사도. 그녀는 선대 법흥대제의 애첩 옥진궁주와 영실이라는 남편 사이에서 낳은 딸이었다. 옥진은 젊은 시절 황제의 총애를 믿고 방자한 데다 대원신통의 여자여서, 황제의 딸이자 진골정통인 지소와는 사이가 극도로 좋지 않았다. 더구나 옥진과 지소는 황위 쟁탈전을 벌이기도 했다. 법흥대제가 애첩 옥진과 자기 사이에서 난 아들에게 황위를 물려주고 싶어 했기 때문이다. 이를 가만히 두고 보고 있을 지소가 아니었다. 지소에게는 황제의 동생인 입종 갈문왕과 자신 사이에서 난 삼맥종이 있었으니까. 애첩에게서 본 아들이냐, 딸 지소의 아들 삼맥종이냐를 놓고 법흥대제는 고심했지만 마지막 승자는 삼맥종이었다. 법홍대제는 하는 수없이 황제의 동생 입종 갈문왕과 딸 지소 사이에서 낳은 삼맥종(법홍대제에게는 조카이자 외손주)에게 황위를 물려주었다. 지소는 성골이었고 옥진은 첩에 불과했으니 말이다. 그렇게 황위는 성골에게로 흘렀다. 또 이로써 진골정통이 대원신통과의 대결에서 완승을 거두고 득세하기 시작했다.

그런데 옥진은 황제의 애첩이면서도 사사로이는 남편 영실이 있었는데, 법홍대제는 지소의 첫 번째 남편인 입종 갈문왕이 죽자 애첩의 남편인 영실을 지소와 결혼시켰다. (이렇게 복잡한 혼맥은 당시 계림에서는 자연스러운 풍습이었다.) 지소는 영실로 인해 또다시 오랜 연인인 이사부와 부부의 연을 맺지 못하게 되었다. 그러니 여러 모로 옥진과 영실은 지소에게 철천지원수인 셈이었다. 그런데 옥진과 영실의 딸 사도를 황후로 들이겠다니.

ㅡ삼맥종이 사도를 황후로 맞이하겠다는 것은 진골정통의 숨통을 죄겠다는 게 아니오?

이사부의 음성이 다소 높아졌다. 이사부의 딸 숙명을 기다리지도 않고 대원신통의 여자를 들이겠다니. 괘씸하기 이를 데 없는 황제였다.

ㅡ황제 자신의 생각이오?

ㅡ거칠부가 간언한 듯합니다.

이 거칠부 놈! 이사부는 그 이름 석 자를 가슴에 새겼다. 지소가 옥진이라는 이름을 가슴에 새겨 두었듯이. 지소가 대원신통이라는 네 글자를 뇌리에 박아 두었듯이.

이사부는 전장에 나가 있던 사이 월성의 동태에 대해 한참 더 대화를 나눈 후 태후궁을 나왔다. 아들 세종이 따라 나오며 절을 했다. 봄바람이 살랑살랑 불어오는 월성 한가운데를 지나고 있을 때 반대편에서 걸어오는 거칠부와 마주쳤다.

— 평안하시지요?

이사부가 먼저 거칠부를 발견하고 다가가 인사를 건넸다. 수행하는 장수들이 척척척, 이사부의 발걸음을 따랐다. 일사불란한 그 움직임이 다소 위압적으로 느껴졌지만 거칠부는 짐짓 정중하고 여유 있는 자세로 이사부에게 알은체를 했다.

— 개선하고 돌아오시니 신국 모두가 환영하고 있습니다. 상대등 어르신께서는 참으로 신국의 영웅이십니다.

— 영웅이라니요. 과찬이십니다. 거칠부공의 국사 편찬이야말로 신국의 자랑입니다.

이사부는 젊은 관리 거칠부를 찬찬히 뜯어보았다. 장수로서 무공은 물론이고, 학자로서 국내외 정세에 대한 깊은 통찰과 책사로서 번뜩이는 기지가 비상한 신예였다. 6등급 대아찬이었지만 국사 편찬의 공을 인정해서 5등급 파진찬으로 관위를 올려 주었던 인물.

호랑이 새끼를 키운 셈인가. 나이는 이제 마흔. 젊은 패기는 여전히 팔팔한 데다 어느 정도 세상 돌아가는 이치도 알아져서 제일 왕성하게 일할 때이다. 삼맥종이 그런 거칠부를 주목했다는 것은 어쩌면 당연한 일인지도 모르지. 친정을 작심한 황제에게 거칠부가 대안이 될 수도 있다. 그러나 거칠부가 나 이사부를 대신할 수는 없으리라. 그것은 황제의 희망사항일 뿐이야. 친정은 안 될 말이다. 어떻게 해서든지 막아야 한다. 애송이들에게 조정을 넘겨줄 수는 없다!

  − 내년이면 황제 폐하께서 열여덟 살이 되지요.

  이사부는 간을 보듯 뜬금없이 황제의 나이 이야기를 던져 보았다.

  − 유약하신 줄만 알았는데 황제께서는 요새 부쩍 태양의 위용을 갖추시는 듯합니다.

  거칠부가 응대했다.

  − 강대국 고구려와 신흥국 백제에 둘러싸인 우리 신국 백성들은 언제나 맘 편할 날이 있을는지, 원! 이러한 때에 비록 폐하는 어려도 태후께서 총명하시니 참으로 신국의 복입니다.

  − 하하하, 그렇습니까? 이제 황제께서 한창 패기만만하신 청춘의 때니, 신국의 기세가 고구려, 백제를 능가하게 될 것입니다!

  그렇게 응수하며 거칠부는 이사부의 눈을 똑바로 마주 보았다. 이미 육십을 훌쩍 넘었지만 여전히 조정의 구심점인 이사부는 참으로 큰 인물임에는 틀림없었다. 신료들은 황제보다는 이사부의 말에 따라 움직였다. 권력이 태후궁에서 나오고 신료들을 움직이는 손은 이사부에게 있는 셈이었다.

그렇다 하더라도 이사부! 당신은 이제 지는 해가 되어 산 너머로 사라져야 한다. 언제까지 신국의 앞날을 당신의 손에 맡겨 놓을 수는 없다. 젊은 시절의 패기는 다 잃어버리고 자신의 영달에만 집착하고 있으니 신국의 앞날을 위해 타성에 젖은 구세대는 사라져야 하리라!

거칠부는 황제와 나누었던 은밀한 대화를 다시금 되새겼다. 황제가 그에게 속내를 털어놓은 것은 국사 편찬 과정을 통해 검증된 거칠부의 됨됨이와 그 비상함에 대한 신뢰도 한몫했지만 신구 세대교체를 누구보다도 바라는 거칠부의 속내를 십분 간파했기 때문이었다. 공동의 목표를 가진 자들은 허다한 차이를 극복하고 손을 잡게 마련이었다.

─친정을 선포하고자 합니다!

─폐하의 생각이 높고도 옳습니다. 이제 더 이상 늦추실 일이 아니라 사료됩니다.

─지금 신국은 가진 자의 횡포가 극에 달하여 있는 자는 더욱 부하게 되고 가진 것 없는 백성들의 삶은 갈수록 피폐해지고 있습니다. 일부 권력을 쥔 사람이 국사를 자기 맘대로 주무르고 있습니다. 새로운 개혁이 필요합니다. 새 술을 새 부대에 담을 때가 된 것입니다.

─맞습니다, 폐하! 신구 세대교체가 이루어져야 할 때입니다!

거칠부는 갑자기 두 손을 바닥에 탁, 대고 엎드리며 고했다.

그런 거칠부를 내려다보며 황제가 물었다.

－그러나 반발이 있지 않겠습니까?

－반발이 문제가 아니라 새 부대가 문제입니다. 반발은 썩은 곳을 도려낼 때 겪기 마련인 통증에 불과합니다. 새 부대만 있다면 어찌 반발을 두려워하겠습니까? 새 부대가 되어 줄 수 있는 폐하의 사람을 만드십시오.

거칠부는 명민한 데다 신하를 향해서도 예를 갖추는 겸손한 황제가 적잖이 마음에 들었다. 황제의 독단과 권위주의만을 내세우는 게 아니라 참으로 충언과 직언까지도 품고 갈 수 있는 소통이 가능한 군주임에 틀림이 없다는 확신이 든 것이다. 그런 황제가 거칠부에게 다시 물었다.

－어찌하면 좋겠소? 지금 조정의 모든 권력은 어마마마와 이사부에게 있습니다.

－폐하!

－말해 보시오.

－화랑이 있지 않습니까?

－화랑!

－화랑을 폐하의 오른팔로 만드십시오. 병부는 완전히 이사부의 손에 넘어간 지 오래입니다. 물론 선문 역시 태후마마의 입김이 닿긴 하나 그곳에는 젊은 신세대 인재들이 있습니다. 그들이 폐하의 힘이 되어 줄 것입니다. 순수한 열정을 가진 자들, 자신의 영달과 사리사욕보다는 신국의 앞날을 위해 순수한

충정을 품을 수 있는 자들, 그들을 쓰셔야 합니다!

황제는 고개를 끄덕였다. 거칠부의 말이 이어졌다.

─또한 혹시라도 숙명이 돌아오기 전에 새 황후를 맞이해야 합니다. 새 황후를 맞이하시되 대원신통의 혈통이어야 합니다.

황제의 눈이 반짝였다.

─대원신통 가문에 지금 누가 있소?

─사도가 있습니다. 옥진궁주와 남편 영실 사이에서 난 딸이지요. 총명하고 능히 태후의 기에 휘둘리지 않을 만한 여자입니다.

─대원신통의 사도를 황후로 맞이하라?

─그렇습니다. 지소태후의 독주를 막고 지소태후와 이사부에 붙은 진골정통파들의 힘을 뺄 수 있을 것입니다!

황제는 오른손으로 무릎을 탁 쳤다.

─그대의 모든 뜻이 내 뜻과 같소!

새 술은 새 부대에 담기 위해 친정 시대를 이끌어 갈 새 부대를 키워라. 그리고 진골정통의 힘을 빼라! 그것이 황제와 거칠부의 뜻이었다. 그러나 이사부는 새로운 시대를 원치 않았다. 월성 뜰에서 마주친 거칠부의 눈빛이 밤하늘의 별처럼 총총해서 이사부는 집으로 돌아와서도 내내 거칠부를 생각했다. 아니, 거칠부 뒤에 있는 황제, 이제껏 애송이라고 여겼던 황제를 생각했다. 아니, 황제가 아니라 일곱 살 난 어린 아들, 늘그막에 얻은 어린 아들, 반쪽이나마 성골의 피를 받은 세종을 생각했다. 황위가 어찌 삼맥종에게만 가능하겠는가. 삼맥종에게 가능하다면 우리 세종에게도 가능한 일이었다. 그들이 헌 부대를 치우려고 들기 전에, 무슨 수를 마련해야 했다. 한참 입을 꾹 다문 채 방안을 오락가락 하던 이사부는 쩌렁쩌렁한 목소리로 명했다.

　－여봐라! 선문에 사람을 보내 설성을 데려오거라!

5

산천에 야생화가 흐드러지게 피었다 지고 그 자리에 파릇파릇 신록의 물이 오를 때면 황제는 선문의 화랑들과 유오를 나가곤 했다. 그날도 황제는 화랑들을 대동하고 남산[19] 유오를 나갔다. 남산에도 초록이 돋고 계곡물도 차올라 산 깊은 골짜기마다 청아한 물소리가 깃들기 시작했다. 일행은 여섯. 풍월주 모랑, 락락과 무뢰, 염도, 보종, 군관이었다. 일행은 남산 서쪽 기슭에서 신라의 시조 박혁거세가 태어난 나정蘿井[20]을 지났다. 오랜 옛날, 하늘의 찬란한 빛이 비추었다는 우물 나정에는 여전히 신비한 기운이 서려 있는 듯했다.

검은 복면을 한 설성은 몰래 숨어서 일행을 주시하면서 주머니 속에 손을 집어넣고는 화살촉을 살살 만져 보았다. 조심 또 조심하지 않으면, 손가락 끝이 살짝 스치기만 해도 피부가 뚫리고 피가 쏟아질 만큼 날카로웠다. 무엇이라도 순식간에 뚫고 그 밑의 맨살을 지나 폐부 깊숙이 꽂힐 것이 분명했다. 아무리 강한 심장이라고 해도 이 화살촉에 찔린다면 버텨내지 못하고 잦아들게 되는 법이다.

－황제 암살은 피라미를 안 시키는 법이라 하지 않으셨습니까?

－지난해에 리아 암살에 성공했으니 피라미가 아니다.

－성공하면 무엇을 주시겠습니까?

－무엇을 원하느냐?

－왕도를 떠날 참입니다. 멀리 숨어서 살 테니 평생 먹고살 수 있을 만큼 한밑천 장만해 주십시오.

－그러마. 대신 만에 하나 실패한다면 네 목숨을 내놓아야 할 것이다.

－실패한다면 이사부 어르신이 나서기도 전에 현장에서 화랑들 손에 죽겠지요. 황제에게 충성하는 그 골수분자들한테 말입니다요.

지금 그 골수분자들, 그러니까 염도, 보종, 군관이 황제 주위에 딱 붙어 있었다. 먼발치에서 보이는 황제의 얼굴은 어디서 본 듯한 느낌이 들 정도로 친근했다. 기껏해야 천경림 하늘가를 교교하게 흐르는 달빛 아래서 어렴풋이 본 얼굴이 다였는데. 저 친근함을 리아는 사랑한 것일까. 쳇, 이제 조금 있으면 이 세상에서 사라질 얼굴이다. 리아가 절대로 황제에게 돌아가지 못하게 하리라. 첩으로 들어가는 것조차 용납할 수 없다. 한 밑천 챙겨서 습비부든, 아니면 아예 리아가 어린 시절을 보냈다는 백제로든, 어디든 아주 멀리 떠나서 살리라. 황제 따위는 얼씬도 하지 않을 그런 깊은 산천에 숨어 살리라.

황제 일행은 계곡 물가에서 잠시 쉬기로 했다. 산바람을 타고 풀피리 소리가 은밀하게 번져 나갔다. 그것이 신호였다. 어디선가 나뭇가지가 흔들리며 요란스러운 소리가 일었다.

─무슨 소리냐?

염도가 검을 잡고 자리에서 벌떡 일어섰다. 다음 군관이 계곡에서 망중한을 즐기다가 젖은 채로 황급히 물에서 나와 검을 잡았다. 보종은 날카로운 시선을 수풀을 향해 던졌고 황제가 조용히 일어서면서 사방을 빠른 시선으로 일별했다. 보이지는 않았으나 재빠른, 여러 명의 움직임을 감지할 수 있었다. 무언가 빠른 속도로 다가오고 있는 게 틀림없었다.

휘이익 휘이익!

짐승이 사냥감을 쫓느라 바람을 가르는 듯한 소리가 들렸다. 바로 뒤였다. 갑자기 검은 그림자들이 사방에서 모습을 드러내며 튀어 올랐다.

─웬 놈들이냐!

탁탁탁!

화랑들이 일제히 황제를 병풍처럼 에워쌌다. 그리고 순식간에 전투태세를 갖추었다. 풍월주 모랑이 소리쳤다.

- 황제를 보호하라!

자객들은 마치 불길 속으로 뛰어드는 검은 불나방들처럼 일제히 황제를 향해 날아들었다.

- 막아라!

챙챙챙!

사방에서 화랑과 자객의 검이 서로 맞부딪치는 소리가 계곡의 청아한 물소리를 자르고, 초여름의 신록 내음을 걷어냈다. 팽팽한 접전이 벌어졌다. 어느 누구도 한 발짝도 물러서지 않았다. 자객들은 흡사 검무를 추는 듯 일사불란하게 한 몸이 되어 검을 휘둘렀다. 화랑들에게 둘러싸인 황제는 두 주먹을 쥐고 돌아가는 판을 예의주시했다. 등에 식은땀이 흘렀다. 수백 합이 이어지도록 어느 한쪽으로도 승세가 기울지 않았다. 현란한 검무가 끝이 날 줄 모르고 계속되었다. 그러던 중 자객 하나가 군관의 칼에 팔을 베이며 검을 떨어뜨렸다. 순간 군관은 기회를 놓치지 않고 일격을 가했다.

- 헉!

검을 떨어뜨린 자객이 검을 집어 들려다가 군관의 일격을 받아 어깨를 찔리고 말았다. 그러는 바람에 자객들의 검무에 균열이 생겼다. 염도가 그 균열을 파고들어 갔다.

- 검을 받아랏!

염도의 검을 받은 자객 하나가 중심을 잃고 뒷걸음질 쳤다. 염도가 한발 더 다가가며 깊숙한 곳으로 공격해 들어갔다.

－헛!

다른 자객 하나가 힘을 더해 함께 염도를 공격했다. 염도가 뒤로 밀리는 사이, 황제를 둘러싼 화랑들의 원을 깨며 자객 하나가 발을 들여놓았다. 벌어진 틈으로 황제가 노출되었다. 삼맥종은 달려드는 자객을 똑바로 노려보며 신속하게 검을 쳐들었다. 그러나 검을 휘두를 새도 없이 염도와 보종이 동시에 황제 앞에 섰다.

－막아라!

염도와 보종의 검이 함께 달려들자, 자객은 중심을 잃고 넘어졌다. 그때 군관의 검이 넘어진 자객의 얼굴을 향해 쏜살같이 돌진했다. 어느새 군관의 칼끝이 자객 얼굴에 두른 복면을 스쳤다. 복면이 스르르 벗겨지는 순간, 자객이 황급히 얼굴을 가렸다. 한 손으로 흘러내린 복면을 잡고 한 손으로는 검을 잡은 자객이 불안정하게 흔들리기 시작했다. 이제 승세는 화랑들에게 기울었다. 화랑들은 더욱 일사불란하게 자객들을 수세로 몰아갔다. 복면이 벗겨진 자객이 다급하게 외쳤다.

－후퇴! 일단 후퇴한다!

자객들이 일제히 뒤로 몸을 뺐다. 한 자객이 부상을 입은 자객을 부축해서 뛰었다. 모랑이 명했다.

－잡아라! 한 놈도 빠짐없이 잡아라!

화랑들이 일제히 자객들을 추격했다. 자객과 화랑들의 움직임이 묵직하고 강렬하게 남산을 흔들어댔다. 자객들은 마치 화랑들을 유인이라도 하려는 듯 재빠르게 사방으로 흩어졌다. 설성은 숨어서 모든 것을 주시하고 있었다. 이사부는 이렇게 말했었다.

   ─검으로는 화랑들을 이길 수 없다.

   ─검으로 이기지 못하면 어떻게 일을 성사시킵니까?

   ─검이 아니라 활을 써야지. 자객들은 화랑들을 유인해내는 미끼일 뿐이다.

   이제 내 차례인가. 높은 바위 뒤에 몸을 숨기고 화랑과 자객들의 접전을 지켜보던 설성은 땀에 젖은 손바닥을 흙에 비벼댄 후 다시 활을 잡았다. 황제 곁에는 모랑이 남아 있을 뿐이었다. 지축이 흔들리는 듯 요란하던 계곡가가 일순간 조용해지면서 으스스한 적막이 흘렀다. 계곡의 물소리만이 초여름의 산중을 채울 뿐이었다.

   설성은 화살을 시위에 메기고는 있는 힘껏 잡아당겼다. 쾌청한 날씨라 시야가 선명하게 탁 트였다. 이런 날이라면 날아가는 새라도 맞출 수 있을 듯했다. 눈을 가늘게 뜨고 표적을 뚫어져라 응시했다. 한껏 팽팽하게 휜 활에 긴장감이 흐르며 파르르 떨렸다. 힘껏 힘을 준 그의 손끝도 떨렸다. 이제 이 손을 놓기만 하면 날카로운 화살촉이 순식간에 표적으로 날아가 꽂힐 것이다.

   핑!

   화살이 시위를 떠났다. 하나, 둘, 셋. 연이어 화살들이 빗발치며 날아올랐다. 그 순간 황제는 반사적으로 뒤를 돌아보며 검을 들어 올렸으나, 모랑이 황제의 손을 치는 바람에 그만 검을 놓쳐 버리고 말았다. 모랑은 재빨리 표적에게서 한발 떨어져 몸을 피했고, 뒤이어 계속 날아드는 화살은 빛보다 더 빨리 표적을 맞추었다.

－윽!

넷, 다섯, 여섯… 날아드는 화살이 황제의 폐부에 꽂혔다. 황제는 몸을 휘청거리며 앞으로 고꾸라졌다. 설성이 높은 바위 뒤 수풀에서 나와 황제에게로 다가갔다. 그리고 고슴도치처럼 화살이 온몸에 꽂힌 채 고꾸라져 있는 황제의 어깨를 잡아 돌렸다. 피투성이가 된 황제의 얼굴이 설성의 눈에 확 들어왔다. 어디선가 본 적이 있는 듯 친근한 얼굴.

－아, 이 사람은!

그때 모랑이 한 발짝 다가섰다.

－자, 어서 가라. 화랑들이 곧 돌아올 것이다!

모랑이 주변의 동태를 살피며 설성에게 명했다. 그러나 설성은 돌부처처럼 굳어져서 꼼짝도 하지 않았다. 모랑이 설성의 등을 내려다보며 다그쳤다.

－뭘 하나? 어서 가라!

황제는 가슴을 부여잡고 설성의 눈앞에서 고통스러워했다.

－누구냐, 너는…….

숨이 끊어지는 마지막 순간에 설성에게 누구냐고 묻는 황제의 얼굴을 설성은 멍하니 보고만 있었다. 반듯한 이마에 까만 눈동자, 명석함이 총총 배어 있는 그 눈빛. 그리고 따뜻하게 건네 준 말들이 먼 기억 속에서 선명하게 되살아났다.

이 봄으로는 삽질을 할 수가 없겠다. 우리가 네 어머니를 묻을 땅을 대신 파 주겠다.

네 이름이 무엇이냐?

누가 이름을 불러 준 게 처음이더냐? 그러면 내 자꾸 불러 주마. 성아, 설성, 설성아!

설성의 눈앞에는 황제가 아니라 까만 눈 공자가 누워 있었다. 황제의 어깨를 쥐고 있는 설성의 손이 떨리기 시작했다. 그때였다. 모랑의 검이 바람을 가르는 소리가 들렸다.

획!

모랑이 황제의 마지막 남은 숨을 확실하게 끊을 참이었다. 그 마지막 일격이 허공을 가르며 황제를 향해 내려오는 순간. 설성은 땅에 떨어져 있는 황제의 검을 집어 들고는 뒤로 돌아 모랑의 배를 찔렀다.

- 네, 네놈이 왜?

모랑은 배에서 피를 쏟으며 풀썩 엎어지고 말았다. 멀어졌던 화랑들과 자객들의 쫓고 쫓기는 소리가 다시 가까워지고 있었다. 누군가 다가오고 있었다. 자객들이 화랑들을 따돌린 후 황제의 죽음을 확인하러 올 때가 다 되어 갔다. 그들이 황제를 먼저 발견한다면 틀림없이 남은 숨통을 끊어 놓으려 할 것이다.

머뭇거리고 있는 설성도 의심을 받아 살아남지 못할 것이다. 염도공은 황제를 홀로 두고 도대체 어디까지 간 것인가.

염도는 산 깊숙한 곳까지 자객들을 쫓았으나 잡지 못했다. 그들은 사방팔방으로 흩어지고 있었다. 화랑들을 흩어 놓을 심산이었다.

－서라, 서랏!

그러나 자객들은 뒤도 돌아보지 않고 산을 타고 넘어가 버렸고 곧 시야에서 사라졌다. 정신을 차리고 보니 염도는 금오봉 부근까지 깊이 들어와 있었다.

－아뿔싸, 너무 멀리 와 버렸다!

염도는 불안한 마음에 속히 발길을 돌렸다. 황제를 혼자 두고 왔다는 것을 그제야 인식하게 된 것이다.

－돌아간다! 황제가 계신 곳으로!

염도는 황급히 왔던 길을 다시 달려 내려갔다. 계곡가에서는 설성이 황제, 까만 눈 공자를 들쳐 멨다. 점점 의식이 희미해지고 있는 황제의 몸은 축축 늘어져서 무겁기 그지없었으나, 설성은 무거운 것도 잘 느끼지 못했다. 황제의 뜨끈뜨끈한 피가 자기 옷깃을 적시며 파고 들어오자 그의 심장만 더욱 벌렁거리고 턱이 덜덜 떨릴 뿐이었다.

－죽지 마시오. 제발!

자객들의 탈출 경로는 남산의 남쪽 기슭. 설성은 그쪽을 피해서 방향을 잡았다. 자객들에게 들켜서는 안 되었다. 산길을

걷는 그의 두 다리가 가슴을 죄어 오는 두려움으로 후들거렸
다. 죽지 마시오. 제발!

6

설성이 피투성이가 된 황제를 들쳐 메고 들어서자 리아는 깜짝 놀라서 비명을 질렀다. 그러나 이내 황제에게 다가와 상처를 보더니 피 묻은 옷을 벗겨낸 후 바로 흰 천을 가져와 대고는 지혈을 하려는 듯 두 손으로 꾹 눌렀다. 얼굴은 두려움과 염려로 가득 찼다.

－리아! 황, 아니 이 사람을 잘 보살펴 줘.

설성은 황급히 문을 나서려다가 멈칫 하고 리아를 바라보았다. 황제를 알아보는 것일까? 순간 불안해졌다. 사랑했던 남자의 얼굴을 다시 보면 혹시 기억이 되살아나는 것은 아닐까? 그러나 한시가 급했다. 염려를 뒤로 하고 설성은 밤길을 달려 선문으로 향했다. 염도를 만나기 위해서였다.

마침 염도는 황제를 찾기 위해 남산을 이 잡듯이 돌고 돌다

화랑

가 급히 선문으로 돌아와 설성을 찾고 있는 중이었다. 그러나 설성은 선문에 없었다. 설성이 보이지 않자 염도는 더욱 불길한 예감이 들어 다급히 선문을 다시 나섰다. 서라벌 전체를 뒤져 볼 참이었다. 그런데 수문병을 지나다가 선문으로 들어서는 설성과 맞닥뜨렸다. 염도는 설성을 보자마자 달려들어 멱살을 잡고 흔들더니 주먹을 날렸다.

─설마, 또 네놈 짓이냐?

설성은 염도의 주먹에 맞아 뒤로 나자빠지고 말았다. 염도는 달려들어 다시 한 번 설성의 멱살을 잡더니 울분에 휩싸인 채 그러나 목소리를 낮추어 말했다.

─이 자식! 그 더러운 목숨이라도 부지하고 싶다면 말해라!

분노와 절박함이 뒤범벅이 된 염도의 심장은 터져 버릴 것 같았다. 자객들을 잡겠다는 생각에 그들의 작전에 말려든 자신을 생각하면 할수록 분통이 터졌다. 어떠한 순간에도 황제의 곁을 떠나서는 안 되었는데, 그만 자객을 추격해 버리고 말았던 순간이 후회스러워 가슴에 불덩이가 사그라지지 않았다. 황제가 어디에 있는지, 죽었는지 살았는지 알 길이 없어서 속이 타는 나머지 누구라도 무엇이라도 닿는 것은 모두 태워 버릴 것만 같았다.

─황제는! 황제께서는 어디 계시냐?

황제는 깊은 잠에 빠져 있었다. 깊은 잠 속이지만 평안은 없었다. 쉴 새 없이 검과 화살이 난무하는 어둠 속에 있었다. 어디인지 잘 보이지도 않았다. 누가 칼끝을 겨누고 있는지조차 보이지 않았다. 그저 검이 춤을 추듯 날며 부딪치는 소리, 사람들이 황제를 부르는 외침들만 귓청을 울렸다. 그때였다. 어떤 부드러운 손길이 그의 얼굴을 어루만졌다. 익숙하고 편안한 어떤 손이었다. 누구인지 보고 싶어서 버둥거렸지만 눈이 떠지지 않았다. 그 손길이 그의 얼굴을 목을 가슴을 팔을 쓰다듬고, 상처로 진창이 된 그의 심장을 어루만졌다. 그 손길이 닿는 곳마다 통증이 사라지는 듯했다. 얼마나 지났을까. 어떤 목소리가 들렸다.

　－살아나실 수 있겠소?

　익숙한 남자의 목소리. 염도인 것 같았다.

　－황제께서 여기 계신 것을 발설하면 죽음을 면치 못할 것이오. 서준 선생.

　－폐하를 살리지 못한다면 이 서준 또한 살기를 원치 않습니다. 걱정하지 마십시오. 염도공! 의원은 생명을 돌보는 것 외에 다른 일에는 마음을 두지 않습니다.

　의원이 가고 누군가가 황제에게 수저로 약을 먹이기 시작했다. 아까 그 손길이었다. 따뜻한 약은 조금씩 황제의 목을 타고 내려갔다. 어디선가 또 사람들의 이야기가 들렸다.

　－지금 거리에는 병부의 병사들이 깔려 있다. 암살당한 황제를 찾고 있는 것이지. 하지만 지금 황제가 궁으로 돌아가면 어떤 일을 당할지 알 수가 없다.

　－황제가 살 수 있겠소?

설성의 질문에 염도는 칼집으로 설성의 배를 찌르더니, 쓰러진 설성의 배를 발로 걷어찼다.

  ─ 네놈이 감히 그것을 묻느냐?

리아가 황제에게 약을 먹이다가 그 모습을 보고는 소리를 지르며 달려와 염도의 팔을 붙잡고 늘어졌다. 그래도 염도는 가슴에 불이 붙은 듯 화가 치밀어 올라 발길질을 계속했다.

  ─ 네놈은 두 번이나 은혜를 원수로 갚았다! 아느냐!

두 번. 그랬다. 한 번은 리아를 죽임으로써 황제에게서 리아를 빼앗았고, 또 한 번은 황제의 심장을 겨누었다.

네 이름이 무엇이냐?

아무도 물은 적이 없던 천한 이름을 물어 준 까만 눈 공자였는데, 아무도 돌아보지 않는 엄니의 묫자리를 사 주고 함께 땅을 파서 그 시신을 안장해 준 고마운 사람이었는데, 언젠가 만나면 은혜를 꼭 갚아야지 마음먹고 있었는데, 그래 내가 은혜를 원수로 갚았다. 그것도 두 번이나!

  ─ 왜 말해 주지 않았소? 왜?

설성이 염도의 발길질에 이리저리 몸부림을 치더니 염도의 다리를 붙잡고 엎드렸다.

  ─ 황제가 그 공자라고 왜 말해주지 않았냐 말이오. 왜? 황제를 살려 주시오. 제발…….

염도는 리아가 울부짖는 설성을 달래며 품에 안아 주는 것을 보며 의자에 털썩 앉았다.

- 모랑은?

- 모랑이 황제를 향해 검을 들기에 내가 다급하여 황제의 검으로 죽였소이다. 그는 이미 태후와 이사부에게 매수된 사람이었소.

그랬군. 그저 줄을 선 정도가 아니라 거사에 동참할 정도로 태후와 이사부의 사람이 되어 있었단 말인가. 염도는 화랑도 내에 어디까지 태후와 이사부의 손길이 뻗쳐 있을지 염려스러웠다.

- 자객들은 이사부가 보낸 것이냐?

- 그렇소.

- 황제를 제거한 후 이사부의 복안이 무엇이냐? 정녕 태후가 가담되어 있는가?

- 태후는 어린 세종왕자가 황위를 잇기를 바라고 있소.

염도는 이제 막 일곱 살이 된, 삼맥종이 처음 황위에 올랐던 그 나이인 일곱 살이 된 세종왕자를 떠올렸다. 태후가 젊은 시절부터 사랑한 이사부의 아들이었다. 태후는 이사부를 사랑하면서도 법흥대제의 명에 따라 이사부와 사랑을 이루지 못한 채 작은아버지인 입종 갈문왕에게 시집을 가야 했고, 입종 갈문왕이 죽은 후에는 또다시 법흥대제의 명에 따라 법흥왕 애첩인 옥진궁주의 남편이기도 한 영실에게 시집을 가야 했다. 사랑하는 사람과 부부의 연을 맺지 못한 채 사신으로 삼아 숙명을 낳고 세종을 낳았기에 세종에게 저리 집착을 하는 것인가.

－아, 그리고 이것이 폐하의 몸에서 나왔소.

설성이 탁자 위에 무언가를 올려놓았다.

－이것은 부절이 아닌가?

지난해 리아의 몸에서도 똑같은 부절 반쪽이 나왔던 것이 떠올랐다.

－이것이 폐하의 심장을 지킨 것인가?

－그렇소.

부절符節[21]은 정확히 반으로 잘린 본래 하나의 물건이었다. 언젠가 황제가 리아에게 정표로 준 옥으로 된 부절이었다. 문득 황제의 침대 맡에 앉아 있던 리아가 고개를 돌리더니 탁자 위의 부절을 물끄러미 응시했다. 리아의 시선을 알아챈 설성은 급히 부절을 다시 원래 들어 있던 비단 주머니 속에 넣고는 염도에게 내밀었다.

황제의 의식이 돌아왔다 나갔다를 반복하며 며칠 밤낮이 지났다. 그러는 사이 리아는 황제 곁에 꼭 붙어 앉아서 약을 먹이고 땀을 닦아 주었다. 약을 제대로 삼키지 못하는 상태이기에 끊임없이 흘리고 다시 넣어 주고를 반복해야 했다. 한 수저를 떠 넣으면 한두 방울밖에는 넘어가지 못했다. 황제의 무의식 속에서는 그를 부르는 그리운 목소리가 아득히 먼 곳에서 끊임없이 들렸다. 삼맥종. 삼맥종! 눈을 뜨면 그 목소리의 주인공을 볼 수 있을 것만 같았다. 황제는 주먹을 쥐었다. 깨어나야 한다. 깨어나서 그 얼굴을 봐야 한다. 그 얼굴을! 있는 힘껏 두 눈에 힘을 주었다.

―폐하!

―폐하께서 눈을 뜨셨소!

몇 사람의 얼굴이 보였다. 아는 얼굴도 있고 모르는 얼굴도 있었다. 남자들 뒤에 한 여자가 희미하게 보이는 듯하더니 이내 사라졌다. 누군가가 그녀를 데리고 가는 뒷모습이 보였다. 자신이 어디에 있는 것인지 잘 인식이 되지 않았다.

―어떻게 된 것이냐?

―폐하, 닷새 만에 깨어나셨습니다! 이제 사셨습니다. 이제는 됐습니다.

염도가 황제의 손을 덥석 잡았다. 삼맥종! 나의 황제여! 염도에게 손을 잡힌 채 황제는 빠르게 남산에서의 일들을 기억해냈다. 불나방같이 달려드는 자객들과 수풀 속에서 날아오던 화살들. 황제의 손을 쳐서 위험에 빠뜨리던 배신자 모랑, 그리고 마지막 순간에 자신을 들여다보던 한 남자. 조금은 낯이 익은 듯도 한 그 남자.

―누가 나를 쏘았느냐?

―설성이라는 낭도입니다.

―누가 날 구했느냐?

―설성이라는 그자가 폐하를 들쳐 메고 산을 내려왔습니다.

―나를 죽이려던 자가 나를 구했다는 말인가…….

황제는 가만히 눈을 감고 생각에 잠기더니 다시 눈을 떴다.

- 설성이라고 했느냐?

- 네.

- 설성은 내가 아는 이름이다. 내가 기억하는 첫 백성의 이름이다.

리아를 다른 방으로 은거시키고 나오던 설성이 그 자리에 돌처럼 굳어졌다. 황제는 설성의 이름을 이제껏 기억하고 있었던 것이다.

- 데리고 오라.

- 폐하, 폐하를 암살하려던 자입니다.

- 알고 있다.

- 그자는 이사부의 사람입니다.

- 그런데 왜 나를 구했느냐?

- 과거 고향에서 본 인연을 뒤늦게야 알게 되었기 때문입니다.

- 습비부를 말하는 것이냐? 그때의 일을 나 역시 잊지 않았다.

설성 어미의 묫자리를 구해 주고 함께 안장하면서 유모 정화 부인의 임종을 지키지 못한 슬픔과 한을 달랬던 것을 황제는 기억한다. 설성이 염도 뒤에 다가와 섰다.

- 나를 일으켜 세워라.

아직 기력을 다 찾지 못했기에 황제의 목소리는 작았지만 그어느 때보다도 또렷하고 단호함이 묻어 있었다. 염도가 황제의 몸을 부축해서 조심스럽게 일으켰다. 상처가 다 아물지 않은 황제는 통증을 참으면서도 기품이 있는 모습을 시종일관 잃지 않았다. 어린 소년은 이제 조금도 남아 있지 않았다. 오직 황제, 황제의 모습만이 있었다.

―설성!

―예, 폐하.

―이제까지 너는 이사부의 사람이었지만 오늘부터는 나의 신하가 되라! 오늘 이 시간부터 넌 나의 친구요, 신하다!

―예!

―염도!

―옛, 말씀하십시오!

―사람을 모아라. 서라벌을 다 뒤지고 왕도 밖까지 다 뒤져서 신분 고하를 막론하고 쓸 만한 소년을 모아 낭도로 훈련시켜라. 곧 궁으로 돌아가 친정을 선포할 것이다!

황제의 당당한 목소리가 작은 방을 가득 채웠다. 벽 하나를 사이에 둔 리아의 방에도 들렸다. 피할 수 있는데도 피하지 않은 우연이 인연이라면, 피하려고 애를 써도 도저히 피할 수가 없는 것은 필연이다. 사람이 선택해서 가는 길이 있는가 하면, 하늘이 내리는 필연의 길도 있다. 도망치려 해도 도망칠 수 없고, 피하려 해도 피할 수 없다면 전심으로 껴안아야 하리라. 황제는 필연의 한가운데 있었다. 그리고 그 필연의 힘으로 용트림을 시작하며 자신의 길을 전심으로 껴안았다.

제 4 장 —

사람은 인연을 잇고

1

패왕사우覇王四友.

6세기 한반도를 제패하는 정복군주 진흥대제의 질주 뒤에는 비밀결사조직 패왕사우가 있었다. 황제는 그들을 신하가 아니라 친구라 불렀다. 피를 나눈 형제요, 생사를 함께하기로 맹세한 영혼의 친구. 그들은 황제를 친구요 연인으로 사랑했으며, 신으로 섬겼다. 황제와 패왕사우가 함께하는 전쟁에서는 패하는 법이 없었다. 그래서 사람들은 진흥대제와 그들의 군대를 '신의 군대'라 불렀다. 그런데 삼맥종을 절대 제왕이자 패왕으로 만들어 준 그 비밀결사는 아이러니하게도 황제가 죽음의 순간까지 내몰린 위기의 때에 비롯되었다.

－지금 조정에서는 황제의 국상을 거론 중이다.

－이게 말이 되나? 황제의 시신조차 찾지 못했는데 국상이

라니?

— 곧 화백회의[22]를 열어 국상 선포가 결정되면 바로 후계자를 결정한다는데 화백회의라면 이사부 뜻에 놀아날 게 분명해.

— 도대체 황제에게 칼을 겨눈 자객은 누구의 세력인지! 백제나 고구려의 첩자라는 말도 있고, 신국 내부의 세력이란 말도 있대.

— 내부의 소행이라면 누구이겠는가?

선문은 연일 술렁거렸다. 남산 유오 현장에서 자객들의 습격을 받고 사라진 황제의 행방이 묘연하여 죽었는지 살았는지 모르는 데다, 풍월주 모랑이 그 현장에서 즉사한 사건은 선문에 적잖은 충격을 안겨 주었던 것이다. 부제 이화랑의 도주에 풍월주 모랑의 죽음으로 풍월주와 부제 자리가 공석이 되었으니 선문은 풍랑 가운데 중심을 잃고 휘청거리는 배와 같았다.

군관은 착잡한 마음으로 연무장으로 갔다. 연일 이어지던 훈련이 언제부터인가 뜸해진 연무장에는 공허한 바람만이 오락가락하고 있었다. 공허를 깨부수려는 듯 군관은 혼자서 검을 뽑아 좌우로 휘둘러보았다.

— 썩을 대로 썩었어. 썩어 빠진 신료들이 조정을 주무르는 한 미래는 없다!

그때였다.

핑! 어디선가 날카로운 화살이 하나 날아들더니 군관을 지나 연무장에 세워둔 깃대에 꽂혔다. 군관은 또다시 화살이 날아드는지 잠시 상황을 살핀 후 깃대 가까이 다가갔다. 화살에는 예사롭지 않아 보이는 서신 한 통이 꽂혀 있었다. 보는 사람은 없는지 잽싸게 주변을 돌아본 후, 펼쳐든 서신에는 휘갈겨쓴 짧은 글이 몇 자 적혀 있었다.

신국의 젊은이여 일어나라!

첫 줄을 보자마자 군관은 서신을 황급히 감추며 주변을 또 살폈다. 그리고 휑한 연무장을 벗어나 소나무가 우거진 숲길로 성큼성큼 걸어 들어가 급하게 서신을 펼쳤다.

썩을 대로 썩어 부정과 비리가 정의를 넘어서고
가진 자는 사리사욕만 채우며 백성을 우롱하는 세상
보수 구세대가 조정을 주무르고 황제조차 능멸하며
조국이 강대국들 틈에서 전쟁의 위협에 시달리는 지금
신국의 진정한 자부심은 어디로 갔는가?
신국 젊은이의 자존심은 어디에 있는가?

같은 시각 염도는 보종의 방에서 그와 함께 있었다.
─언제까지 풍월주와 부제의 자리를 비워 두겠습니까? 이제 선문에는 염도공밖에는 인물이 없습니다.
염도는 말없이 보종의 말에 귀를 기울였다. 이제 선문도 물갈이를 할 때가 되었음은 염도가 누구보다 강하게 주지하고 있는 바였다. 황제의 움직임에 발맞추어 선문을 물갈이하는 것도 곧 초읽기에 들어갈 테니 말이다. 염도는 문득 보종에게 물었다.

ㅡ공은 언제까지 나에게 그리 존대를 할 참인가? 우린 똑같이 화랑인데. 더구나 공이 나보다 한 살 위가 아닌가.

ㅡ공을 우러르는 내 마음일 뿐입니다.

그윽한 눈빛으로 염도를 바라보며 이렇게 대답하는 보종이었다. 그때였다. 어디선가 뾰족한 화살이 순식간에 반쯤 열린 문에 꽂혔다. 염도는 담담히 앉았는데, 보종이 벌떡 일어서며 문을 활짝 열어젖혔다. 그러나 밖에는 아무도 없고 화살에 서신 한 통만 꽂혀 있었다. 서신을 펼쳐들고 읽는 보종의 기다란 손가락이 미세하게 떨리기 시작했다.

흘러가는 대로 휩쓸려가지 마라.
시대는 흘러가는 것이 아니라 만들어 가는 것!
잘못된 시대의 흐름을 바꾸자.
젊은이는 신국의 고귀한 상속자,
오직 젊은 피만이 새로운 시대를 창조할 수 있으니
신국의 젊은이여 일어나라!

ㅡ염도공! 이걸 보십시오. 서신 말미에 쓰여 있는 이건!

염도가 보종 곁으로 바짝 다가서 서신을 들여다보며 마지막 줄을 읽었다.

- 7월 7일 축시의 결사에 참여하라! 이는 황명이다. 삼맥종!

- 황명이란 말입니까? 이것이 진정? 황제께서 살아 계시단 말입니까?

그제야 염도는 가슴팍에 숨겨 둔 서신 한 통을 꺼내어 보종에게 보였다.

- 나도 똑같은 것을 받았다. 이는 황제의 친필이 분명하다!

어린 시절부터 함께 공부하고 자란 염도가 황제의 필체를 모를 리가 없다고 생각하며 보종은 자리에 다시 앉았다. 죽은 줄 알았던 황제가 어디에선가 살아 있어서 그들을 부르고 있단 말인가? 당혹스러워 하는 보종의 손을 염도가 잡았다.

- 보종, 나를 연모한다고 했는가? 그렇다면 그대가 나와 같은 길을 가기를 원한다!

- 염도공!

밖에서는 맡은 임무대로 서신을 전하는 데 성공한 설성이 조용히 발소리를 죽이며 자신의 방으로 돌아가고 있었다. 그의 가슴속에도 삼맥종이 직접 건네준 서신 한 통이 고이 간직되어 있었다.

드디어 7월 7일. 축시가 되자 군관, 염도, 보종, 설성은 저마다 비장한 마음과 설레는 긴장감으로 서신에 지정되어 있던 천경림 그 깊은 숲속의 왕버들 아래로 모였다. 어둠 속에서 한 사람 한 사람의 얼굴이 서서히 드러났다. 그들은 서로가 서로를 알아보았다.

– 황제께서 정말 직접 오신단 말인가?

7월 7일의 축시가 귀기마저 서릴 듯 깊어갈 즈음, 사각사각 풀 밟는 소리가 들리더니, 이윽고 얼굴을 가린 한 남자가 검을 찬 채 나타났다. 모두의 시선이 그 남자에게 쏠렸고, 숨 막히는 긴장감이 달빛 아래 흘렀다. 네 젊은이들의 시선이 주목된 가운데 남자는 복면을 풀어내고는 고개를 들었다. 그러자 나지막한 탄성이 여기저기서 새어 나왔다.

– 폐하!

– 폐하!

모두들 황급히 고개를 조아리고 무릎을 굽혀서 사선을 넘어온 황제에게 예를 표했다. 염도는 말없이 무릎을 굽히고 황제 앞에 머리를 조아렸다.

– 나는 사선을 넘어왔다. 그러나 우리의 조국 계림은 아직 사선에 남아 있다. 계림을 구할 수 있는 것은 우리 젊은이들밖에 없다. 그대들이 조국을 위해 하나로 뭉칠 것을 명한다. 썩어 빠진 구세대로부터 계림을 되찾고 국경 넘어 강대국들의 위협으로부터 구해내어 강한 신국을 건설할 것이다!

– 황명을 받들겠습니다!

– 황명을 받들겠습니다!

천경림 숲속에 젊은 남자들의 단호한 외침이 울려 퍼졌다.

황제는 친히 일어나 제단을 쌓고 제사를 올렸다. 천경림의 신성한 기운과 축시의 기운이 합해져 제단 위에 신묘한 빛이 감돌았다.

— 천지신명이여 비오니 우리들은 비록 혈육의 피를 나누지는 못했으나 오늘 이 밤에 의의 피를 나누고 하나가 되고자 하오니 굽어 살펴 주시옵소서. 마음과 힘을 합해 계림을 다시 세우며, 이를 위해 생사고락을 함께 하기를 맹세하오니 이 결사의 맹세를 저버리는 자가 있다면 하늘과 사람이 함께 죽이소서. 하늘과 땅의 신령이시어, 이 기도를 잊지 마소서.

젊은이들이 황제의 말을 따라 했다.

— 계림을 다시 세우며, 이를 위해 생사고락을 함께 하기를 원하나이다!

— 원하나이다!

한줄기 바람이 그들의 머리 위를 떠돌더니 휘이익, 하고 지나갔다. 제사가 끝난 후 황제는 4명의 젊은이들 앞에 당당한 모습으로 서서 말했다.

— 오늘부터 그대들을 패왕사우라 부를 것이다. 그대들은 나의 형제요, 친구다. 우리는 계림을 위해 함께 죽고 함께 살 것이다. 8월 15일. 낭도들을 이끌고 집결하라! 월성으로 환궁하여 친정을 선포할 것이다.

— 황명대로 받들겠습니다!

— 패왕사우! 충성을 맹세합니다!

새벽이 오려는지 푸르스름한 기운이 숲으로 흘러들었다. 패왕사우는 저마다 주위를 살피며 숲을 빠져나갔다. 삼맥종 역시 다시 얼굴을 가리고 그 자리를 떠나왔다.

축시의 결사 이후 패왕사우의 움직임이 분주했다. 어수선한 정국으로 한동안 훈련이 뜸해졌던 연무장에는 염도, 보종, 군관이 자기 낭도들을 이끌고 치열하게 맹훈련을 계속하는 모습이 눈에 띄었다. 설성 역시 염도의 낭문에 들어가 함께 훈련에 임했다. 거사일 전 화백회의가 열렸다는 소식이 들렸다. 화백회의의 안건은 황제 행방불명에 따른 국상 선포였는데, 이사부의 주도로 이루어진 것이 틀림없었다.

8월 15일. 거사일이 되자 염도, 보종, 군관은 황명대로 그동안 무술을 연마한 낭도들을 데리고, 계림 숲을 가로지르면 나오는 개활지에 속속 집결하기 시작했다. 그 시간 삼맥종은 갑옷을 입고 투구를 쓰고 있었다. 황제에게는 시중을 드는 신하도 없었고 오직 설성만이 그 곁을 지켰다.

– 폐하, 출발하실 시간입니다.

삼맥종은 고개를 끄덕이며 검을 찼다. 나고 자란 궁으로 돌아가는 것인데 마치 죽음의 위기가 도사리는 전장으로 가는 것인 양 긴장감이 감돌았다. 그러나 머뭇거리거나 망설여서는 안되었다. 자신이 가는 길을 막고 선 것이 설사 어머니라고 해도 그는 그 어머니마저 넘어서서 진정한 황제의 길을 가야 했다.

이곳을 나서면 이제는 다시 돌아올 수 없는 강을 건너는 셈이다. 뒤를 돌아보아서도 약해져서도 안 되리라. 오직 앞으로, 앞으로 나아가는 길만이 내가 사는 길이고, 모두와 함께 계림을 살리고 백성을 살리는 길이리라.

그렇게 마음의 각오를 새롭게 되새기며 무장을 한 삼맥종은 방을 나오려다 말고 문득 뒤를 돌아보았다. 두 달 넘게 머물면서도 한 번도 열어 보지 못한 방에 눈길이 갔다.

– 저 방은 비어 있는가?

– 아! 네, 네. 그렇습니다.

갑작스런 질문에 설성의 얼굴에 당혹스러움이 스쳐 지나갔다. 그런 설성의 불안한 마음을 전혀 알지 못한 채 삼맥종은 그 방문을 뚫어져라 응시하더니 다가갔다. 무언가 그 안에는 알 수 없는 비밀이 숨어 있을 듯 느껴졌다. 어째서 그동안 이 문을 열어 볼 생각을 하지 않았을까. 그러고 보니 그동안 누군가 이 안에서 나를 지켜보는 느낌이 들었는데…….

황제가 손을 들어 그 문의 나무결을 따라 내려가 보았다. 누군가의 살결을 만지는 듯, 부드럽고 곱디고운 촉감이 긴장되어 있던 그의 마음을 따뜻한 평온으로 채워 주는 듯했다. 이윽고 그가 손가락에 힘을 주어 문고리를 잡았다. 삼맥종이 문을 열어 보려는 순간, 설성이 다급한 목소리로 외쳤다.

– 폐, 폐하! 지체하실 시간이 없습니다. 집결 장소로 출발하셔야 합니다.

삼맥종은 다급한 설성의 목소리에 퍼뜩 정신이 들었다. 아주 짧은 찰나 몽롱한 꿈을 꾼 듯했다. 그는 문고리를 탁, 놓고는 검을 굳게 잡았다. 황제에게는 여인의 품처럼 부드러운 평안과 황홀한 안식 따위는 없다는 것을 그는 이제 알고 있었다.

　－가자! 출발이다!

　황제의 허리춤에 찬 검이 제의 당찬 걸음걸이에 맞춰 척척, 소리를 냈다. 설성이 그 뒤를 따랐다. 푸르스름한 새벽 미명이 그들을 맞이했다.

2

550년 8월 15일 아침. 계림 조정은 가장 충격적인 하루로 기록될 날을 맞이하고 있었다. 그날 아침 일찍 긴급하게 남당 회의가 소집될 때만 해도 어제와 똑같은 오늘에 불과했다. '황제 행방불명'이라는 초유의 사태는 이미 미스터리를 넘어 기 정사실이 되어가고 있었으니 말이다. 다만 신료들은 전날 있었 던 화백회의의 결과에 대한 궁금증을 안고 남당으로 속속 모여 들었을 뿐이다. 그나마도 화백회의의 결과는 이미 정보가 새서 알 만한 사람은 다 알고 있던 바였다. 지소태후가 근엄한 표정 으로 입을 뗐다.

    ─전날 화백회의에서는 황제 행방불명이 장기화됨에 따라 황실과 조정의 안정을 위해 불가피하게 국상을 선포할 것을 만 장일치로 결정하였소!

－아!

－결국!

낮은 탄성을 터뜨리는 사람도 몇몇 있었지만 대체적으로 차분한 분위기였다. 이사부 역시 눈을 감고 입을 꾹 다문 채 지소태후의 말을 듣고 있었다. 지소태후가 계속했다.

－지금 황실에서 성골의 혈통을 받은 자는 세종왕자 한 사람밖에는 없소. 아직 어리나 섭정을 통해 황실의 위엄을 세우고 계림을 이끌어 나갈 수 있도록 할 것이오!

세종은 성골 지소태후가 낳았으나 아버지인 이사부가 황제가 아니었기에 엄연히 따지면 전군[23]의 신분에 불과했지만, 왕자에 준하는 대우를 받고 있었다. 이사부는 여전히 입을 꾹 다문 채 눈을 감고 있었다. 그때였다. 밖에서 한 병사가 달려와 남당 앞에 부복하여 외쳤다.

－아뢰오! 성문 앞에서 황제를 칭하는 자가 문을 열라 하고 있습니다!

－황제를 칭하는 자라니! 수문병들은 무엇을 하고 있단 말이냐? 내쫓아 버려라!

－아뢰옵기 황송하오나 어림 수천을 넘는 화랑도를 거느리고 있습니다!

－뭣이!

태후의 날카로운 목소리가 남당 천장을 찔렀다. 이사부가 번쩍 눈을 뜨고 남당 마당에 몸을 굽히고 있는 병사를 쳐다보며 물었다.

　－그게 무슨 말이냐? 다시 고해 보거라.

　－황제를 칭하는 마상의 젊은 사내가 수천의 낭도와 화랑을 거느리고 있다고 아뢰었습니다!

　대등 신료들이 요동하기 시작했다. 두 달이 넘어서도록 나타나지 않은 황제가 갑자기 나타났을 리는 없고, 어떤 사내가 화랑도를 거느리고 나타날 수 있단 말인가. 모두들 충격과 불안에 휩싸였는데 그중에서도 가장 충격을 받은 것은 지소태후와 이사부였다.

　－병사들을 내보내라!

　이렇게 명을 내린 후 이사부는 지소태후, 신료들과 함께 황급히 성벽 쪽으로 몰려가서는 성문 밖을 내려다보았다. 성문 밖에서는 백마를 탄 젊은 사내가 큰 소리로 외치고 있는 가운데, 병부령의 명을 받은 호성 장군이 군사들을 이끌고 성문을 나서는 것이 보였다. 호성 장군이 외쳤다.

　－황제를 사칭하는 자가 누구냐?

　－신국의 황제, 삼맥종이다! 물러서라.

　황제는 마상에서 차분하고 단호한 목소리로 호성 장군에게 명했다.

　－증거를 보여라!

　－황제는 스스로 있는 자, 신이다. 증거 따위는 필요치 않다! 문을 열지 못하겠다면 친히 문을 열겠닷!

황제가 한 손을 들어 올리자, 호위하던 염도, 군관, 보종이 검을 빼 들고, 뒤이어 대오를 갖춘 낭도들이 저마다 공격 태세를 갖추고는 명을 기다렸다. 그러자 호성 장군을 따라 나온 월성의 군사들 역시 공격 태세를 갖추었다. 서로 마주 보며 대치한 군사들과 화랑도 사이에 팽팽한 긴장감이 흘렀다. 어느 한쪽이 선불리 움직이는 순간, 치열한 접전이 벌어질 터였다. 적막을 깨고 황제가 자신의 검을 높이 치켜올리며 크게 소리쳤다.

　－어마마마!

　황제의 굵은 목소리가 허공을 뚫고 올라와 성벽 위의 지소태후와 이사부의 귀에 팍팍 꽂혔다.

　－이 삼맥종이 돌아왔습니다앗!

　성벽 위에서는 이를 내려다보던 지소태후가 두 눈을 꼭 감았다. 솜털 송송하고 해맑은 피부가 앳된 모습은 온데간데없고 덥수룩한 검은 수염에 깡마른 모습으로 변해 있었지만 그는 분명 삼맥종임에 틀림없었다. 신료들은 웅성거리며 태후의 눈치를 살폈다. 그때 거칠부가 나서서 태후에게 고했다.

　－황제 폐하가 맞사옵니다. 태후마마, 모르시겠습니까?

　지소태후는 고개를 끄덕이며 거칠부를 매섭게 노려보았다. 이윽고 태후가 이사부에게 명을 내렸다.

　－군대를 거두십시오. 황제가 맞습니다!

　이사부가 다시 명을 내렸다.

　－성문을 열어라! 황제이시닷!

이사부를 위시한 신료들은 황급히 성문 앞으로 내려가 입성하는 황제의 행렬을 맞이했다. 태후가 앞서 나가자 그 뒤를 이사부가 따르고 신료들이 따랐다. 그들은 마치 나쁜 짓을 하다가 들킨 아이들처럼 가슴을 졸이며 연신 고개를 조아렸다.

　－폐하! 이렇게 살아 계셨다니요!

　온 신료들이 엎드려 절하며 환호성을 질렀다. 삼맥종은 고개를 끄덕이며 곧바로 남당으로 향했다. 수천의 화랑과 낭도들이 그 뒤를 따랐다. 황좌에 척하니 앉은 황제는 바로 명을 내렸다.

　－금관을 가져 오너라!

　금관에 달린 금관 드리개들이 찰랑거리며 빛났다. 금실로 이은 샛과 곡옥으로 된 드림이 장식된 금관 드리개가 화려하게 반짝이면서 신국 황제의 위엄을 말해 주는 듯했다. 금관을 쓴 황제가 말을 이었다.

　－황제 암살이라는 초유의 사태를 맞아 그대들의 염려도 컸으리라 짐작하오. 이제 짐이 살아 돌아왔으니 그동안 무너진 황실과 조정의 기강을 다시 잡을 것이오. 또한 유오 때 짐의 경호를 맡았던 화랑 중 모랑은 짐을 해하려 했던 바 현장에서 죽었으나 그 역모의 죄를 물어 구족을 멸할 것이오.

　지소태후가 끼어들었다.

　－폐하, 아직 확인된 바가 없지 않습니까? 증인도 없고 죽었으니 문책을 할 수도 없습니다.

　－내가 증인입니다. 어마마마! 더 무엇이 필요하십니까?

신료들이 웅성거리는 가운데 황제는 말을 이었다.

─ 짐의 경호에 공을 세운 염도를 풍월주에 임명하여 황제 암살 사건 수사의 전권을 맡길 것이고, 그 일당을 모조리 색출할 것이오. 또한 짐의 경호에 공을 세운 군관을 부제로 임명하여 풍월주를 보필하게 할 것이오.

─ 어린 화랑들이 이 중차대한 일을 맡는 것은 무리라 사료되옵니다.

이사부가 끼어들었다.

─ 그들은 나와 함께 있었소. 그러니 누구보다도 혐의로부터 자유롭고 믿을 수가 있소이다. 병부령께서는 그것으로 부족하시오?

삼맥종은 이사부의 대답을 기다리지도 않고 밖에서 대오를 맞춰 서 있는 화랑도를 향해 외쳤다.

─ 염도를 풍월주에 임명하고 황제 암살 사건 수사의 총책임자로 임명한닷!

황제의 목소리가 남당의 높다란 천장을 찌르고 나가, 바깥의 공기까지 뒤흔들었다. 밖에서는 기다렸다는 듯이 창천을 찌를 듯 검을 치켜들며 염도가 쩌렁쩌렁 울리는 목소리로 화답했다.

─ 풍월주 염도! 황명을 받들겠습니닷!

─ 군관은 들으라.

─ 넷!

─ 군관은 풍월주를 보필하여 전 풍월주의 역모로 인하여 기

강이 무너진 선문을 다시 바로 세우랏!

– 부제 군관! 황명을 받들겠습니닷!

군관 역시 검을 치켜들며 외쳤다.

– 와아! 와아!

낭도들은 북을 두드리고 피리를 불며 환호성을 질렀다. 수천의 무리가 환호성을 지르며 북을 치고 피리를 불자 사방이 쩌렁쩌렁 울리며 듣는 이의 혼을 빼는 듯하였다. 삼맥종이 지소태후의 영향권 안에 있던 화랑도를 완전히 장악한 것이다. 이사부는 뱁새눈을 하고서 낭도들의 모습을 노려보았다. 식은땀이 흘렀다. 이것은 선전포고가 아닌가! 황제가 남당 앞까지 군대를 이끌고 들어와 나 이사부를 위협하고 있는 것이 아닌가! 혈기왕성한 소년, 청년들 수천이 무장을 하고 몰려와 함성을 질러대는 모습은 아무리 병부의 수장인 병부령이라 해도 간담이 서늘해지게 만들었다. 무장한 화랑도만 아니었으면 황제가 다시 월성에 발을 들여 놓지 못하도록 무슨 수를 쓸 수도 있었을 텐데…….

– 이로써 어제의 화백회의는 무효임을 선언하는 바이오. 또한 일부 중신들이 화백회의에 참여하여 황제 국상 선포에 찬성표를 던진 일은 불문에 부치겠소!

여기저기서 안도의 한숨이 흘러나왔다.

– 내년 친정을 선포하고 새로운 계림을 건설할 것이오!

황제가 공식적인 자리에서 친정 선포를 예고하자 허를 찔린 지소태후는 다급히 끼어들었다.

－아무런 준비도 예고도 없이 친정을 선포할 수는 없습니다!

－이것은 황명입니다!

황제는 누구의 조정도 받지 않습니다. 황제는 살아 있는 신이니까요. 그 신을 넘어서는 자는 누구도 용서치 않겠습니다! 어마마마, 아시겠습니까? 황제의 눈은 그렇게 말하고 있었다. 이어서 황제는 거칠부를 향해 명했다.

－파진찬 거칠부는 새 황후를 정하는 일을 진행하시오. 황후의 자리가 오래도록 비어 있어 황실의 존엄이 훼손당하고 있소이다.

－황명대로 진행하겠나이다.

지소태후가 끼어들었다.

－아직 숙명황후가 정식으로 폐위가 된 것도 아닌데 어찌 새 황후를 맞이한단 말입니까?

－숙명황후는 스스로 성골 신분을 버렸습니다. 그것으로 이미 폐위된 것이나 마찬가지가 아닙니까?

삼맥종은 이렇게 태후에게 답하더니 신료들을 향해 말했다.

－허나 이 자리에서 다시 한 번 숙명황후의 폐위를 선포하는 바이오!

그다음, 술렁대는 신료들 사이에 서 있는 이사부를 향해 명했다.

－병부령은 병부의 기강을 다잡고 다시는 황제 암살과 같은 불미스러운 일이 발생하지 않도록 책무에 만전을 기하도록 하시오!

지그시 아랫입술을 깨무는 이사부를 못 본 척하며 황제는 어전회의를 끝냈다. 신료들이 하나둘 남당을 빠져나갔다. 모두가 빠져나간 후 황제와 이사부만 남은 남당에는 여름임에도 불구하고 냉랭한 분위기가 감돌았다. 이사부가 밖을 내다보니 청명한 하늘 아래 수천의 낭도들이 한 치의 흐트러짐도 없이 서 있는 광경이 한눈에 들어왔다. 식은땀이 흘렀다.

그해 11월 8일 아침. 서라벌 옥진궁주의 집 앞에 금수레가 당도했다. 금수레 옆에는 무장한 호위 병사들이 대오를 맞추어 선 가운데 꽃으로 치장한 어린 꼬마 아가씨들이 수레 곁에 서서 새 황후가 나오기를 기다렸다. 그날은 삼맥종이 대원신통의 우두머리 옥진궁주의 딸 사도를 황후로 맞이하는 날이었다. 한때는 법흥대제의 총애를 받는 잉첩으로 권좌에 있다가 지금은 사가로 나와 호젓하게 살고 있는 옥진은 곱게 치장한 둘째 딸 사도를 마주하고 앉았다. 옥진 곁에는 옥진의 첫째 딸인 묘도, 그리고 묘도가 미진부와 부부의 연을 맺어 태어난 어린 미실이 있었다.

－대원신통의 기상이 다시 살아나는 날이다. 사도야!

짙은 눈썹, 다소 튀어나온 광대뼈에 선이 뚜렷한 입술, 그리고 칠흑같이 까맣고 초롱초롱한 눈동자를 가진 사도. 온갖 머리 장식과 화려한 화장보다도 사도의 눈동자가 더 빛을 발했다.

- 법흥대제께서 돌아가신 이래, 우리 가문에 다시 태양의 빛이 비치리라 기대하지 못했건만, 천신께서 우리를 기억하시어 너를 황후로 삼아 주시니 감개가 무량하구나.

- 할머니, 색공지신 가문에 태어나 황제를 모시는 일이 가장 큰 영광이라 배웠습니다.

- 오냐. 왕자도 전군도 아니고 황제를 모시는, 그것도 잉첩이 아니라 황후가 되었으니 네가 우리 가문의 희망이요 영광이다! 이 할미 젊은 시절의 영예를 네가 되찾아 줄 것 같구나.

묘도가 딸 미실을 데리고 그 모습을 지켜보고 있었다. 묘도는 옥진궁주의 맏딸로서 색공지신의 운명을 가지고 태어났지만, 미진부를 사랑하여 평범한 아낙이 된 여자였다. 그리고 미진부의 딸 미실을 낳은 것이다. 미실은 화려하게 차려입은 사도를 눈을 반짝이며 보고 있더니 사도에게 다가와 고사리 같은 손으로 사도의 손을 잡았다.

- 사도 이모! 황후가 되신 걸 축하해요.

사도가 미실을 안아 주며 입을 맞추었다.

- 그래, 우리 미실. 나중에 꼭 궁으로 놀러 오너라.

- 네, 이모. 나도 궁에서 살고 싶어요. 꼭 불러 주세요.

옥진은 흐뭇한 미소를 지으며 딸과 손녀를 바라보았다. 훗날 신국 최고의 미색이자 음사를 잘하는 여인으로 온갖 남자들과 진흥왕, 진흥왕의 아들인 동륜태자, 동륜의 동생인 진지왕, 동륜의 아들인 진평왕 등을 섬기게 될 미실의 어린 시절이었다. 미실은 《화랑세기》에 의하면 용모가 절묘하고 풍만하고, 아름다움의 정기를 다 모은 듯했으며, 교태를 부리는 방법과 기무가 뛰어났다. 그 외할머니 되는 옥진궁주는 "이 아이가 가문을 부흥시킬 만하다"며 좌우에서 떠나지 않고 교태 부리는 방법과 가무를 가르쳤다. 옥진은 사도를 떠나보내며 당부하기를 잊지 않았다.

─색공에 임할 때는 정성을 다하거라. 오직 모시는 이의 원하는 바를 헤아려 교태롭게 행동해라.

─네.

─음으로 양을 다스릴 수 있어야 세상을 지배할 수 있다. 그것이 색공지신의 길이니라.

─네.

─함부로 속을 드러내지 마라. 감정을 보이지 마라. 황후는 여자이기 전에 책사가 되어야 한다.

─네.

─힘을 기르기 전에는 발톱을 드러내지 마라. 그것이 궁에서 살아남는 법이니라.

─네.

사도가 입술을 앙 다문 채 옥진의 말에 귀를 기울였다. 꼬맹이 미실이 사도의 손을 꼭 잡은 채 옥진을 뚫어져라 응시했다.

밖에서 월성의 여관들이 대기하는 인기척이 들렸다.

– 나의 손녀 사도! 너의 길이 곧 대원신통의 길임을 잊지 마라. 때가 되었다. 가거라.

밖으로 나서자 겹겹으로 두른 비단 치마가 사각거리며 소리를 내고, 몸에 단 온갖 보석과 유리구슬이 가을 햇살을 받아 반짝였다. 사도는 스스로 도취된 듯 눈이 부셨다. 몽롱한 환희 속에서 여관들의 함성이 들렸다.

– 황후마마를 뵙습니다!

– 황후마마를 뵙습니다!

3

551년 정월. 18세가 된 삼맥종은 마침내 친정을 선포하는데 성공했다. 그리고 개국開國이라는 새 연호를 사용하기 시작했다. 새로운 신국, 새 계림을 건설해 나가겠다는 뜻을 천명한 것이다.

매서운 찬바람이 기승을 부리던 날. 설성의 은신처에서 패왕사우와 황제의 은밀한 논의가 진행되고 있었다. 밖은 짙은 어둠이 가득한데, 작은 등촉을 밝힌 방 안에서는 팽팽한 긴장감과 사람들의 분주함이 공기를 달구고 있었다. 황제가 고개를 끄덕이며 신호를 보내자 염도가 보종에게 명했다.

ー시작하라!

ー옛!

풍월주의 명이 떨어지자 보종은 준비해 온 두루마리를 확 펼쳤다. 사람들의 시선이 집중되었다. 보종이 두루마리를 벽에 부착하자, 굵고 힘 있는 먹자들이 마치 살아 있는 짐승의 눈처럼 번뜩이는 듯했다. 화랑도의 브레인 보종이 설명을 시작했다.

– 먼저 고구려입니다. 지금 계림은 북으로는 강대국 고구려, 서로는 신흥국 백제라는 강국 틈바구니 속에 있습니다. 그 틈바구니 속에서 계림은 대륙과는 직접 교역을 할 수 있는 길조차 막힌 셈입니다. 강국 계림으로 웅비하기 위해서는 가장 중요한 것은 아리수입니다! 모두가 고개를 끄덕였다. 그러나 어떻게 아리수를 차지한단 말인가. 아리수, 그 거대한 한강의 물줄기는 거의 고구려의 수중에 있었다.

– 아리수 상류를 말하는 것인가, 아리수 하류를 말하는가?

거칠부가 물었다.

– 전부입니다.

– 전부?

– 네! 다 가져야 합니다.

– 어떻게 그것이 가능한가? 우리의 힘으로는 지금 아리수의 일부를 차지하기도 쉽지 않아 보이는데?

마치 답을 유도라도 하려는 듯 황제가 물었다.

– 백제와 동맹하여 고구려를 치고, 백제가 방심한 틈을 타서 백제를 치는 것입니다.

– 동맹국의 신뢰를 배신하란 말인가?

황제였다.

─ 계림이 배신하지 않으면 백제 명왕(성왕을 말함)이 먼저 우리를 배신할 것입니다. 아리수를 전부 가지는 자가 삼국을 다 가질 수 있다는 것을 그들도 알기 때문입니다.

─ 백제와 동맹하여 아예 고구려부터 섬멸하는 게 낫지 않겠는가?

거칠부가 말했다.

─ 그렇게 되면 고구려는 섬멸시킬 수 있을지 모르나 백제가 너무 강성해져서 계림이 당할 수 없게 됩니다. 강성해진 백제는 고구려가 사라진 다음에는 계림에게 칼끝을 겨누겠지요. 백제는 선대인 무령왕 때에 이룩한 부흥의 기세를 더욱 크게 몰아가고 있습니다. 반대로 지금 고구려는 하향세에 있습니다. 섬멸까지는 하지 않더라도 타격만 입혀 놓는다면 그들 스스로 약해질 확률이 높습니다.

─ 동맹하여 고구려에 타격을 입히고, 백제가 방심한 틈에 백제를 친다…….

황제가 중얼거렸다.

─ 폐하! 우리가 먼저 치지 않으면 백제가 먼저 우리에게 칼끝을 겨눌 것입니다. 백제 명왕은 결단력이 있고 성미가 급하고 야망이 있는 인물입니다. 믿어서는 안 됩니다.

─ 그럼 백제, 고구려를 동시에 상대하기 위해 어떤 계책이 있는가?

보종이 고개를 끄덕이며 황제의 물음에 답을 이어 나갔다.

- 간첩계입니다!

- 간첩계? 고구려에 첩자를 보낸단 말인가?

- 고구려, 백제 모두입니다. 우선 고구려 양원왕은 조정을 강력하게 장악하지 못하고 있습니다. 그렇기에 첩자를 보내 지배 계층을 교란하여 그 힘을 빼 놓은 후 침략을 감행하는 것입니다.

- 그렇다면 백제는?

- 백제는 우선 동맹 관계를 공고히 하여 방심하게 만든 후 첩자를 통해 그들의 정보를 캐내어 우리 측에서 선제공격을 감행하는 것입니다.

- 명왕에게 접근하는 것인가?

- 아닙니다. 그 태자 창입니다.

- 왜 창인가?

- 명왕보다는 태자를 공략하는 것이 더 수월하고 위험이 적습니다. 그러나 태자 창은 문무를 겸한 걸출한 인물로 아버지 명왕과 신료들의 신임을 받고 있기 때문에 명왕 머릿속에 있는 것은 모두 창의 머릿속에 있습니다. 창을 이용하면 명왕의 마음을 교란시킬 수도 있습니다. 그런데 창에게는 한 가지 약점 아닌 약점이 있습니다.

- 무엇인가?

거칠부가 물었다.

- 여색을 밝힙니다.

－그거야 권좌에 있는 젊은 사내로서 안 그런 이가 있겠는가?

－그 도가 지나쳐서 국조라는 장수는 태자의 그런 면을 이용해서 여자 바치기를 즐겨하고 그를 통해 잇속을 챙기고 있습니다. 또한…….

－또한?

황제였다.

－총애하는 첩이나 여자를 전장까지 데리고 다니는 묘한 습관이 있습니다.

－여자를 전장까지 데리고 가서 잠자리를 거르지 않는다, 그 말인가?

－그렇습니다.

－그래서?

계속 황제였다.

－국조와 태자 창을 이용하면 전쟁 전이든 전쟁의 현장에서든 일급 정보들을 캐낼 수 있습니다. 하지만 문제는…….

－밀정密偵으로 보낼 만한 여자가 과연 있느냐 하는 것이겠군.

다시 거칠부였다.

－우선 미모가 출중해야 하고 백제의 사정에 밝아 의심을 사지 않을 수 있어야 하고, 또 가능하면 가얏고에 능한 여성이어야 합니다.

─ 가얏고라 했는가?

다시 황제였다.

─ 네, 그렇습니다. 태자 여충이 예술을 숭상하는데 특히 일찍이 대가야로부터 받아들인 가얏고에 심취해 있기에 가얏고 예인이라면 틀림없이 창의 마음을 사로잡을 수 있을 것입니다.

─ 그런 여인을 어디서 구한단 말인가?

침묵이 흘렀다. 삼맥종은 고개를 들어 창밖을 보았고, 염도는 고개를 숙인 채 침묵을 견뎠고, 보종은 염도의 안색을 살피며 잠시 말을 멈춘 채 사람들 사이에서 의견이 나오기를 기다렸고, 설성은 초조한 기색으로 리아를 숨겨 놓은 방문을 뚫어져라 바라보았다. 한참의 침묵이 흐르자 보종은 다음 설명을 이어가고자 헛기침을 했다. 그때였다. 달칵! 문이 열리는 소리가 들렸다. 무거운 침묵 가운데서 모두의 시선이 소리가 나는 쪽으로 쏠렸다.

─ 제가 가겠습니다. 저를 보내 주십시오.

손으로 턱을 괴고 생각에 잠겨 있던 황제의 눈동자가 목소리의 주인공을 향했다. 목소리의 주인공을 보는 순간, 백제와 고구려라는 광활한 영토로 가득 차 있던 황제의 가슴에 미세한 균열이 일었다. 그것은 한동안 잊고 지내던 심장의 설렘이었는데, 그 설렘이 가슴 전체로 다 퍼질 때까지 황제는 자신이 누구를 보고 있는지 스스로도 믿을 수가 없어서 멍한 표정으로 잠시 굳어 버렸다. 정지된 시간처럼 막막한 고요를 깨고 먼저 말문을 터뜨린 것은 설성이었다. 설성이 자리에서 벌떡 일어나며 목소리의 주인공을 불렀다.

 ─아아!

동시에 그제야 말문이 터진 황제 역시 그녀를 불렀다.

 ─아아!

설성과 황제는 서로의 입에서 나온 이름이 같은 것에 놀라며 서로를 잠시 쳐다보았다. 리아가 사람들 앞으로 사뿐히 걸어 나오며 다시 말했다.

 ─백제를 잘 압니다. 제가 자란 곳입니다. 또한 가얏고를 잘 탑니다. 어머니의 유품인 가얏고를 가지고 어린 시절부터 배우고 익히고 즐겼습니다. 전장의 위험도…….

사내들의 시선이 리아의 얼굴부터 발끝까지를 훑고 지나갔다. 특히 거칠부의 예리한 눈빛이 리아의 눈, 코, 입, 살결, 손가락 하나까지도 놓치지 않고 구석구석 살피며 지나갔다. 그리고 하얀 치맛자락 안으로 느껴지는 굴곡과 허리까지도. 리아는 황제 바로 앞까지 오더니 삼맥종의 눈을 똑바로 들여다보며 말을 이었다.

 ─전장의 위험도 두렵지 않습니다. 죽음의 위기를 이미 넘어 보았습니다.

삼맥종의 눈이 심하게 흔들리는 것을 염도는 보았다. 설성이 다가가 리아를 만류하려 했지만 리아는 이미 황제 앞에서 허리를 숙이더니 납작 엎드렸다.

─설령 백제에서 신분이 탄로 나는 위기를 맞는다 해도 끝까지 황제의 이름을 배반하지 않을 것입니다.

─아…….

─폐하, 저를 보내 주십시오.

이럴 수가! 죽은 줄 알았던 리아가 살아 있다니. 황제는 충격에 휩싸인 채 아무 말도 하지 못했다. 설성은 침통한 표정으로 고개를 숙였다. 설성조차 알지 못했다. 언제 기억이 되살아나고 말문이 트였는지, 바로 전날까지만 해도 리아는 옛날 일 따위는 기억도 하지 못하는 여자처럼 설성을 위해 밥을 짓고, 옷을 빨고, 품에 안겼다. 비록 말을 못 하더라도 그 따뜻한 손길만으로 설성은 그녀의 마음을 확인하며 그녀를 자기 여자라 믿어 버린 채 지내 왔는지도 몰랐다. 그런데 리아는 지금 느닷없이 튀어나와 황제 앞에서 맹세를 하고 있는 게 아닌가.

─폐하. 이 정도의 미색이라면 충분히 창의 마음을 사로잡을 수 있을 것으로 사료됩니다. 거기다 가얏고를 잘한다고 하지 않습니까? 황제를 배신하지 않으리라는 걸 믿을 수만 있다면 최적임자입니다. 백제로 떠나기 전 몇 가지 필요한 훈련만 한다면 충분히 밀정 역할을 해낼 수 있을 것입니다.

─그, 누구보다도… 믿을 수 있을 것이오.

누가 리아만큼 충성할 수 있겠는가. 황제는 리아를 알고 있었다.

─그렇다면 윤허하심이 옳을 줄 압니다. 보종, 창의 취향에

대해서는 조사해 보았는가?

　- 창에게는 여러 첩들이 있는데, 모두 공통점이 있습니다. 하나 같이 키가 크고, 살결이 희다는 것입니다. 또 창은 자신이 발탁한 여인들을 훈련시키는 여관을 두고 있다고 합니다.

　- 방중술을 가르친단 말인가?

　황제는 침통한 표정으로 일어나 리아를 일으켜 자신의 옆에 앉혔다. 설성과 염도가 그 모습을 지켜보았다.

　이제 18세. 소년은 아직도 가슴이 뜨거웠다. 그러나 가고 싶은 길을 가기보다, 운명이 자기에게 맡긴 길을 더 뜨겁게 걸어가야 한다고 그의 머리는 말하고 있었다.

4

싹둑싹둑! 거칠부의 길게 풀어헤친 머리카락이 순식간에 잘려 나가고 그의 굴곡진 두상이 고스란히 드러났다. 머리카락을 다 밀어 버리는 것은 이번이 두 번째였다. 스무 살도 되기 전 객기에 찬 그때 승려가 되겠다며 삭발을 하고는 고구려 땅에 들어가 떠돌던 시절이 있었다. 그 고구려 땅을 이제 다시 밟으려 하고 있는 것이다. 거칠부 곁에 선 설성은 고구려 여인의 옷에 분칠한 모습이었다. 입술까지 붉게 물들이고 나서 설성이 고개를 들자, 군관이 탄성을 터뜨리며 농을 했다.

─오호, 리아도 울고 가겠는걸.

설성도 따라서 피식 웃었다. 염도와 보종도 만족스러워 하는 눈치였다.

─이 정도면 충분히 미인계가 승산이 있겠어!

그런데 여인의 아름다움이야 꾸며낸다 치더라도 고구려 여인의 말투는 익히기가 어려워 한 달 동안 애를 먹은 설성이었다. 고구려 억양도 억양이거니와 평소 그의 거친 말투까지 여자들의 나긋나긋한 말투로 야생마 길들이듯 고쳐 나가는 일은 더 힘이 들었다. 구리지의 마음을 사기 위해 여인들의 교태를 흉내 내며 아양을 떨던 시절을 생각하며 말투를 훈련하는 동안 드디어 출발일이 다가왔다.

거칠부는 출가하려는 중생 연수, 설성은 그 아버지를 따라나선 딸 직녀. 그들은 부녀 사이가 되어 고구려를 향했다. 북쪽으로 갈수록 산세가 험해졌지만 밤낮을 가리지 않고 행군하듯이 고구려를 향해 걷고 또 걸으면서 보종의 말을 곱씹고 또 곱씹었다.

— 혜량법사라는 자가 있습니다. 그자가 세군의 옹호 세력입니다. 세군을 이용해서 고려왕 평성의 왕권을 흔들어 놓는 게 중요합니다. 또한 아리따운 딸 직녀를 이용하면 세군 측 왕자의 경계를 풀고 쉽게 접근할 수 있을 겁니다.

거칠부와 설성, 연수와 직녀는 혜량법사가 있는 금강산 신계사로 숨어들었다. 태백산맥 자락에 있는 금강산의 깊은 품속에 깃든 신계사는 사람이 숨어들기에 딱 좋은 은밀한 곳이었다. 저 멀리 세워 놓은 붓 모양처럼 생긴 문필봉文筆峰의 겨울눈이 채 녹지 않은 희끗희끗한 모습으로 연수와 직녀를 맞이했다. 마침 혜량이 사람들을 모아 놓고 불경을 가르치고 있었다.

혜량은 《삼국사기》에 의하면 거칠부를 통해 신라로 귀의한 후 승통이 되어 신라 최초로 팔관회를 주재하게 되는 인물이다. 거칠부와 처음 만났을 때 혜량은 강설을 하면서 거칠부를 유심히 보았다가 물었다.

- 낯선 수도승께서는 어디서 왔는가?

- 스님, 저는 세상 영화를 꿈꾸며 이제껏 살아오다가 아내를 지난달 병으로 잃고 실의에 빠진 나머지 모든 것을 버리고 출가하기로 결심하고는 이렇게 스님을 찾아왔습니다.

혜량이 연수 옆의 딸을 보고는 물었다.

- 이 처자는 누구인가?

- 미천한 저의 딸, 직녀라 합니다. 외동인데 얼마 전 어미를 잃고 아직 슬픔에서 벗어나지 못하고 있습니다.

- 아름다운 얼굴에 수심이 가득하구나.

- 무엇 하느냐. 어서 스님께 인사를 올리거라.

- 소녀, 직녀라 하옵니다. 스님과 부처님의 크신 은혜를 입고자 하오니 허락하여 주시옵소서.

직녀 옆에서 그 아비 연수도 거들었다.

- 저희를 내치지 말아 주십시오. 이 절에 붙어 일을 도우며 스님의 높으신 지혜와 불법을 배우면서 살아갈 수만 있다면 더 바랄 것이 없겠습니다.

혜량은 연수와 직녀를 유심히 쳐다보더니 말없이 돌아서며 빈방을 하나 내주겠다고 말했다. 첫날 이후 연수와 직녀는 신계사의 궂은일을 도맡아 하며 혜량의 환심을 사려 했다. 그러나 혜량은 쉽게 마음을 열지 않았다. 설성이 밤이면 밤마다 절과 그 주변을 샅샅이 살핀 결과 신계사를 지나 더 깊은 산속으로 들어가면 은밀한 암자가 하나 있다는 것을 발견했다. 암자에서는 늘 숙덕대는 소리가 새어 나왔다.

─돌궐이 고구려 관할에 속한 말갈, 거란족들의 땅에 눈독을 들이고 있다는 첩보가 있습니다.

─곧 고구려에 전운이 감돌 것입니다. 전쟁을 치르는 혼란을 틈타, 평성왕을 제거해야 합니다. 법사님, 저희를 도와주십시오.

─평성은 수많은 귀족들을 죽이고 무리해서 왕위에 올랐으니, 여전히 마마와 세강왕자님을 따르는 무리가 많이 있습니다. 너무 염려하지 마십시오.

당시 고구려의 왕좌에 있던 평성(양원왕을 말함)의 즉위 과정은 피의 역사였다. 선대왕인 안원왕에게는 왕비가 두 명이었다. 첫 번째 왕비인 추희가 왕자를 낳았음에도 불구하고 그 집안이 모함을 받아 폐위된 후, 안원왕은 두 번째 왕비인 세희를 받아들여 그 소생인 왕자를 후계자로 정했다. 그러나 첫 번째 왕비인 추희를 따르다가 실각했던 무리가 다시 결집하여 두 번째 왕비 세희를 따르는 무리와 충돌을 일으킨 것이다. 추군과 세군의 치열한 접전 끝에 결국 추군이 승리함으로써 첫 번째 왕비 추희의 아들인 평성이 왕위에 오르게 되었다. 선왕이 정한 후계자를 폐위된 왕비의 아들이 추락시키고 권좌에 오른 셈이니, 정당한 왕좌를 빼앗긴 세군은 끝까지 저항을 하고 있었다.

바스락! 마른 나뭇잎 밟는 소리에 혜량은 벌떡 일어나 문을 열었다.

– 누구냐!

– 저, 저, 직녀이옵니다.

– 네가 여긴 왜 있는 것이냐?

– 법사님, 죄송합니다. 어미의 꿈을 꾸고 잠이 안 와 절 주변을 배회하다가 길을 잃고 여기까지 헤매게 되었습니다.

암자의 불빛 속에 앉아 있던 젊은 남자가 밖으로 나와서 직녀를 보았다. 직녀가 살짝 고개를 들어 젊은 남자, 즉 세희왕비의 아들이자 왕위를 졸지에 빼앗긴 왕자 세강을 보았다. 직녀와 눈이 마주친 세강은 눈을 빛내더니 이렇게 말했다.

– 아무것도 모르는 소녀인 것 같습니다. 야심한 시각인 데다 산길이니 잠시 암자에 들였다가 새벽 미명이라도 밝은 후에 내려가라 하시지요.

불빛에 비친 직녀의 얼굴은 세강의 마음을 사로잡았다. 그날 이후 직녀는 암자에 드나들며 세강의 시중을 들곤 했다. 혜량법사도 서서히 경계를 풀고, 암자에 간혹 심부름을 보내곤 했다. 하루는 식사를 드리러 암자에 갔을 때 왕비는 잠시 자리를 비우고 세강 혼자 있다가 직녀를 맞이했다. 세강은 직녀에 대한 마음을 이기지 못하여 직녀의 손을 잡았다.

　- 내가 너를 연모하여 곁에 두고 싶은 마음이 불일 듯하는구나.

　- 소녀, 아버지가 엄하여 어찌 감히 왕자님을 모시겠나이까. 훗날, 왕좌에 오르시면 저를 잊지 말아 주시옵소서. 그때는 아비도 엄히 꾸짖을 수 없을 것이옵니다.

　직녀가 눈물을 글썽이며 가련한 목소리로 이렇게 흐느꼈다.

　- 그날도 머지않았다. 조금만 기다려라. 여름이 지날 무렵 돌궐이 고구려를 침략할 것이다. 이미 우리 세군의 일파가 돌궐에 들어가 내통을 하고 있느니라. 그 전쟁의 때를 놓치지 않고 저 극악무도한 평성의 세력을 다 끊어 놓을 것이다.

　- 부디 왕자님의 포부를 이루시고, 고구려 백성을 악한 군주의 손에서 구해 주시기를 바라옵니다.

　직녀가 이렇게 말하자 세강은 더욱 그녀를 애틋하게 여겨 품에 안았다. 직녀는 잠시 그 품에서 흐느끼더니 슬그머니 몸을 빼서 세강의 마음을 더욱 애절하게 만들었다. 같은 시각 연수가 수상한 기척을 느끼고는 혜량을 다급히 깨우고 있었다.

　- 스님, 일어나십시오. 이상한 자들이 암자로 올라가는 걸 보았습니다!

　혜량과 연수, 그리고 중으로 위장하고 지내 오던 세강의 몇몇 무사들이 급히 암자로 향했다. 다급하게 마른 풀들을 박차며 산길을 오르는 발소리가 어둠의 적막과 뒤엉켜 들었다. 그런 줄도 모르고 세강은 직녀의 볼을 어루만지며 눈물을 닦아주고 있었다. 그때 밖에서 몇 사람의 발자국 소리가 저벅저벅 들려왔다.

— 스님이십니까?

대답이 없었다. 세강과 직녀는 조용히 숨을 죽이고 바깥의 동태에 귀를 기울이다가 서로를 마주 보았다. 직녀가 세강에게 소리를 내지 않은 채 입 모양만으로 속삭였다.

마마, 속히 검을 잡으십시오. 그러나 세강의 손이 검을 잡기도 전에 문이 부서지며 자객들이 들이닥쳤다. 하나, 둘, 셋. 설성은 재빨리 자객의 수부터 확인하고는 세강 뒤로 물러섰다. 세강은 직녀를 보호하며 자객들에게 검을 겨누었다. 머뭇거릴 새도 없이 자객들의 검이 세강을 향해 한꺼번에 달려들었다.

— 세강! 죽어라!

가장 덩치가 큰 자객이 검을 내리꽂듯 세강의 머리 위로 검을 내리쳤다. 세강이 재빨리 그 검을 막아냈다. 그러는 사이 다른 두 자객의 칼끝이 좌우에서 세강의 가슴을 겨누었다. 급한 김에 직녀는 세강의 허리춤에서 칼집을 빼어 왼편에서 치고 들어오는 칼을 막아냈다.

— 이 계집이!

왼편의 자객이 예상치 못한 반격을 괘씸해하며 한 번 더 직녀를 공격하자, 이번엔 세강이 막았다.

— 직녀야 괜찮으냐?

그러는 사이 오른편 자객의 검이 세강의 빈 곳을 치고 들어왔다. 다행히 직녀가 황급히 칼집으로 자객의 옆구리를 찌르는 바람에, 세강은 급소가 아니라 팔뚝이 찢기는 데 그쳤다. 그러나 그 틈을 노리고 자객들의 검이 일제히 세강을 향해 육지를 삼키는 거대한 쓰나미처럼 달려들었다.

 ─ 세강 받아랏!

 세강이 온몸으로 그들을 막아내는 순간, 팔뚝의 상처에서 피가 터져 나오며 힘이 빠졌다.

 ─ 헉!

 ─ 마마!

 그때 단검이 날아들어 맨 앞에 선 자객의 등에 박혔다.

 ─ 윽, 누구냐!

 연수였다. 연수가 혜량과 절의 무사들을 이끌고 세강과 직녀를 구하러 온 것이다. 연수는 자객들과 한데 엉켜 암자 마당으로 날아가 한바탕 접전을 벌였다. 어디선가 자객들이 계속 몰려들고 있었다. 누가 누구인지도 모를 검은 그림자들이 서로 엉키었다가 떨어졌다가를 반복하며 바람을 일으켰다. 그 틈에 혜량이 자기 승복을 찢어 세강의 상처를 칭칭 감으며 다급히 말했다.

 ─ 마마, 돌궐로 피신하십시오. 고구려에서는 더 이상 목숨을 부지하기 어렵습니다. 평성왕은 자객을 계속 보낼 것입니다.

 ─ 하지만 어찌 고구려를 떠난단 말이오.

－이보 전진을 위한 일보 후퇴입니다. 옥체를 보전하셔야 빼앗긴 왕위를 되찾을 수 있지 않겠습니까? 올 가을 돌궐이 고구려를 치러 내려올 때 오십시오. 저희는 내부 세력을 결집시켜 두었다가 그때 안에서 호응하겠습니다.

－알겠소!

세강이 결연의 눈빛을 빛내며 대답하더니 문득 직녀를 돌아보며 말했다.

－직녀야 같이 가자!

－아니 될 말씀이십니다. 병약한 아비를 두고 어찌 마마를 따라 나서겠나이까. 용서하시옵소서. 소녀 오직 마마께서 돌궐에서 무사히 돌아오시는 날만을 기다리겠습니다. 왕자님! 부디 몸조심하시옵소서!

물론 병약한 아비 연수는 병약하기는커녕 장수의 기질을 십분 발휘하며 자객들과 한바탕 접전을 벌이고 있었지만 말이다. 혜량이 머뭇거리는 왕자를 독촉했다.

－마마! 서두르십시오! 어서!

세강은 안타까운 심정으로 직녀를 세게 한번 안아 보더니 이내 검을 잡고 뛰었다.

－세강을 놓치지 마라!

혜량이 검을 잡더니 거구를 날려 검은 그림자들 사이로 뛰어들었다. 흐느끼는 직녀를 뒤로 한 채 세강은 신계사 법당으로 달렸다. 직녀는 멀어지는 세강의 뒷모습을 확인하고는 펄럭이는 치마폭 안에서 단검을 꺼내 들었다.

- 이 새끼들!

설성이 세강을 쫓는 자객들을 막아서며 세강이 무사히 피할 수 있도록 길을 터 주었다. 혜량 역시 힘을 보태며 세강의 도주를 도왔다. 세강을 놓치자 자객들은 이제 혜량의 목을 베려고 달려들었다.

- 배후 세력을 처단하라!

그러나 연수의 검이 자객들의 검을 막아내며 혜량을 구했다. 새벽이 올 때쯤 바람을 일으키던 검은 그림자들은 잦아들고 피비린내가 진동했다. 살아남은 마지막 자객의 심장까지 찌른 후에야 연수와 혜량, 직녀는 안도의 한숨을 쉴 수 있었다. 연수도 상처를 입고 어깨에서 피를 흘리고 있었다. 거친 숨을 몰아쉬며 시신들을 내려다보던 혜량이 연수를 돌아보았다.

- 내가 그대에게 빚을 졌다. 왕자님과 왕비마마의 목숨도 빚을 졌고, 내 목숨도 빚을 졌다.

- 법사님! 그런 말씀 마십시오. 오갈 데 없는 저희 부녀를 거둬 주시고 머물게 하셨는데 우리가 그 빚을 갚은 셈이 아니겠습니까.

- 그러나 목숨의 빚은 졌지만······.

혜량이 갑자기 칼끝을 연수를 향해 겨누었다.

- 헉!

연수가 위협을 당하자 직녀가 검을 들고 혜량을 치려 했으나 거칠부가 한 손으로 저지했다.

　－가만!

　거칠부의 저지에 설성은 하는 수 없이 검을 들고 공격 태세만 갖춘 채 거칠부의 곁에 섰다. 혜량이 날카로운 칼끝을 거칠부의 코앞에 갖다 대고는 물었다.

　－누구냐? 제비턱에 매의 눈. 그대 관상은 범상치가 않다. 처음부터 알아보았으나 곁에 두고 볼 참이었다. 그대는 누구인가? 왜 이곳에 왔는가?

　거칠부는 이미 알아낼 것은 다 알아내었다고 판단했다. 계림이 고구려를 칠 것은 이미 기정사실, 다만 언제이냐가 문제였다. 이제 그에 대한 답을 얻었으니 목적은 달성한 것이다. 다만 설성과 거칠부, 둘 중의 하나라도 살아 돌아가 황제에게 전할 수만 있다면 될 일이었다. 거칠부는 혜량을 똑바로 응시한 채 가슴팍에 숨겨놓은 서신 하나를 꺼내더니 곁에 선 설성에게 팔을 뻗쳐 내밀었다. 거칠부의 어깨에서는 계속 피가 흘러 옷자락이 이미 다 젖은 상태였다.

　－먼저 가라!

　－아니, 공께서는!

　－어서!

　실성은 거칠부의 엄명에 고개를 끄덕이더니 서신을 급히 잡아채어 뛰기 시작했다. 혜량이 쫓으려 했으나 이번에는 거칠부의 칼끝이 혜량을 치고 들어갔다.

－법사께서는 그를 막을 수가 없소이다!

－윽!

설성은 뒤도 보지 않고 뛰었다. 새벽 바람결에 피비린내가 점점 멀어졌다. 몸에 걸쳤던 치맛자락은 이미 찢어내 버린 지 오래였다. 계림 땅까지 무사히 돌아갈 수 있을까. 불안이 엄습했다. 그러나 한 여인을 꼭 다시 만나야 한다는 간절한 그리움과 한 남자에게 충성을 다하겠다는 간절한 의지가 모든 불안을 날려 버렸다. 간절함은 그 어떤 용기보다 강했다. 그는 가슴속 서신을 꼭 움켜쥐었다. 서신 속에서는 지난밤 희미한 불빛 아래서 붓을 들었던 거칠부가 황제를 향해 호소하고 있었다.

－나의 황제여! 서두르십시오. 때가 무르익고 있습니다. 이곳은 전운이 감돕니다. 기회를 놓치지 마시옵소서!

5

낭성娘城. 지금의 청주 땅이다. 서라벌보다 훨씬 북쪽에 있어서 고구려와 가까운 곳이었는데, 거칠부와 설성을 고구려로 보낸 후 삼맥종은 지방을 순시하다가 이곳 낭성에 다다랐다. 3월이었다. 예정대로라면 지금쯤 설성과 거칠부 일행이 낭성으로 내려와야 할 때였다. 삼맥종은 낭성의 하림궁에서 북쪽 하늘을 바라보며 거칠부와 설성이 무사히 돌아와 주기를 간절히 기도하곤 했다.

한편, 이곳 낭성에서 황제가 만나보고 싶은 사람이 또 있었다. 바로 우륵于勒이었다. 우륵은 대가야에서 신라로 망명해 온 가얏고의 명인이자 악성樂聖이었다. 황제는 우륵이 낭성과 가까운 국원(지금의 충주)에 머물고 있다는 것을 알고 그를 불러서 가얏고 연주를 들어 보고자 했다.

－그것이 무엇이냐?

－가얏고라 하옵니다.

우륵이 허리를 굽히고 고개를 조아리며 대답을 올렸다. 가얏고라 하옵니다. 그 한마디가 황제의 가슴에 잔잔한 묵향처럼 번져 갔다. 언젠가 한 여인이 수줍어하며 대답하던 그 말. 그 모습이 보고 또 보고 싶어서 자꾸만 물었더랬다. 그것이 뭐라고 하였느냐? 그러면 여자는 또 수줍어하며 대답해 주곤 했다. 가얏고라 하옵니다. 폐하, 가얏고라 하옵니다…….

－네가 그토록 신처럼 떠받드는 가얏고가 어떤 소리를 내는지 궁금하구나. 연주해 보거라. 짐이 그 소리를 직접 듣기를 원한다.

머리가 희끗한 우륵의 눈에 황제는 홍옥과 같이 발그레한 볼에 젖살도 마저 다 빠지지 않은 소년에 불과했다. 그러나 황제의 눈빛만큼은 형형한 달빛처럼 교교하고 맹수의 눈처럼 번뜩이기도 했다. 그런 황제 앞에서 융숭한 내공을 담아 우륵이 현을 뜯기 시작하자 황제는 눈을 지그시 감았다. 어쩌면 황제의 마음은 몇 해 전 천경림 숲속의 그 달빛 아래로 가 있었을지도 모른다. 연주가 끝나자 황제가 말했다.

－참으로 아름다운 소리구나. 이전에 그대가 가야와 가야 왕을 위해 곡을 짓고 연주했지만 이제는 계림과 나를 위해 곡을 지어 연주하라. 내가 가는 곳마다 계림의 땅이 되고 우륵 그대의 곡이 계림을 찬양하게 될 것이다.

일부 신하들이 반대하고 나섰다.

─폐하, 우륵은 망해 가는 나라 가야국 사람이고, 음악 또한 망국의 음악이 아닙니까? 그런 가얏고의 음악으로 계림의 귀를 홀려서는 안 됩니다.

황제가 신하들을 향해 단호하게 말했다.

─가야국의 비운은 가얏고와 아무 관련이 없다. 가야든 백제든 계림이 취하면 계림의 땅이 되고, 그곳 백성들은 계림의 백성이 된다. 우륵이 계림으로 온 이상 계림의 백성이니, 어찌 차별이 있을 수 있겠는가?

우륵이 꾸부정한 허리를 굽혀 나이 어린 황제를 향한 충성을 진심으로 표하며 대답했다.

─노신 우륵, 폐하의 명대로 행하겠나이다!

그날 밤 하림궁에 한 남자가 옷이 찢기고 피가 묻은 몰골로 스며들어 왔다. 몇 날 며칠 미친 듯이 달려 국경을 넘어온 설성이었다. 설성은 황제의 침소로 직행하여 거칠부의 서신을 전했다.

폐하, 고구려는 왕권 다툼으로 귀족들의 싸움이 하루도 끊일 날이 없고, 후계자로 지목받고도 왕위를 빼앗긴 세희 왕비파는 적 돌궐과 야합하여 현 정권을 무너뜨리려 하고 있습니다. 돌궐은 올가을 즈음에 고구려를 침략할 터인데, 세희파가 이를 이용해서 왕위를 차지할 계획입니다. 폐하! 때는 이때입니다. 정치가 분열되고 전쟁으로 국력이 약화된 틈을 타 고구려를 치십시오. 시간이 없습니다. 속히 전열을 가다듬어 가을에 고구려를 치신다면 아무리 강국 고구려라 하더라도 쉽게 넘어설 수 있습니다. 나의 황제여! 기회를 놓치지 마시옵소서!

한 글자 한 글자마다 황제를 향한 충성심과 계림을 향한 애정이 뚝뚝 묻어났다. 삼맥종은 피 묻은 그 서신을 움켜쥐고는 벌떡 일어나 앞에 선 설성을 두 팔로 안았다.

─성아! 무사히 돌아와 주어서 고맙다. 서라벌로 돌아가자. 가서 나와 함께 전쟁을 준비하자! 우리의 꿈이 시작되고 있다!

황제의 품에 안긴 설성의 눈시울이 뜨거워졌다.

서라벌로 돌아온 황제의 행보는 1분 1초도 낭비할 수 없는 귀한 시간들이었다. 고구려 정벌을 의제로 던지자 신하들이 황제 무덤에 도깨비 모여들듯 어수선하게 모여들어 갑론을박이 벌어졌다. 가장 반대하고 나선 것은 이사부였고, 그를 따르는 무리들이 이사부의 반대 의견을 두둔하고 나섰다. 그들의 논리는 계림의 힘이 약하여 고구려를 쳐서 아리수 유역을 빼앗는 데 성공할 확률이 없으니, 무모한 싸움에 백성들의 목숨을 버릴 수 없다는 것이었다. 거칠부가 없는 마당에 전쟁을 옹호해 줄 신진들의 입지나 명분은 척박하기 이를 데 없었다. 그렇다고 언제 돌아올지도 모르는 거칠부를 마냥 기다릴 수도 없는 노릇이었다. 전쟁 준비 착수는 한시가 급했고, 거칠부 또한 그것을 알기에 설성을 시급히 먼저 보낸 것이 아니겠는가. 남당에 이제 지소태후의 보좌는 없었다. 황제는 황좌에 혼자 앉아서 신료들의 갑론을박을 묵묵히 지켜보다가 이윽고 입을 열었다.

— 나의 큰아버지이자 외조부 되시는 법흥대제께서는 율령을 반포하여 나라를 정비하고 불교를 공인하여 백성들을 한마음으로 모으셨소. 억조창생이 법흥대제를 신이라 숭상하는 것은 선대제께서 이룩하신 업적이 있기 때문이오.

삼맥종이 법흥대제를 끄집어낸 것은 사후에까지도 그 위엄의 빛이 사그라지지 않는 선대제와 자신과의 혈통 관계를 상기시킴으로써 보이지 않는 후광을 입기 위함이었다. 지소태후가 그토록 많은 권력을 주무를 수 있었던 것 또한 법흥대제의 딸이라는 후광을 덧입은 것이었다.

— 이제 선대제께서 이룩하신 업적을 발판으로 밖으로 눈을 돌려야 할 때요. 백제 또한 무령왕이 이룩한 것을 이어받은 명왕이 백제 중흥을 향해 달려가고 있소. 지금은 그들이 고구려와 신경전을 벌이지만 곧 우리에게 눈을 돌릴 것이오. 안일하게 있다가 영토를 잃게 된다면 그 죄를 어찌 백성들과 선대제께 갚을 수 있겠소이까. 지금 계림이 대외적으로 국력을 신장하지 않으면 신생 부흥국인 백제와 남하를 추진하는 고구려에게 계속해서 조금씩 먹히고 말 것이오.

— 하지만 아직 약한 우리 계림이 어찌 고구려, 백제 정벌을 도모할 수 있단 말입니까?

－우리 계림은 이미 지난 해 고구려와 백제의 성을 빼앗은 바가 있소. 어찌 안 된다고만 하겠소?

황제는 지난 550년 백제가 고구려의 도살성을 빼앗고 고구려가 백제에 대한 보복으로 백제의 금현성을 빼앗았을 때 두 군이 지친 틈을 타서 계림이 도살성과 금현성을 점령했던 일을 말하는 것이었다.

－하오나 그때는 고구려와 백제가 접전을 벌인 뒤 지쳐 있는 상태라는 허를 찌른 것이었습니다.

－지금이 바로 그러한 때요.

－그것이 무슨 말씀이십니까?

그때 문이 활짝 열리더니 거칠부가 들어섰다. 수염이 덥수룩하고 승려처럼 밀어 버렸던 머리카락이 제법 자라 헝클어진 채였으며, 찢기고 더러워진 옷이며 행색이 말이 아니었으나, 그 당당한 얼굴만큼은 남당의 신료들을 압도할 듯했다.

－지금이 바로 그러한 때라 아뢰옵니다. 폐하!

－아니, 저이는 파진찬 거칠부가 아닌가?

웅성거리는 신료들 사이를 당당하게 걸어 황제 앞으로 온 거칠부가 절을 올리더니 말을 이었다.

－나제동맹 관계인 백제와 힘을 합쳐 고구려를 먼저 쳐야 합니다. 고구려에는 전운이 감돌고 있습니다. 이때를 놓친다면 백년 이래 다시는 아리수를 차지할 기회를 얻지 못할 것이옵니다! 폐하, 고구려 정벌을 윤허하여 주시옵소서!

신진들이 다시 힘을 얻기 시작했다. 지킬 것이 많은 자, 가진 것이 많은 보수파들은 전쟁을 원하지 않았다. 하지만 가진 것이 적은 대신 패기가 살아 있는 젊은 층들은 새로운 시대, 새로운 계림을 원했다.

─ 고구려 정벌을 윤허하여 주시옵소서!

─ 계림의 황제 삼맥종, 고구려 정벌을 명한다! 아리수를 차지하고 강한 계림을 건설해 나갈 것이다. 오늘부터 병력 정비에 들어가라!

─ 폐하! 통촉하여 주시옵소서!

─ 폐하! 명대로 받잡겠나이다!

전쟁을 반대하는 측은 반대하는 측대로, 찬성하는 측은 찬성하는 측대로 폐하를 부르짖으며 흥분을 가라앉히지 못했다. 불붙은 논란을 뒤로 하고 삼맥종은 유유히 남당을 나왔다. 그리고 그날 밤 염도를 첨소로 불러들였다. 백제에 보낼 첩자를 준비하는 일이 어떻게 돌아가는지 알아보기 위해서였다.

─ 경호는 군관을 붙여라!

─ 군관은 안 됩니다.

─ 군관을 붙여야 한다. 신국제일검이어야 한다는 말이다.

─ 폐하, 곧 고구려와의 전쟁도 있는 이때 군관의 역할이 전쟁에서 중요할 텐데 다시 생각해 주시옵소서.

─ 그녀가 살아 돌아와야 한다. 알겠나? 신국제일검이 붙어야 한단 말이다.

염도는 말없이 고개를 들고 삼맥종의 눈을 똑바로 쳐다보며 단호하게 아뢰었다.

－그녀가 그토록 염려된다면 보내지 마시옵소서.

－염도!

－아직도 리아를 그토록 연모한다면 잉첩으로 들이고 보내지 마시옵소서. 잉첩으로 들이고 여인이 주는 쾌락을 누리십시오. 황제께서는 그러실 수 있는 권좌에 있는 분입니다.

－무슨 말이냐?

－밀정으로 윤허하셔서 놓고 그 안위가 염려되어 객관적인 판단이 흔들리신다면 보내지 말란 말입니다. 밀정으로 보내심은 사랑보다 황제의 길을 선택하심이 아닙니까? 그런데 왜 다시 이리도 흔들리신단 말입니까? 밀정으로 윤허한 순간 황제는 리아를 이미 여자로서는 버린 것입니다. 자신을 속이지 마십시오. 황제로서의 꿈도 남자로서의 사랑도 다 가지실 생각이라면 차라리 다 포기하십시오!

－무엄하다!

－무엄해도 좋습니다! 황제에게 사랑이 어디 있습니까? 사랑 따위 집어치우시고 여인을 통해서는 쾌락과 휴식을 취하십시오. 그것이 황제의 삶입니다.

－리아가 살아 돌아와야 한다!

－삼맥종!

－염도! 황제를 능멸하려 하느냐? 죄를 엄히 물을 것이다!

─삼맥종!

염도가 황제의 두 어깨를 커다란 두 손으로 쥐고 흔들며 소리를 질렀다.

─너는 이미 그때 그녀를 버렸다! 그때 내 거짓말을 그대로 믿고 시신조차 확인하지 않았던 그때, 이미 리아를 버리고 황제의 길을 선택했던 것이다. 만약 리아를 절대로 포기할 수 없었다면 그때 시신이라도 확인했을 것인데, 그녀가 죽었다는 내 말을 그대로 믿고 덮어 둘 수 있었던 것은 네 마음이 그때 그녀를 포기하고 황제의 길을 가리라 선택했기 때문이다. 자신을 속이지 마라. 이제 와서 두 마음을 품어 흔들리지 말란 말이다! 우린 황제에게 꿈도 인생도 목숨도 다 걸고 있단 말이닷!

황제는 어깨를 염도의 손에 잡힌 채 염도를 노려보더니 이내 두 눈을 감았다. 가슴이 서늘해졌다. 흥분을 가라앉힌 염도는 손에 힘을 풀고는 무릎을 꿇고 사죄한 후 황제의 침소를 나갔다. 혼자 남은 황제는 울지도 못한 채 서늘한 가슴을 부여잡고서 밤새 잠을 이루지 못했다.

고구려 정벌 준비를 착착 진행하는 가운데 봄이 가고 여름이 가고 이윽고 가을이 왔다. 리아를 백제로 떠나보낼 날도 하루 앞으로 다가왔다. 설성은 리아가 입고 갈 백제 여인의 옷가지를 직접 챙기며 고통스러운 시간을 보내고 있었다. 밤이 깊도록 잠을 이루지 못하며 설성과 리아는 함께 앉아 있었다.

─마지막으로 한 번만 안아 보고 싶다.

그녀를 안고 마치 부부처럼 엉기던 때가 바로 몇 달 전이었다. 그렇게 영원히 함께 할 수 있을 줄 알았다. 그런데 갑자기 모든 게 달라졌다. 분신같이 자기 삶 속으로 들어와 있던 리아는 어느새 저 멀리 달아나 있었다.

－한 번만 더 안아 볼 수 있으면 좋겠구나.

설성은 그 말만 또 되풀이했다. 내일이면 백제로 떠나는 리아였다. 리아가 빙그레 웃으며 어머니처럼 설성을 품에 안았다. 설성은 부드럽고 풍만한 리아의 젖가슴에 아이처럼 안겨 흐느끼면서도 리아의 터럭 하나라도 손을 댈 수가 없었다. 그녀는 몸도 마음도 황제의 것이었다. 황제가 그녀를 버렸다 하더라도 리아 스스로 자기를 황제의 것으로 여기고 있었기에, 리아가 황제에게 다시 돌아가지 않는다 해도 여전히 황제의 가슴에 리아가 살아 있었기에, 설성은 리아를 안지 못하고 그녀 품에 안겨 이렇게 말할 뿐이었다.

－꼭 살아서 돌아와라. 아야, 꼭 살아서 돌아와야 해. 알았지?

6

삼맥종이 친정을 선포하고 개국 연호를 쓰기 시작한 그해 가을. 계림의 대군이 서라벌을 떠나 북쪽을 향했다. 거칠부가 이끄는 대군은 구진, 비태, 탐지, 비서, 노부, 서력부, 비차부, 미진부의 8장군으로 이루어졌다. 미진부는 훗날 진흥왕의 총애를 입어 세상을 호령하게 될 미실궁주의 아버지였다. 백제의 대군 역시 수도 사비성을 나와 계림군과 연합하였다. 북으로 북으로! 삼맥종의 정복 전쟁 1단계. 고구려가 돌궐과의 전쟁으로 국력이 소진되었을 때 고구려의 아리수 유역을 정벌하라! 대고구려전을 위한 신라, 백제의 공수共守작전이었다.

백제군은 먼저 아리수 하류 지역에 있는 북한성으로 내달렸다. 꿈에도 그리던, 고구려에게 빼앗겼던 백제의 영토였다. 계림군은 죽령을 넘어 아리수 상류 지역으로 향했다. 그런데 고구려 영토에 발을 들여놓았을 때 척후병이 달려왔다.

─장군! 노승과 일단의 승려들이 노상에 나와 계림의 지휘관을 뵙기를 청합니다!

─누구냐?

─혜량이라 아뢰면 알 것이라 했습니다.

혜량! 거칠부는 몇 달 전 헤어진 북녘 땅의 혜량을 떠올렸다. 피비린내 나는 밤에 한데 엉겨 접전을 벌인 후 둘만 남았을 때 혜량이 한 말을 잊을 수가 없는 거칠부였다.

─오늘 내가 그대에게 목숨을 빚졌으니 비록 적국의 간첩이나 해하지 않겠다. 훗날 우리가 다시 만나거든, 그때는 그대 역시 나에게 칼을 겨누지 않겠다고 약속하라.

─우리가 다시 만나겠습니까?

─그대 관상을 보니 난세를 호령할 대장수의 상이요, 치세에는 재상의 상이다. 만약 고구려와 전쟁을 벌이게 된다면 큰 장수가 되어 나와 다시 만날 것이다.

─법사님과 같은 대선각자를 계림에 모시고 싶습니다.

─지금 고구려 평성왕의 정권에는 더 이상 희망이 없다. 다만 지금 내가 떠나지 못하는 것은 세희왕비와 그 왕자님에 대한 도리일 뿐. 훗날 고구려에 연씨 성을 가진 걸출한 인물이 나타나 당대를 풍미할 것이나 고구려의 국운까지 바꾸지는 못할 것이다. 명운은 계림에 있다. 만약 우리가 다시 만나거든 계림에서 부처님의 진리를 크게 떨칠 수 있는 기회를 갖게 해 달라!

거칠부는 그의 도움으로 고구려의 지리와 진격로 등을 조사한 후 무사히 귀국할 수 있었다. 그 혜량이 드디어 앞에 나타난 것이다. 거칠부는 급히 말을 달려 혜량을 만나러 갔다. 거칠부가 돌아와 전쟁 준비를 하는 지난 몇 달 동안 고구려에서도 급변의 시간이 흘렀더랬다. 예상대로 돌궐은 가을에 고구려를 침략했고, 고구려는 돌궐의 침략을 막아내느라 국력이 많이 소진된 터였다. 그도 그럴 것이 내부의 적과도 싸워야 했으니 말이다. 그 와중에 세희왕비도 죽임을 당했고, 세강왕자도 사라졌다. 정권을 잡기 위한 귀족들의 분열만 나날이 치열해지는 가운데 있었다. 거칠부는 혜량을 보자마자 말에서 내려 예를 갖추며 인사했다.

－법사님! 전에 법사님의 은혜를 많이 입었는데 이렇게 다시 만나게 되니 어떻게 보은을 해야 할지 모르겠습니다.

－지금 우리나라는 정사가 혼란하여 희망이 없다. 멸망할 날이 멀지 않았으니 공의 나라로 데려가기 바란다!

거칠부는 예상했던 혜량의 제안을 흔쾌히 수락했다.

－법사님을 황제 폐하께 모셔라!

혜량은 자신의 예언대로 신라에 귀의했다. 그리고 삼맥종은 혜량을 맞아 훗날 신라 최초의 국통國統(승통이라고도 함)으로 삼는다.

고구려와의 격전을 앞둔 밤, 계림군의 진영에는 적막과 긴장감이 흘렀다. 첫 전투를 앞둔 삼맥종의 마음에도 두려움이 엄습했다. 지난 몇 개월간의 일들이 주마등처럼 스쳐 지나갔다. 두려움을 다스리며 진영을 돌아보았다. 진영 안 곳곳에 횃불을 밝히고 병사들이 병장기를 정리하며 내일의 전투를 준비하고 있었다. 황제가 지나갈 때마다 병사들이 일어나 예를 갖추었다. 황제는 한 사람 한 사람과 눈을 마주치며 인사를 건넸다. 때론 손을 잡았고 때로는 어깨를 두드렸고 때로는 발걸음을 멈추고 대화를 나누었다. 염도가 다가와 속삭였다.

— 리아 일행이 백제의 국경을 넘었다 합니다.

— 누구와 함께하는가?

— 군관입니다.

삼맥종이 조금 놀라며 염도를 쳐다보았다.

— 황제 폐하 때문이 아닙니다. 백제 간첩계 성공을 위해서는 리아의 신변이 가장 중요하다는 보종의 충고 때문입니다. 작전이 성공해서 백제와의 격전 때 백제 진영에 군관이 있게 된다면 오히려 더 '고수의 책'이라 보종이 말했습니다.

삼맥종은 소리 없이 빙그레 미소 지었다. 차갑게 말은 해도 누구보다 황제의 마음을 헤아리는 염도의 살뜰한 사랑이 느껴져서였다. 어둠 속에서 황제는 염도의 손을 잡았다.

— 염도야. 내일이 우리의 첫 전투다.

— 예, 폐하!

— 아무리 수세에 몰려 있다고는 하나 대고구려의 강군이다. 두렵지 않느냐?

-두려움보다 더 강한 것은 황제를 향한 내 마음입니다!

황제는 염도를 끌어당겨 안고는 염도의 귀에 대고 나지막하면서도 단호한 목소리로 말했다.

-우리 두려움을 넘어서자. 내일은 우리가 함께 가는 길의 시작일 뿐이다. 죽지 마라. 다치지 마라. 이건 황명이자 부탁이다! 나를 혼자 남겨 두지 마라!

-신 염도 황제 폐하를 끝까지 지킬 것입니다!

-나 또한 나의 친구 염도와 끝까지 함께할 것이다!

-삼맥종!

염도는 황제의 심장이 뛰고 있음을 자신의 심장으로 느끼면서 눈을 감았다. 황제는 염도를 뒤로 하고 거칠부와 8장군이 모여 있는 막사로 들어갔다. 황제가 들어서자, 모두들 자리에서 일제히 일어섰다.

-앉아라!

마지막 작전회의가 긴박하게 진행되었다. 거칠부와 8장군은 황제의 설명에 귀를 기울였다.

-명심하라! 항복하는 자에게는 자비를 베풀되, 저항하는 자는 끝까지 섬멸할 것이다. 후퇴는 없다.

-폐하, 고구려군은 강합니다. 혹시 있을지도 모를 고구려군의 강력한 반격에 대비해서 퇴로를 생각해야 합니다.

-다시 말하지만 퇴로는 없다. 아리수를 차지할 때까지 계림으로 돌아가지 않을 것이다.

- 폐하!

삼맥종은 탁자 위에 펼쳐진 지도 위에 탁, 하고 두 손을 올렸다.

- 보라! 서라벌을! 동남방 구석진 곳에 있는 우리 계림을. 언제까지 이 변방 어둠 속에 있어야 하겠는가? 이 변방 어둠 속에서 어찌 신국이라 말할 수 있는가? 서천 남천 북천이 아니라 아리수를 우리의 젖줄로 삼을 것이다. 그 젖줄을 따라 북으로 동으로 대륙으로 갈 것이다! 내일은 그 시작일 뿐이다!

서슬 퍼런 황제의 호령에 장수들은 다시 한 번 각오를 새롭게 했다. 반드시 아리수 상류를 차지해야 한다! 모두의 가슴엔 흥분과 전율이 가득했다.

- 선봉은 내가 선다!

놀란 장수들이 모두 자리에서 벌떡 일어났다.

- 아니 됩니다! 폐하! 전선까지 행차하신 것만 해도 영광이요, 또 위험을 무릅쓴 것임을 모든 장수들이 알고 있습니다.

- 다시 말하지만 선봉은 내가 선다. 화랑도를 이끌고 내가 설 것이다!

- 폐하!

달이 지고, 새벽이 되었다. 진영에 아침밥 짓는 내음이 솔솔 나더니 푸짐한 아침 식사 후에 전장까지 데리고 온 신관이 제를 올렸다.

- 천지신명이시여, 지증마립간이여, 법흥대제여, 계림을 도우

소서. 신들의 나라, 신국과 함께하소서. 죽음의 신이 황제의 군을 지나가도록! 이 고구려 땅의 정기가 신국의 것이 될 수 있도록! 함께 하시옵소서!

무장을 하고 열을 맞춘 병사들 앞에 백마를 탄 황제가 있었다. 거칠부와 8장군이 각기 자기 부대의 선봉에 서서 황제를 바라보았다. 황제는 금 투구를 쓰고 금 갑옷을 입었고, 황제의 말 역시 금으로 된 말머리가리개를 쓰고 있었다. 황제는 무장을 한 채로 자신의 전 군대를 돌아보았다. 첫 출전인 병사 중에는 무장을 하고 선 채로 질질 오줌을 지르는 이도 있었다.

- 두려운가?

- 소, 송구합니다. 폐, 폐하!

황제는 친히 손을 들고 오줌을 싼 병사의 어깨를 탁 잡았다.

- 나도 두렵다! 나도 첫 전투이다. 그러나 우리 두려움을 넘어서자! 우리에겐 신이 함께하신다!

병사의 얼굴에 환하게 미소가 떠올랐다.

- 폐하! 힘, 힘껏 싸우겠습니다.

황제는 병사들 하나하나를 살폈다.

- 달솔! 너의 아버지는 법흥대제의 군이 아라가야를 정벌할 때 선봉에 선 장수였다. 너 또한 아버지처럼 용맹하게 싸워 다오.

- 폐하, 명대로 받들겠습니닷!

병사들을 돌아본 황제는 다시 전군 앞에 서서 외쳤다.

-보라! 오늘 우리는 고구려의 아리수를 정복할 것이다. 대고구려 강군이라고 두려워하지 말라! 그들은 지쳐 있지만 우리는 젊다! 저들은 살기 위해 싸우지만 우리는 승리하기 위해 싸운다! 저들의 젖줄이 우리 젖줄이 되고, 저들의 땅이 우리 땅이 될 것이다!

거칠부와 8장군 그리고 모든 병사들이 숨을 죽이고 황제의 쩌렁쩌렁한 목소리를 듣고 불꽃같이 이글거리는 눈을 보았다.

-보라! 나 삼맥종!

황제의 목소리가 들끓었다. 구름 한 점 없는 가을 하늘이 파랗다 못해 푸른 물이 뚝뚝 떨어질 듯했다. 맑고 청량한 가을바람이 가슴을 뚫고 지나갔다. 삼맥종이 고구려의 아리수 상류 쪽을 가리키며 대검을 높이 추켜올렸다.

-신국의 황제, 신국의 생신인 나 삼맥종! 내가 선봉에 설 것이다! 저 땅을 차지하기 전에는 물러서지 않겠다. 만약 내가 죽거든 나를 넘어서 가라! 나를 넘어서 아리수를 차지하라! 신들이 우리와 함께할 것이닷! 우리는 신의 군대다. 신의 군대는 패하지 않는다. 패하지 않는 군대다! 가자!

-군대 정렬! 군대 정렬!

-진격하라! 진격하라!

병사들의 사기충천한 함성이 고구려 천지를 뒤흔들었다. 깃발이 높이 치솟았다. 북소리가 가을 하늘과 고구려 땅을 뒤흔들었다. 앞으로 한 시대를 풍미하며 이곳저곳의 전장에서 승리를 몰고 다님으로써 오래도록 신화로 남을, 패배를 모르는 '신의 군대'의 시작이었다. 삼맥종의 가슴이 북소리보다 더 크게 쿵쿵거렸다. 그러나 그는 심장 소리 너머, 두려움과 머뭇거림을 너머 꿈을 향해 달려 나갔다. 두려움보다 더 강한 것은 꿈, 바로 그것을 향한 열망이었다.

제 5 장 — 홀로 그대 넋만 부르네

1

남부여의 사비. 땅이 울렸다. 마른 잎들이 서로 몸을 부대끼
며 이리저리 팔랑거렸다. 저 멀리서 요란한 말발굽 소리가 들
리더니 우람한 장수들이 나타났다. 맨 앞에 선 장수가 국조였
다. 땅을 흔드는 말발굽 소리 속으로 마음을 흔드는 선율이 끼
어들었다. 국조가 워워, 하며 흥분한 말을 가라앉히고 섰다. 사
람들이 오가는 길목에 어떤 여자가 앉아 있었다. 눈길을 끄는
여자였다. 도읍인 사비를 통틀어도, 아니 남부여 땅을 전부 뒤
져도 저런 여자는 못 찾겠다 싶었다. 국조는 사람을 시켜 여자
를 집으로 데리고 오도록 했다.

　－무엇을 하고 있었느냐?

　－형편이 곤궁하여 겨울을 날 방도를 찾기 위해 가락을 들려
주고 구걸을 하고 있었습니다.

- 저잣거리에서 그것을 뜯고 있었단 말이냐?

- 그러하옵니다.

- 한번 연주해 보거라.

국조의 눈이 가얏고를 뜯는 여자의 온몸을 찬찬히 뜯어보았다. 여자는 저잣거리에서 구걸하며 가얏고나 뜯고 있기에는 아까워도 너무 아까운 미색이었다. 천생 장수인지라 가얏고 가락이 어느 정도 아름다운지는 잘 알아듣지 못해도 미색을 보는 눈이라면 남부여(백제)에서 둘째가라면 서러울 국조였다. 국조는 갑자기 벌떡 일어나더니 현을 뜯는 여자의 손을 와락 잡아채서는 음심 가득한 눈으로 들여다보았다.

- 섬섬옥수구나.

여자가 두려운 듯 몸을 움츠리자 국조는 껄껄 웃으며 하녀를 불렀다.

- 여봐라, 이 여자를 씻기고 단장시켜서 데리고 오너라.

잠시 후 곱게 단장을 한 여자가 들어왔다. 국조는 벌떡 일어서서 여자에게 굵은 손가락으로 한 바퀴 돌아보라는 시늉을 했다. 여자가 선 채로 천천히 한 바퀴를 돌았다. 국조가 여자의 댕기를 확 낚아채자 검은 머리카락이 넘실대며 어깨 위로 떨어졌다. 그 머리카락 사이로 국조의 다섯 손가락이 들어와 한 움큼의 머리를 들어올렸더니 여자의 하얗고 가늘고 긴 목이 드러났다.

- 머리숱이 풍성하구나. 목은 학처럼 우아하고…….

이번에 국조는 두 손으로 여자의 가슴과 허리와 엉덩이를 더 듬었다. 여자가 놀라 떨며 몸을 빼려 했으나 국조는 호통을 치며 한 손으로는 여자의 어깨를 잡고 한 손으로는 여자의 몸을 더듬었다.

— 이름이 무엇이냐?

— 하선이라 하옵니다.

— 너와 함께 있던 사내는 누구냐?

— 소녀의 동생이자 유일하게 남은 혈육, 하룡이라 하옵니다.

— 고아냐?

— 네. 저희 어머니는 동생을 힘들게 낳다 돌아가셨는데, 그래서 그런지 동생이 나면서부터 반푼이입니다. 아버지께서는 지난해 계림이 도살성을……

여자는 그때 생각이 나는지 목이 메어 잠시 말을 잇지 못했다.

— 괜찮다. 진정하고 말해 보거라.

— 계림이… 도살성을 급습하던 때에 전장에서 그만…….

여자가 또 울먹이자 국조는 사뭇 부드러워진 목소리로 다독이듯 명했다.

— 고개를 들어 보아라.

눈물이 고여 붉어진 눈으로 여자가 국조를 보았다. 그렁그렁 눈물이 고인 여자의 눈망울이 반짝였다. 흐느낌과 두려움과 수줍음과 천진함이 담긴 눈이었다. 국조는 하선의 눈을 뚫어져라 요리조리 들여다보면서 호탕하게 웃음을 터뜨렸다.

─하하하! 사내를 즐겁게 하기 위해 태어난 여자 같구나. 내 너를 태자마마에게 승전의 선물로 바치리라!

고구려와의 전쟁에서 돌아온 태자 창은 한껏 승리의 기쁨에 도취되어 있었다. 비록 계림과의 연맹으로 벌인 전쟁이었지만 고구려의 땅 아리수 하류를 차지하였으니! 그 땅이 어떤 땅인 가. 70여 년 전 남진 정책을 벌이는 대고구려의 힘에 밀려 빼앗 겼다가 이를 갈고 칼을 간 끝에 회복한 고토古土였던 것이다.

남부여가 차지한 지역은 아리수 하류의 6군이었다. 요지 중 의 요지였고, 서해로 지나 대륙으로 들어가는 관문이었다. 이 관문을 되찾았으니 무역도 외교도 그 길이 더욱 활짝 열린 셈 이었다.

그러나 찜찜한 것이 하나 있었다. 고구려 전장에서 돌아올 때 딱 한번 마주친 계림의 풋내기 삼맥종, 그놈이었다. 눈매가 다부진 놈이었다. 서로 웃음을 주고받았으나 편치 않았다. 범접 하기 어려운 어떤 기운이 뿜어져 나와, 창을 긴장시켰다. 기분 나쁜 긴장감이었다.

─계림의 풋내 나는 애송이 주제에, 삼맥종! 잘난 척해 봤자 약소국의 어린 왕에 불과하다!

삼맥종을 생각하자 파란 가을 하늘에 작은 조각구름 하나 끼 듯이 승전의 기쁨에 도취된 창의 마음이 잠시 침울해졌다. 그 런데 국조가 태자 창의 한 조각 침울함마저 말끔하게 씻어 주었다. 특별한 승전 축하를 해 주겠다며 태자 창을 초대한 국조의 집에서였다.

– 태자마마! 승전을 축하드립니다! 왕자님의 무예는 남부여 제일입니다!

국조는 입의 혀처럼 굴며 태자의 비위를 맞추는 데 능했다. 무예가 있고 단순하고 의리를 중시하는 태자 창은 감정에 쉽게 휘둘리는 사람이어서 그런 국조를 형처럼 따르며 신뢰했다. 태자 창이 방 한가운데 쳐진 병풍을 발견하고는 물었다.

– 저것은 무엇이냐?

– 신 국조 태자마마께 승전의 선물을 하나 준비했습니다. 이제까지 바친 선물과는 비교도 되지 않을 명품이지요. 틀림없이 마음에 드실 것입니다.

국조가 신호를 보내자 하녀가 그 병풍을 조심스럽게 걷어냈다. 병풍이 조금씩 접힘에 따라 그 뒤에 있던 여자의 모습이 서서히 드러났다. 온갖 단장으로 선녀처럼 아름다워진 하선이었다.

– 이 여인은!

– 태자마마를 위한 선물이옵니다.

창 앞에는 술상이 차려져 있었다. 국조의 명에 따라 하선은 가얏고를 퉁기기 시작했고 국조와 태자 사이에 술잔이 오갔다. 전투의 긴장이 풀리고 승리의 기쁨에 도취된 태자 창은 금세 취기가 올랐다. 가얏고 현의 울림도 점차 빨라지며 가쁜 호흡처럼 헐떡였다. 창은 술잔을 한 손에 든 채 하선에게 다가가더니 하선의 옷고름을 잡아당겼다. 하선이 깜짝 놀라 손을 멈추자 현의 울림도 멎었다.

　－계속하라.

　현이 다시 나지막한 속삭임처럼 울리기 시작했다. 창이 다시 옷고름을 마저 풀고는 옷자락을 끄집어 당겼다. 하선의 뽀얗고 윤기 나는 속살이 드러났다. 현이 다시 머뭇거렸으나 창은 다시 말했다.

　－계속하라.

　점점 현의 울림이 빨라졌다. 국조는 만면에 회심의 미소를 띤 채 그 방을 나왔고, 희미한 등잔만 밝힌 방에서는 어느새 현의 울림조차도 멎었다. 헐떡대던 현 대신 창의 숨소리만 가빠졌다. 알몸이 된 리아는 머리가 헝클어진 채, 소리도 없는 울음을 가슴으로 삼켰다. 남부여의 도읍, 사비성의 밤이 깊어갔다.

　계림의 서라벌. 오랜만에 월성이 축제 분위기로 들떠 있었다. 고구려 정벌의 승전보가 전해졌기 때문이다. 백성들조차 두 사람만 모이면 고구려 정벌 이야기를 했다.

　－우리 계림이 고구려를 이겼대.

　－아리수 상류 땅을 빼앗았다고 하더군!

　－그래! 무려 10개 군이나 된대.

　－황제 폐하께서 화랑들과 직접 출전하셨다잖아!

온 나라가 승리의 기쁨에 들떠 있던 그때, 승리의 기쁨에 마냥 취할 수가 없는 사람들이 몇 있었다. 한 사람은 더 큰 승리를 준비하는 야심찬 청춘, 삼맥종. 또 다른 측은 그 삼맥종을 넘어 권좌를 차지하고 싶은 태후와 이사부 일당이었다. 나라 안에서 젊은 황제에 대한 숭배가 꿈틀대며 자라나는 것과 동시에 조정 신료들 사이에서도 새로운 황제의 '젊은 리더십'에 동조하는 이들이 생기기 시작했다. 황제는 개선을 경하하는 신료들 사이에서 어두운 표정을 짓고 있는 이사부를 짐짓 모른 체하며 남당을 나왔다.

가을색이 물씬 풍기는 대궁 수목들을 둘러보니 고구려 땅을 달리던 일이 마치 꿈결처럼 느껴졌다. 소백산맥의 죽령을 넘어 구름도 쉬어 넘는다는 철령까지, 파죽지세로 밀고 올라가 알토란 같은 고구려 땅을 야금야금 먹었더랬다. 그렇게 차지한 땅이 고구려 아리수 상류지역의 10개 군, 지금의 화천, 양구, 가평, 춘천, 여주, 원주, 제천, 안성, 진천, 괴산 등의 지역이었다. 이로써 계림의 땅은 삼맥종이 즉위할 때에 비해 거의 2배 가깝게 넓어졌다. 열여덟 살의 젊은 황제가 순식간에 영토를 두 배 가까이로 확장한 것이다.

그런데 대승이라지만 삼맥종의 마음에는 아쉬움이 있었다. 남부여가 차지한 아리수 하류의 6군은 지금의 서울, 인천, 화성, 수원, 과천, 하남 등의 지역. 삼맥종이 진짜 노리는 곳은 바로 그 땅이었다. 아리수 하류를 차지해야 대륙으로 가는 길이 열린다는 것을 삼맥종도 알고, 남부여의 왕 '여명'과 태자 '여창'도 알 터였다. 서해로 들어가는 관문 당항성을 차지해야 한다, 바다로 들어가는 길을 열어야 한다, 아리수 물줄기를 기필코 빼앗아야 한다!

이런저런 생각에 빠져 남당을 나오는데, 밖에서 기다리고 있던 염도가 다가와 귀에 대고 속삭였다.

— 리아가 태자 창에게 접근하는 데 성공했다 합니다.

— 알았다.

사비성에서 온 소식에 삼맥종은 고개를 끄덕였고, 염도는 짧은 순간에 황제의 안색을 살피더니 물러갔다. 월성의 하늘을 바라보며 잠시 서 있던 황제는 오랜만에 황후의 침소를 찾았다.

황후 사도. 박색은 아니었으나 미색도 아니었다. 가장 삼맥종의 마음에 든 점은 그녀가 어머니 지소태후와 인통을 달리하는 대원신통의 여자였던 점이다. 사도를 황후로 맞이한 이후 진골정통의 독주에 제동이 걸리고 대원신통이 흥하기 시작했다. 삼맥종이 바라는 바였다. 황제는 사도의 침상에 누워서 여관을 불렀다.

— 여관 있느냐? 악사는 대령했느냐?

— 예, 폐하.

— 시작해 보거라.

금쪽이었다. 계림의 옛 명인 백결선생이 방아 소리를 표현했다는 현악기. 현의 울림이 황제의 귓가에 울렸다. 가얏고의 현은 아니었지만, 금이 가얏고의 울림을 듣지 못하는 아쉬움을 조금이나마 위로해 주었다.

현의 선율이 잔잔하게 울려 퍼지자 사도가 두 손으로 황제의 몸을 조물조물 주물렀다. 전쟁으로 인한 긴장에 굳어져 있던 몸에 스르르 안도감이 밀려왔다. 이윽고 사도가 황제의 옷자락 속에 손을 넣었다. 그리고 황제의 살을 어루만지며 상냥한 목소리로 황제를 불렀다.

— 폐하.

— 말해 보시오.

— 미진부 장군은 폐하를 위해 목숨을 바치기를 원하나이다.

미진부. 옥진궁주의 사위, 그러니까 옥진궁주의 딸 묘도의 남편이자, 어린 미실의 아버지이자, 사도 황후의 형부였다. 고구려와의 전투 때 삼맥종이 선발한 8장군의 한 명이었다.

— 미진부 장군을 중용해 보심이 어떠신지요?

— 그리하리다.

— 폐하의 은혜가 하늘과 같사옵니다.

— 이제 옷을 벗기시오.

명에 따라 황후가 황제의 옷을 하나씩 벗겨내었다. 사도는 나긋나긋하고 충성스럽기 그지없다. 하지만 그녀는 월성으로 들어오던 날 어머니 옥진궁주가 딸을 떠나보내며 들려준 당부를 곱씹는다. 음으로 양을 다스려라, 함부로 속을 보이지 마라,

발톱을 드러내지 마라… 힘을 기르기 전에는!

삼맥종은 거칠부가 사도를 처음 천거할 때 당부한 말을 떠올리곤 한다. 발톱을 감춘 범의 형상입니다. 끝까지 경계를 늦추지 마십시오!

리아의 충성은 사랑이었지만 사도의 충성은 야심이었다. 리아에 대한 황제의 신뢰는 사랑이었지만 사도에 대한 황제의 신뢰는 결탁이었다. 경계를 늦추지 않았음에도 불구하고 삼맥종은 훗날 자기가 일으켜 준 대원신통 가문에서 미실이 나오고 사도가 미실과 야합하여 삼맥종의 아들 동륜태자를 죽이며 정권을 주무르게 되리라는 걸 상상조차 하지 못했다. 또 삼맥종 자신이 리아가 아닌 다른 여자, 미실에 빠져 그 모든 것을 막지 못한다는 것도 알지 못했다. 열여덟 살의 삼맥종은 사도의 손에 젊은 육체를 맡긴 채 눈을 감을 뿐이었다.

– 시작하시오.

명에 따라 황후가 자신의 촉촉한 입술로 황제의 몸 구석구석을 조심스럽게 핥아 내려가더니 이윽고 황제의 남근을 입에 넣었다. 부드러운 입술과 촉촉한 혀의 감촉이 남근 끝에서부터 황제의 온몸과 뇌까지 퍼져 나갔다. 미동도 않고 작은 소리도 내지 않던 황제의 입에서 얕은 신음 소리가 새어 나왔다. 금의 울림도 점점 격해졌다. 가얏고의 빈자리를 금이 달래 주듯이 사도황후가 리아의 빈자리를 달래 주기를 황제는 바랐다. 그러나 잠시 후 성골의 진액이 황후의 부드러운 입안으로 뿜어져

나갈 때조차, 황제는 한없는 쓸쓸함에 한줄기 눈물을 흘릴 뿐이었다. 리아의 빈자리는 그 무엇으로도 대신할 수 없었다. 계림의 왕궁, 월성의 밤이 깊어갔다.

2

밀사 보종. 552년, 겨우 약관의 나이인 그가 딸랑 피리 하나
만 든 채 말 한 필에 몸을 싣고 고구려 국경을 넘었다. 적국의
땅이었다. 더구나 고구려 조정은 계림에게 땅을 빼앗긴 지 얼
마 되지 않아 원한에 사무쳐 있을 게 분명했는데 말이다.

얼마 전 남부여에 있는 군관으로부터 남부여가 계림이 차지
한 아리수 지역에 눈독을 들이고 있다는 첩보가 들어왔다. 계
림으로서는 다시 움직일 때가 된 것이다. 그래서 보종이 황제
에게 간했다.

– 폐하, 이제 2단계입니다. 고구려와의 관계를 회복하고 칼
끝을 남부여로 돌려야 합니다!

남부여와 공수하여 고구려를 친 후 다시 남부여를 노리자는
게 처음부터 그의 전략이었다. 물론 자신이 직접 밀사가 되어

고구려로 가게 될 줄은 예상치 못했지만 말이다.

고구려 평성왕은 가늘게 실눈을 뜨고서 보종을 아래위로 훑어보았다.

─ 황제의 밀사라… 계림의 황제가 스무 살도 안 된 애송이라 하더니 나라 일을 장난으로 아는 것이냐. 어찌 너 같은 풋내기를 밀사로 파견했단 말이냐?

─ 신국의 화랑, 보종이라 합니다! 나라를 위하는 일에 어찌 나이의 많고 적음이 있겠습니까?

─ 너희 나라는 변방의 작은 약소국에 불과한데 분수를 모르고 제 나라를 신국이라 부르느냐?

─ 만백성이 황제를 살아 있는 신이라 여기고 모든 신하는 황제를 위해 목숨을 버리기를 원합니다.

─ 화랑은 또 무엇이냐?

─ 화랑은 우리 신국을 수호하는 젊은 피입니다. 자연의 벗이자 하늘을 섬기는 제관이며 나라를 지키는 무사들입니다. 우정을 위해 심장을 내어주며 황제를 위해 목숨을 버립니다.

─ 무엇을 원하느냐?

─ 고구려와 밀약 맺기를 원합니다.

─ 하하하. 이 풋내기가 가소롭구나. 너희 따위에게 내 땅을 빼앗긴 것만 해도 울화가 치미는데, 밀약이라. 너희가 빼앗아 간 아리수 상류는 고구려 땅이다. 언젠가 내 그 땅을 되찾을 것이다.

― 이제 계림의 땅이 되었으니 우리 황제께서는 그 땅을 돌려 드리지 않을 것입니다.

― 뭣이! 이 시건방진 놈! 그 따위로 입을 놀리다가 살아 돌아갈 수 있다고 생각하느냐?

― 왕께서 저를 죽이시면 이 보종! 우리 계림과 황제를 위해 당당하게 죽을 것입니다. 그러나 나의 죽음을 슬퍼한 계림의 황제께서 군사를 일으켜 고구려 국내성으로 달려온다면 어찌 하시겠습니까?

― 너희 계림 따위는 두렵지 않다.

― 돌궐은 어찌하시겠습니까?

― 뭐라?

― 고구려는 지금 돌궐과 오랜 전쟁을 벌이고 있지 않습니까? 북으로 돌궐과 싸우면서 남으로 계림을 맞아 싸우시겠습니까?

― 약소국 주제에 대고구려를 걱정하느냐?

― 또한 남부여는 어찌하시겠습니까? 우리 계림이 다시 남부여와 손잡고 고구려 정벌에 나선다면 돌궐과 남쪽의 적을 동시에 막으실 수 있습니까?

― 천지를 모르고 날뛰는 놈이구나! 여봐랏, 이놈을 잡아 죽여라.

군사들이 들어와 보종의 양팔을 잡아챘다. 보종이 양팔을 잡힌 채 평성왕에게 큰 소리로 외쳤다.

－남부여가 고구려 정벌에 재차 나설 계획인 것을 아십니까?

그제야 평성왕은 군사들에게 손짓을 했다. 군사들이 보종의 양팔을 잡은 채 잠시 섰다. 보종은 계속해서 양팔을 붙잡힌 채 소리쳤다.

－만약 왕께서 우리의 제안을 거절하신다면 계림은 남부여와 손잡고 다시 올라올 것입니다. 그러나 왕께서 우리의 제안을 받아들여 밀약을 맺으신다면 불가침을 약속할 수 있습니다.

－상호불가침을 약속하자 그것이냐?

－그렇습니다! 계림은 이제 남부여가 고구려를 치는 것을 돕지 않을 것이니 고구려 또한 남부여가 계림을 치는 것을 돕지 않으셔야 합니다.

평성왕은 그제야 고개를 끄덕였다. 왕이 다시 군사들에게 손짓을 하자 이번엔 군사들이 보종을 붙잡고 있던 팔에 힘을 빼며 놓아 주었다. 보종이 비로소 옷매무새를 바로 하여 똑바로 섰다.

－고구려는 돌궐에만 집중하시면 됩니다. 저희가 남부여의 힘을 빼 드리겠습니다!

552년 여라밀약麗羅密約은 그렇게 성립되었다. 귀족들로 인한 내분과 북쪽 돌궐과의 계속된 전쟁이라는 내우외환에 빠진 대강국 고구려와 변방의 약소국 계림이 상호불가침을 약속한 것이다. 그래서인지《삼국유사》진흥왕 편에 보면 이 무렵 남부여가 신라에게 고구려를 치자고 제안했을 때 진흥왕은 이렇게 말했다고 한다.

　－나라의 흥망은 하늘에 달려 있으니, 만약 하늘이 고구려를 미워하지 않는다면 내 어찌 고구려의 멸망을 바랄 수 있겠느냐?

　여라밀약을 맺는 데 성공하여 고구려의 역습을 염려할 필요가 없어지자 삼맥종은 이제 남부여를 맘껏 꿈꾸기 시작했다. 그의 눈은 오직 남부여가 차지한 그 아리수 하류 땅에 가 있던 것이다.

　남부여의 창. 553년, 이제 서른이 되어 젊은 패기에 관록까지 붙기 시작한 태자 창에게는 계속해서 아리수 상류의 너른 땅들이 어른거렸다. 그 땅을 생각할 때마다 한 남자의 얼굴도 함께 떠올랐다. 바로 고구려 정벌 때 마주친 계림의 풋내기 황제 삼맥종의 얼굴이었다.

　－언젠가 그가 가져간 상류 지역도 내 것으로 만들고야 말 테다!

　－당연히 우리가 차지해야죠. 마마! 이 국조가 마마를 도와 아리수 상류를 반드시 빼앗아 올 것입니다! 하하하.

　창은 하선을 알게 된 이후부터 국조의 집을 부쩍 자주 찾았다. 국조에게 많은 재물을 내린 것은 물론이었다. 날이 갈수록 국조가 바친 여체의 가치는 창의 마음속에서 커져만 갔다. 하선을 안을 때면 창은 주문을 외우듯 언제나 이렇게 중얼거렸다.

– 여자에게 빠진다는 게 이런 건가 보구나. 이제는 다른 여자들은 눈에 들어오지도 않고 안고 싶지도 않고 오직 네 치마 속으로만 찾아들게 되니 말이다!

그날도 그랬다. 국조와 창이 술이 거나하게 되도록 마시더니 국조가 자리를 비켜 주자 창이 하선에게 달려들었다. 사랑을 나눈 후 창은 금세 눈을 감고 잠을 청했는데, 하선은 말똥말똥 눈을 뜨고 창이 잠들기를 기다렸다가 살그머니 옷을 걸치고는 일어났다. 아까 술자리에서 창과 국조가 나누던 이야기 중에 틀림없이 '이사부'로부터 밀서가 왔다는 말을 들었기 때문이다. 리아가 창의 옷가지를 들추니 하얀 서신 하나가 툭 하고 불거져 나왔다. 거기엔 이렇게 써 있었다.

황제가 고구려와 밀약을 맺는 데 성공했소. 황제의 다음 목표는 고구려 땅이 아니라 남부여의 아리수 하류 땅이라는 게 명백해진 것이오. 주변을 조심하시오. 첩자가 있을지도 모르니!

틀림없이 이사부였다. 병부령이 적과 내통하고 있었다니. 하얀 서신을 들고 있는 리아의 손이 떨려 왔다.

– 무엇을 하는 것이나?

갑작스런 여창의 목소리에 리아는 깜짝 놀라 하마터면 서신을 떨어뜨릴 뻔했지만 잽싸게 창의 옷자락 속에 밀서를 밀어 넣고는 뒤를 돌아보았다. 창이 술이 덜 깬 표정으로 리아를 보고 있었다. 비록 술이 덜 깬 희미한 눈이었지만 그 눈에는 리아에 대한 의구심이 가득 들어 있었다.

─마마의 옷가지를 정리하고 있었습니다. 마마의 옷자락을 헝클어진 채로 두는 것이 왠지 마음에 걸려서요.

─무엇을 보았느냐?

─무, 무엇을 보다니요. 아무것도요. 소녀는 그저 옷자락을 개고 있었사옵니다. 마마, 허락 없이 만졌사오니 죽여 주시옵소서.

리아가 창의 옷가지를 안은 채 흐느끼며 엎드리자 풍만한 그녀의 젖가슴이 옷자락 사이로 터질 듯 부풀어 보였다. 창은 다시 음심이 불붙 듯 일어나 리아에게 달려들었다. 리아는 행복한 듯 희미한 신음을 뱉어내며 한 팔로 창의 목을 끌어안고, 나머지 한 손으로 서신을 덮었던 옷가지들을 슬그머니 옆으로 밀어 버렸다.

─의심받을 짓은 하지 마라. 배신은 절대로 용서할 수가 없느니라. 언제까지 나만 바라보고 나를 위해서만 살아야 하느니라.

─마마, 소녀의 몸과 마음은 오직 마마의 것이옵니다. 농락을 하시든 목숨을 거두시든 뜻대로 하시옵소서.

하선의 흐느끼는 듯한 맹세가 창의 음심을 더욱 부채질했다.

창은 조금 전 하선의 행동이 수상스러웠다는 것조차 까맣게 잊은 채 열락에 젖어들었다. 밤이 깊어갔다. 그렇게 하선을 부둥켜안고 잠이 들려다가 밖에서 들리는 소리에 다시 놀라서 깼다.

　- 태자마마! 속히 환궁하시옵소서. 급보입니다. 급보!

　- 무엇이냐?

　- 계림 황제가 급습해 왔다 합니다!

　- 뭣이!

　창이 벌떡 일어났다. 그의 눈이 분노로 이글거렸다.

　- 이 삼맥종! 애송이가 동맹을 깨고 기어이 선수를 치는구나!

　삼맥종! 리아 역시 화들짝 놀라며 일어났다. 얼마 만에 듣는 황제의 이름인지 몰랐다. 긴박한 사태에 긴장감을 느끼면서도 마치 봄날에 지저귀는 새소리를 들은 듯 리아의 가슴에 그리움이 일었다.

3

553년. 계림은 전광석화처럼 남부여의 동북면, 즉 아리수 하류 지역을 급습해서 점령해 버렸다. 계림의 침략을 대비할 새도 없이 급습을 당한 남부여로서는 허를 찔린 셈이었다. 남부여 조정의 분노는 극에 달했다. 특히 태자 여창이 그러했다.

－계림을 쳐야 합니다. 하룻강아지 범 무서운 줄 모르고 까부는 것이 아닙니까. 우리 덕에 아리수 상류를 얻었는데 우리가 차지한 하류를 도둑질해 가다니! 은혜를 원수로 갚는 것이 아닙니까?

무려 120년이나 계속되어 온 나제동맹은 삼맥종의 배신으로 깨어졌다. 비록 남쪽으로 쳐들어오는 고구려를 견제하려는 두 나라의 이해관계에 의한 동맹이었지만 남부여의 배신감은 컸다. 더구나 계림이 빼앗아 간 땅은 남부여가 고구려에게 빼앗겼다가 무려 76년 만에 되찾은 고토였기에 그 분노는 더욱 컸다. 창은 울분을 토했다. 이사부의 첩보가 있었건만, 미리 대비하지 못한 것이 한스러웠다. 이사부의 계림발 첩보 자체가 너무 늦게 온 것이 분명했다. 그만큼 삼맥종이 조정 내에서도 모든 것을 은밀히 추진하고 있음을 알 수 있었다. 그렇게 생각이 미치자 창은 더욱 분한 마음이 들어 당장이라도 계림 월성으로 쳐들어가고 싶은 심정이었다.

  - 당장 계림을 쳐야 합니다! 동맹을 깬 배신자들을 처단해야 합니다!

  그러나 계림을 쳐야 한다는 보복설은 그리 힘을 받지 못했다.

  - 고구려와 계림이 밀약을 맺었습니다. 함부로 움직이면 고구려와 계림 두 나라를 동시에 상대해야 할지도 모릅니다.

  - 맞습니다!

  이렇게 보복설이 원로 귀족들의 반대에 부딪치자 애가 타 들어가는 창은 신료들을 보고 직언을 날려 버렸다.

  - 늙으셨소이다! 무엇이 그리 겁난단 말이오? 상대는 이제 갓 스무 살 풋내기란 말이오.

  - 고구려와 밀약을 맺었다 하지 않습니까, 태자마마!

  보복설에 대해 태자와 신료들이 갑론을박을 벌이는 모습을 가만히 지켜보던 명왕이 이윽고 입을 열었다.

  - 조용히들 하시오!

낮게 깔린 그의 목소리는 위엄에 차 있었다. 태자도 신료들도 한 순간에 하던 말을 멈추고 자세를 반듯하게 가다듬으며 왕의 다음 말을 기다렸다. 명왕(성왕). 그가 누구인가! 그는 무령왕의 뒤를 이어 즉위한 후 백제 중흥을 외치며 도읍을 웅진에서 사비로 옮겼으며 국호 또한 남부여로 고치고 아리수 하류 지역도 회복함으로써 백제 제2의 전성기를 만든 왕이었다.《삼국사기》에도 그가 지혜와 식견이 뛰어나고 일에 결단력이 분명했다고 기록되어 있다. 그러니 당시 그는 남부여에서 절대적인 존재였다. 그런 명왕이 말했다.

 ─ 섣불리 움직이지 말아야겠소.

 창은 아버지의 얼굴을 보았다. 전날 은밀하게 따로 찾아뵈었을 때 아버지는 창이 주장하는 보복설에 어느 정도 수긍을 하는 눈치였다. 좀 더 심사숙고를 해야겠다고는 했지만 그렇다고 해서 보복 전쟁은 절대 안 된다고 말하지는 않았다. 하룻밤 사이 심사숙고를 마치신 것일까. 창은 아버지가 제발 귀족들의 반대에 흔들리지 말고 공격 명령을 내려 주길 바랐다. 그런데 섣불리 움직이지 말라니. 혹시 귀족들의 의견에 휘둘린 것일까. 그런데 명왕은 더 뜻밖의 말을 내뱉었다.

 ─ 소희를 삼맥종의 비로 보낼까 하오.

 조정이 발칵 뒤집혔다. 아니 막내 공주님을 적국의 왕에게 바치다니요. 지금 급습을 당해 땅을 잃었는데 공주까지 바친다면 안하무인 계림 황제가 얼마나 더 오만불손하게 나오겠냐며 신료들의 반대가 연이어 터져 나왔다. 창은 아연실색한 표정으로 아버지를 바라보았다. 존경하는 아버지이지만 때론 아버지의 의중을 헤아리기 힘들 때가 많았다.

－계림에 사신을 보내 청혼을 하고 소희를 시집보낼 채비를 하시오!

－아니 되옵니다! 전하께서 아무리 선의를 베풀어도 저 계림의 오만불손한 젊은 왕이 그 선의를 받겠나이까?

－받겠다!

삼맥종이었다. 계림의 조정도 발칵 뒤집혔다. 복수심에 불타 빼앗긴 땅을 되찾으려 당장 침략을 해 올 줄 알았던 명왕이 공주를 보내다니. 삼맥종은 남부여 사신의 눈을 빤히 쳐다보았다. 저의가 무엇이냐. 딸을 주겠다는 저의가!

－가서 당신의 왕에게 전하시오. 아버지와 같은 성군께서 딸을 주시니 감사함이 하늘에 닿겠다고. 왕의 사위가 되었으니 두 나라의 화평을 서로 기원하자고! 여봐라. 사신을 모시고 융숭하게 대접하고 명왕께 드릴 선물을 준비하라.

며칠 후 사신이 남부여로 돌아간 후 삼맥종은 신주를 지키고 있는 김무력 장군을 불러들였다. 신주는 계림이 남부여를 급습하여 빼앗은 아리수 하류 지역에 설치한 새로운 행정구역이었다. 삼맥종은 그 신주를 김무력 장군에게 맡겼는데, 김무력은 훗날 삼국통일의 영웅이 되는 김유신 장군의 조부이자 가야의 왕족이었다. 법흥대제 시절 계림이 금관가야를 병합할 때 신라에 투항한 가야의 왕자였던 것이다. 삼맥종은 가야인이라 해도 차별하지 않고 능력에 따라 요직을 맡긴 것이고, 이방인 김무력으로서는 신라에서 성공하기 위해서 그의 능력과 충성도를 증명해 보여야 하는 시험대가 신주였다.

- 신주 지역은 어떠한가?

- 아직 이상한 동태는 없습니다.

- 남부여가 수상쩍으니 방어에 만전을 기하도록 하라!

- 넷! 폐하!

김무력에게 당부를 하면서도 삼맥종은 명왕의 계획을 정확히 예측할 수가 없어서 답답했다. 도대체 어디로 온단 말인가? 신주 땅, 아리수 하류 지역을 다시 찾으러 오는가, 아니면 또 다른 성으로 오는가?

김무력이 신주로 돌아간 후 삼맥종은 고구려에서 얼마 전에 귀국한 보종과 풍월주 염도를 대동하고 명활성을 돌아보았다. 명활성은 수도 방어를 위한 산성이었다.

- 만약을 대비하여 명활성을 보수해야겠다. 유사시에 월성을 버리고 이곳에서 배수진을 칠 것이다.

- 그것이 무슨 말씀이십니까?

염도가 물었다.

- 사비성의 저의가 심상찮다.

- 딸을 보낸다 함은 우리가 고구려와 밀약을 맺자 대적할 수

없음을 알고 다시 관계를 회복하고자 함이 아니겠습니까?

 ─그리 호락호락한 명왕이 아니다. 고구려와 밀약을 맺었다 하나 그것은 불가침의 약속일 뿐 고구려가 우리를 돕지는 않을 터. 명왕이 마음만 먹는다면 지금이라도 당장 아리수 하류를 찾으러 올 수 있을 것이다. 그런 명왕이 선전포고 대신 딸이라! 대대적인 총공격을 준비하겠다는 것이 분명하다.

 ─총공격이요?

 ─시간을 벌겠다는 것이다. 우리를 방심시켜 놓고 그 사이에 총공격을 준비하겠다는 것!

 염도는 서쪽 하늘을 바라보았다. 피의 아우성이 곧 다가온다는 것인가. 리아도 군관도 아직 남부여에 있는데. 보종이 끼어들었다.

 ─폐하, 어디로 올 것 같습니까?

 ─그걸 알 수가 없구나. 명왕이 노리는 곳이 어디인지⋯⋯. 보종!

 ─네!

 ─누가 올 것 같은가?

 ─태자 창이 올 것입니다.

 ─명왕이 직접 오지는 않겠는가?

 ─태자 창은 무예가 뛰어나서 명왕의 신임을 받고 있습니다. 또한 태자 창이 귀족들의 반내를 무릅쓰고 선쟁을 주상했기 때문에 직접 오려고 할 것입니다. 태자가 온다면 명왕까지 움직

이지는 않겠지요. 그러나 만약…….

　－만약?

　－명왕이 직접 온다면.

　－계림으로서는 큰 고비가 되겠구나.

　－아닙니다.

　－아니면?

　－그것은 위기가 아니라 오히려 기회입니다.

　－어째서 기회인가?

　－명왕이 있는 한 남부여는 건재할 것입니다. 반대로 명왕만 없어지면 남부여는 흔들립니다. 폐하, 만약 하늘이 그런 기회를 주신다면 꼭 잡으십시오!

　그것은 명왕이 있는 한 계림의 꿈이 뻗어나갈 수 없다는 말로 들렸다. 삼맥종이 서쪽 하늘을 바라보았다. 리아와 군관이 있는 남부여가 저 서쪽 하늘 어딘가에 닿아 있을 터였다.

　몇 달이 지났다. 봄이 지나가고, 여름이 한창일 때 남부여에서 소희공주를 보냈다. 온갖 치장으로 화려하게 단장한 소희공주가 남부여의 사비를 떠나 탄현을 지나 관산성 쪽으로 왔다. 오라비가 되는 태자 창이 직접 공주를 배웅하기 위해 국경까지 온다는 소식을 들었기에 삼맥종 역시 국경까지 나아갔다. 국경을 사이에 두고 양쪽의 화려한 행렬이 서로 마주했다. 산과 수풀 사이사이로 계림군이 만일의 사태에 대비해서 매복해 있었고 남부여 쪽도 마찬가지로 많은 병력을 숨겨 놓았다. 그러나 태자 창과 삼맥종은 서로 마상에서 마주보며 만면에 미소를 띤 채 예를 갖추었다. 남부여 측 행렬 맨 앞에는 마상의 태자 창과 공주의 수레가 있고, 그 뒤로 일단의 병사들이 경호를 위해 줄을 이었다.

드디어 국경 정 가운데에 커다란 장막이 설치되었다. 신부를 맞이하는 계림 측에서 마련하였는데 오색 비단과 황금 휘장이 쳐져 있었다. 소희공주가 수레에서 내려 장막 안으로 들어왔고 공주의 시녀들이 따랐다. 계림 측에서는 월성에서 황실을 모시는 여관들이 장막 안으로 들어갔다.

－공주님 잘 오시었습니다. 여기서부터는 계림의 땅이오니 실오라기 하나도 남부여의 것은 들어갈 수 없습니다. 하오니 마마, 계림의 예복으로 갈아입혀 드리겠습니다. 무례를 용서하시옵소서. 그리고 시녀들도 본국으로 돌려보내 주시옵소서. 이제부터 공주님은 계림의 사람이오니 저희가 극진히 모시겠습니다.

아직 열여섯 살밖에 되지 않은 어린 공주는 어릴 때부터 자신을 모셔 온 정든 시녀들을 향해 명했다.

－이제 돌아가거라. 여기가 마지막이라는구나.

－공주마마!

흐느끼며 이별을 고한 시녀들이 하나둘 장막 밖으로 나갔다. 시녀들이 나가자 계림의 여관들이 공주의 옷을 벗기기 시작했다. 여름 무더위가 기승을 부리기 시작하는 7월이었건만 공주

는 추위를 타는 듯 몸을 오들오들 떨면서 계림의 여관들에게
자기 몸을 맡겼다. 어느새 남부여의 것은 모두 사라지고 계림
의 것만 남았다. 공주가 장막 밖으로 나오자 삼맥종이 마상에
서 내려와 공주 앞에 섰다.

– 잘 오시었습니다! 공주님!

그리고는 황제가 직접 공주의 손을 잡고 계림의 온갖 화려한
금은보화로 장식한 수레에 태웠다. 태자 창이 그 모습을 유심
히 지켜보았다. 삼맥종이 다시 말에 오르자, 양국 행렬의 대표
가 되는 창과 삼맥종은 먼발치에서 고개를 숙여 인사를 하고는
동시에 돌아섰다.

– 이럇!

태자 창은 돌아서자마자 이내 땅을 울릴 듯 거세게 말을 몰
아 사비성으로 달려갔다.

4

- 폐하! 살려 주시옵소서! 폐하!

어둠 속에서 절규하는 리아가 희미한 안개처럼 뿌옇게 어른
거렸다. 삼맥종이 손을 뻗쳐 보려 했지만 몸이 움직이지 않았
다. 뿌연 안개는 점점 더 멀어지더니 절규하는 목소리도 같이
아련해졌다. 혼자서 버둥거리다가 삼맥종은 온몸이 땀에 젖은
채 벌떡 일어났다. 벌써 며칠째 같은 꿈이었다.

깨어서 보니 삼맥종의 곁에는 남부여의 소희공주가 자고 있
었다. 여소희. 그녀는 과격한 오라비 여창과는 달리 결이 고운
여자였다. 남부여 명왕을 안심시키기 위해 삼맥종은 더욱 자주
소희궁을 드나들었는데, 소희공주가 계림으로 시집온 지 1년
이 다 되어 가도록 백제는 별다른 움직임을 보이지 않았다. 침
묵이 길어질수록 불안이 깊어졌다.

도대체 남부여의 속셈은 무엇이란 말인가. 창, 너는 어디로 올 테냐? 어디를 노리느냐? 빼앗긴 아리수 하류 지역 신주냐? 아니면……?

그날은 554년 7월의 어느 새벽이었다. 적막 속에서 삼맥종의 눈만 부리부리 빛나고 있었다. 갑자기 밖에서 다급한 발자국 소리가 저벅저벅 가까워지더니 침소 바로 앞에서 멈추었다.

– 아뢰오! 국경 지역에서 급보입니다. 남부여가 대군을 이끌고 국경을 넘어 파죽지세로 밀고 들어오고 있다고 합니다!

잠시 삼맥종의 가슴이 덜컹 하고 멎는 듯했다. 드디어 올 것이 왔구나.

– 어디를 향하고 있느냐?

차분하게 내리깐 삼맥종의 목소리가 다급함에 헐떡이는 병사의 목소리와 대조를 이루었다.

– 관산성이라 하옵니다!

삼맥종은 눈을 부릅뜨더니 문을 활짝 열었다.

– 관산성!

– 그러하옵니다.

관산성은 지금의 충북 옥천 지역으로서 당시에도 전략적 요충지이자 교통의 요지였기에 계림도 남부여도 탐을 내는 곳이었다. 계림과 남부여를 동서로 가르는 국경 부근에 위치하여 관산성만 넘으면 남부여 입장에서는 서라벌까지, 계림 입장에서는 사비성까지 직행할 수 있었기에 서로의 도읍을 넘볼 수 있는 교두보가 되었던 것이다. 창이 관산성으로 온다는 것은 관산성이 아니라 어쩌면 계림의 심장부인 서라벌을, 국지전이 아니라 전면전을, 관산성 하나가 아니라 계림 전체를 원한다는 뜻인지도 몰랐다. 삼맥종은 옷도 제대로 걸치지 않은 채 침소에서 나와 저벅저벅 앞장서 걸으면서 물었다. 빠르고 단호하게.

　－규모는 어떤가?

　－남부여, 왜, 대가야가 연맹하여 국제연합군을 이루었고, 그 군대 행군의 끝이 보이지 않는다 합니다.

　－긴급회의를 소집하라.

　－옛!

　급보를 전한 병사가 성큼 앞서나가는 황제를 다급하게 따라 걸으며 명을 받았다.

　－병부령 이사부, 이찬 거칠부, 탑지 장군! 그리고 풍월주 염도!

　－예!

　－신주 김무력 장군에게 전갈을 보내라. 즉시 병력을 정비하고 출정 대기하라고!

　－옛!

　밖으로 나오니 일찌감치 밝아 오는 여름의 새벽이 싱그러웠다. 삼맥종은 여름의 새벽 공기를 폐부 깊숙이 들이마셨다. 짜릿한 긴장감이 폐부 깊숙한 곳에서부터 온몸으로 번져 나갔다. 드디어 닥쳤구나! 신주가 아니라 관산성을 택했는가? 전면전을 원한다면 맞아 주리라. 모두를 걸고 붙어 보고 싶다면 기꺼이 내 붙어 주마. 기다려라, 창! 너에게 내 여자를 주었다. 꿈까지 빼앗길 수는 없다!

– 신 이사부, 출정시켜 주시옵소서. 남부여군을 섬멸하고 돌아오겠습니다!

60이 훌쩍 넘은 노령의 이사부였다. 그러나 그 기세가 전혀 줄지 않은 장수이기도 했다. 그럼에도 불구하고 황제는 이사부를 중용하지 않았다.

– 아니오. 이번 총사령관은 거칠부가 맡아라!

– 옛! 신 거칠부 황명 받잡습니다!

이사부의 얼굴이 일그러졌다. 지난번 고구려 정벌 때도 지휘권을 주지 않고 그를 뒷방 늙은이로 만든 황제였다. 지증마립간, 법흥왕, 지소태후가 수렴청정을 하던 진흥왕 초기까지 3대에 걸쳐 역사의 한가운데서 계림을 주름잡던 이사부는 진흥왕이 친정을 시작한 그 무렵 이후 웬일인지 역사의 기록에서 사라졌다. 《삼국사기》에도 그의 기록은 거의 없다. (그가 다시 역사의 기록에 나타나는 것은 그로부터 10년 즈음이 지난 562년 대가야 정벌 때 한 번이다.) 이에 비해 거칠부는 고구려 정벌 때의 공으로 3등급이나 급상승하여 이찬이 되었으며, 그 후로 승승장구하여 훗날 이사부 대신 상대등의 자리에 오른다.

– 탐지!

– 옛!

- 거칠부를 따라 관산성으로 가라!

- 옛. 즉시 출발하겠습니다.

- 가서 성을 내어 주라.

모두가 깜짝 놀란 눈으로 황제를 바라보았다.

- 그게 무슨 말씀이십니까? 성을 내어 주다니요?

- 신흥강국인 남부여가 왜국, 가야까지 끌어들여 국제동맹 군을 만들어서 오고 있다. 기세등등한 그들을 지금은 이길 수 없다. 붙어 보았자 희생만 더 커진다. 그러니 탐지, 거칠부. 그대 들은 관산성으로 가서 그들의 힘을 빼면서 내가 당도할 때까지 최대한 시간을 끌다가 성을 내주어라! 나는 내일 출발할 것이 다.

거칠부와 탐지가 황명을 받고 황급히 나간 후 이사부와 삼맥 종만 남았다. 삼맥종은 이사부 앞을 지나다가 잠시 멈추었다. 그리고 이사부가 아니라 정면을 응시한 채 혼잣말처럼 중얼거 렸다.

- 병부령! 하늘에 태양은 두 개일 수 없소이다. 원하는 바를 얻으려거든 나를 제거해야 할 것이오. 만약 그럴 능력이 안 되 신다면야 충성을 보여야 하지 않겠소?

삼맥종이 찬바람을 내며 남당을 떠났다. 이제 스물한 살이 된 황제는 떡 벌어진 어깨에 얼굴에는 젖살이 다 빠져 각진 턱 이 두드러졌고, 구레나룻이 젖살 대신 턱을 따라 올라오고 있 었다. 겁 많던 꼬마 황제는 온데간데없이 사라졌다. 세월이 모든 것을 바꾸어 놓았다. 아무것도 겁날 게 없는 패기, 목표를 위해 불구덩이에라도 뛰어들 것 같은 열정. 그 모든 것들이 70을 바라보는 이사부에게는 버거운 것이었지만 스물한 살의 황제에게는 매일의 호흡처럼 자연스럽게 샘솟아 나고 있었다.

밖으로 나오니 미진부 장군이 명을 받고 기다리고 있었다.

– 폐하, 부르셨습니까?

– 나를 따라 걸어라.

황제는 앞서 걸으며 말했다.

– 미진부.

– 네, 폐하.

– 그대를 월성에 남긴 뜻을 알겠는가?

– 뜻이라 하시면?

– 지킬 곳은 관산성만이 아니다.

– 네?

– 관산성은 내가 지킬 터이니, 그대는 월성을 지키고 있으란 말이다.

– 아!

– 알겠는가? 황제의 빈자리를 노리는 자들, 계림보다 자기 권력을 더 중요하게 생각하는 자들로부터 이 월성을, 나의 황위를 지키고 있으라. 유사시를 대비하여 병력도 정비해 두라.

긴한 얘기를 나누는 동안 황제는 태후궁 앞에 다다랐다.

– 나를 위해 목숨을 바치기를 원한다 했는가? 나에겐 그대

같은 충신들이 필요하다. 내가 없는 사이 만약 변이 일어날 경우 그대에게 모든 전권을 줄 터이니 월성을 지켜라.

태후궁 앞에서 황제가 미진부의 양 어깨를 두 손으로 잡으며 이렇게 말하자, 미진부는 감격하여 땅에 엎드려 절을 했다.

—이 미진부, 황제 폐하를 위해 목숨을 버리기를 원하나이다!

감시의 눈들이 그 모습을 몰래 지켜보는 것을 황제는 알았다. 그곳은 태후궁 앞이었으니까. 미진부를 보내고 황제는 태후궁에 들어가 태후를 뵈었다.

—내일 출정을 앞두고 어마마마를 뵈러 왔습니다.

태후궁에 붙는 무리들이 한껏 줄어들었다. 삼맥종이 진골정통 라인은 조금씩 잘라낸 지 오래였다. 그 자리를 조금씩 대원신통이 채우고 있었고 그 대표적인 예가 미진부였다.

—폐하께서 지난해에 남부여를 급습하였기 때문에 그 보복으로 남부여가 대전을 일으킨 것이 아닙니까. 황제가 성급하면 항상 나라에 우환이 있게 마련입니다.

—남부여가 일으키지 않았다면 곧 제가 일으켰을 전쟁입니다.

—어찌하여 이리도 호전적으로 나라를 뒤흔든단 말입니까?

—어마마마, 모르십니까? 고구려와 남부여, 그리고 남쪽으로 왜에 둘러싸인 우리의 운명을? 우린 사방이 막혀 있습니다. 뚫고 나가지 않으면 갇힌 채 죽게 됩니다.

태후가 무슨 말을 더 하려 했지만 삼맥종은 말허리를 자르며 일어섰다.

– 잘 다녀오겠습니다. 신궁[24]에서 기도나 많이 해 주십시오.

삼맥종은 나가려다 말고 할 말이 생각난 척하며 선 채로 고했다.

– 아참, 어마마마. 일부 주요 병력을 월성에 남겨 둡니다. 섣부른 행동은 하지 않으심이 어마마마께도 유익이 되실 겁니다. 호랑이는 새끼 때 잡아야지요. 커 버린 호랑이를 이제 어떻게 다시 가두겠습니까? 대세를 받아들이시라 충고드립니다.

태후는 훌쩍 커버린 아들을 한껏 올려다보며 분을 참지 못해 부들부들 떨었다. 삼맥종은 태연한 척 고개를 숙여 예를 갖추고는 그곳을 나왔다. 이미 태후궁 앞에서 미진부와 대화를 나눈 장면이 태후에게 보고가 되었을 게 분명했다. 미진부 뒤에는 대원신통이 있고 또 사도황후가 있음을 태후가 모를 리 없었다.

다음 행보는 선문이었다. 풍월주 염도가 황명을 받고 낭도들을 총집합시켜서 출정 준비에 들어가고 있었다. 화랑과 낭도들은 병부에 소속된 군인들은 아니었으나 전쟁 때마다 출정하여 공을 세우던 호국무사들이었다. 황제가 화랑도 앞에 섰다.

– 남부여가 계림의 숨통을 끊으러 온다. 그들은 대가야, 왜와 동맹하여 대규모 연합군을 만들었다. 지금 그들은 우리보다 강하다. 우리의 병력으로는 절대로 이길 수가 없는 전쟁이다! 그러나 우리는 맞서 싸울 것이다. 계림을 내어 주고 내 목숨만 건져 오지는 않을 것이다. 내 목숨을 내어 주고 계림을 지킬 것이닷!

– 삼맥종! 삼맥종!

낭도들의 함성이 선문 하늘을 찌를 듯 드높았다. 그들의 창이 땅을 박차고 쿵쿵거리는 울림이 온 천지를 흔드는 것 같았다.

– 목숨을 버리고 계림을 지킨다!

– 목숨을 버리고 계림을 지킨다!

밤이 깊도록 설성은 잠을 이루지 못했다. 관산성 그 어딘가에 있을 리아의 안위에 대한 염려에 이리 뒤척이고 저리 뒤척거렸다. 또 출정을 앞둔 두려움과 긴장감이 그를 잠 못 이루게 했다. 이번 전쟁에서는 또 누가 죽어 나갈지 알 수 없었다. 누구의 팔이 잘리고 혹은 다리가 잘릴지 짐작조차 할 수 없었다. 그러나 아무리 운명이 가혹하다고 해도 설성은 살아야 했다. 리아를 다시 만나기 전까지 죽어서는 안 되었다.

잠을 이루지 못하기는 염도도 마찬가지였다. 삼맥종의 얼굴에 그 어느 때보다도 긴장감과 결연함이 함께 스치는 것을 그는 보았다. 그만큼 이번 전쟁이 치열하리라는 것을 황제 자신도 알고 있는 것이다. 자꾸만 불안한 마음이 들었다. 삼맥종 곁에서 잠시도 떨어지지 않으리라. 화살이 날아와도 검이 난무해도!

깊은 밤, 선잠이 들었다가 깨었다가를 반복하고 있는데 살며시 문이 열리더니 누군가가 들어왔다. 돌아보니 보종이었다.

– 무슨 일인가?

보종이 애틋한 눈빛으로 염도를 바라보며 한 발짝 다가와 염도의 머리맡에 앉았다. 염도가 일어나 앉으려 하자 보종이 만류하며 그냥 누워 있으라는 시늉을 했다.

－염도공. 내일이 출정입니다.

－그렇다.

－이번 전쟁에서 과연 우리가 살아남을 수 있을까요?

－그런 약한 말은 하지 마라.

－죽음을 생각하는 것이 어찌 약한 말입니까. 죽음을 생각할
수 있다는 것은 오히려 강한 것이지요. 강한 자만이 자신의 죽
음을 대비합니다.

염도는 아무 말도 하지 않고 보종을 바라보았다.

－제가 두려운 것은 죽음이 아니라 염도공을 다시 보지 못할
까 봐 그게 두렵습니다.

－그럴 리가 있겠는가. 개선하리라 믿는다.

－그렇겠지요, 그럴 겁니다. 저도 그렇게 믿습니다. 하늘이
우리 황제와 함께 계심을 믿습니다. 그런데 웬일인지 이렇게
염도공을 가까이서 볼 수 있는 게 오늘이 마지막이 될 것 같은
느낌이 듭니다.

천문과 지리, 점술에까지 밝은 보종이 그런 말을 하자 염도
또한 스산한 기분이 밀려왔다.

－염도공. 오늘밤 함께 있고 싶습니다. 처음이자 마지막으로
염도공과 함께 밤을 보내고 싶습니다.

누군가를 홀로 연모한다는 것은 황홀한 감옥에 갇히는 일이
었다. 그 황홀함이 감옥의 고통까지도 견디게 해 주기에 하루

화랑

를 버티고 또 하루를 버티며 살아가지만 때론 단 한 번만이라도 함께 있고 싶은 열망에 지쳐서 나가떨어질 때도 있는 법. 보종, 그대도 지쳐 가는가? 염도는 보종에게서 자신의 모습을 보는 듯했다. 바라볼 수도 없을 정도로 높은 곳에 있는 이를 연모하기에, 그 마음을 충성으로 태울 수밖에 없는 자신의 모습을.

보종이 염도의 볼에 자기 손을 가까이 가져갔다. 살짝 숨을 내쉬기만 해도 금세 닿을 듯 가까이에.

─ 한번만 만져 봐도 되겠는지요?

염도가 말없이 고개를 끄덕이자, 보종의 떨리는 손끝이 염도의 볼에 닿았다. 보종은 마치 그 촉감을 가슴에 새겨 두려는 사람처럼 아주 천천히 손끝으로 염도의 볼을 느끼었다. 그의 손가락은 볼을 타고 내려와 염도의 아랫입술에 멈추었다. 보종의 속눈썹이 파르르 떨리더니, 이윽고 눈물 한 방울이 볼을 타고 흘렀다. 그 모습을 보는 염도의 눈도 빨개졌다.

─ 아니 되겠지요?

염도가 또 고개를 끄덕였다.

─ 알고 있습니다. 이렇게라도 딱 한번만 공을 만져보고 싶었을 뿐입니다. 이것으로 되었습니다.

염도가 빙그레 웃으며 보종의 두 손을 꼭 잡아 주었다. 그러고는 보종을 자기 옆에 앉혔다. 합문 밖으로 밤하늘이 보였다. 보종도 그 밤하늘을 함께 바라보았다. 농밀한 그리움과 설렘이 밤기운에 뒤엉켜 보종의 가슴을 슬픔과 행복감으로 꽉 채웠다.

두 사람은 말없이 밤하늘을 바라보다가 어느새 잠이 들었다.

관산성! 시신들이 나뒹굴었다. 벌판에는 며칠간의 치열한 접전으로 시신들이 가득 쌓였고 아직까지 목숨이 붙어 있는 자의 고통스러워하는 신음 소리가 여기저기서 새어 나왔다.

성은 한밤중의 어둠 가운데서도 화려한 불야성을 이루고 있었다. 남부여군은 승리를 자축하며 성 곳곳에 횃불을 빈틈없이 밝혀 놓았다. 그리고 성 위에는 이미 남부여의 깃발이 꽂혀 펄럭였다. 남부여가 국경을 넘어온 지 일주일도 채 안 되어서 관산성의 성주 우덕이 창에게 죽임을 당했고, 계림 황제가 보낸 탐지 장수 역시 접전을 벌이다가 후퇴해 버리고 말았으니, 성 안에서는 승리를 축하하는 주연이 한바탕 벌어졌다.

－다음 목표는 서라벌이다. 삼맥종, 기다려라!

창이 호탕하게 웃으며 술을 들이켰다. 그리고 언제나처럼 취기가 오르자 하선의 방으로 가 그녀의 치맛자락을 와락 들춰댔다.

－하선아. 관산성이 내 것이 되었다. 곧 서라벌도 우리 것이 된다. 아바마마가 오시면 내 너를 잉첩으로 들이겠다고 말씀드릴 참이다. 하하하!

아바마마가 오시면! 하선의 귀에 그 한마디가 딱 꽂혔다. 하선은 창의 비위를 맞추고자 아양을 섞어 되물었다.

－명왕께서 오신다니요, 마마. 취하셨나 보옵니다.

창은 하선의 몸속으로 비집고 들어오며 중얼거렸다.

－사비성을 출발할 때 아바마마가 그러셨지. 관산성을 함락시키면 친히 오셔서 치하해 주시겠다고! 계림 정벌을 반대하던 귀족들 코를 납작하게 해 주겠다고 말이야! 내가 오늘 성을 함락시켰다고 전갈을 보냈으니 바로 출발하실 것이야.

－마마, 왕의 군대가 이동하면 계림군이 알아채지 않겠나이까?

－무슨 걱정인가. 관산성 인근은 이제 모두 우리 군사들이 주둔하고 있는데. 더구나 아바마마는 소수정예만 대동하고 구진벼루를 넘어 은밀히 오시기로 되어 있다.

베갯머리송사가 계속되는 동안 삼맥종이 관산성 지역에 당도하고 있었지만 여창은 알지 못했다. 수일 전 월성을 출발한 삼맥종이 화랑도를 이끌고 은밀히 행군하여 관산성 지역에 도착했을 때는, 이미 성이 함락되고 성 부근은 남부여군의 손아귀에 들어간 다음이었다. 탐지는 참담한 표정으로 황제를 맞이했다. 횃불을 밝혀 불야성을 이룬 관산성이 저 멀리 보였다.

싸움은 이제부터다. 여창! 기다려라! 지금쯤 출격 명령을 받은 신주의 김무력 장군도 지원 병력을 이끌고 관산성을 향해 출발했을 것이다. 고구려와 밀약을 맺은 까닭에 고구려와의 국경을 염려할 필요가 없기 때문에 삼맥종은 김무력에게 신주 병력을 모두 이끌고 관산성으로 출격하라 명을 내렸던 터다. 다만 여창이 승리의 기쁨에 도취될 시간의 여유를 충분히 주었을 뿐이다.

　관산성에 도착하자마자 황제는 부상자들을 돌아보며 힘겨운 밤을 보냈다. 여기저기서 계림의 군사들이 신음하고 죽어가고 있었다. 약소국의 설움이 가슴에 사무쳤다. 강국 계림, 천경림처럼 아무나 범접할 수 없는 신성한 땅 계림! 그 꿈이 피비린내 나는 전장에서 부상자들과 함께 울고 있었다.

　염도가 잰걸음으로 다가오더니 옷깃에 숨겨온 하얀 밀서를 황제에게 내밀며 속삭였다.

　─폐하, 관산성 안에서 나온 전갈입니다.

　황제는 부상자들을 직접 돌아보고 격려하느라 피가 묻은 손으로 그 서신을 펼쳤다. 거기에는 급히 휘갈긴 리아의 짧은 글이 적혀 있었다.

　명왕, 구진벼루, 관산성으로!

5

　－저기만 넘으면 관산성입니다!

　50명의 기병과 보병, 그리고 4명의 좌평(장관급)만 데리고 극비리에 사비성을 떠난 명왕이 국경을 넘어 계림 땅으로 들어왔다. 국경을 넘을 때도 계림군의 저항은 없었다. 이사부가 미리 손을 써 둔 덕분이었다.

　－관산성을 점령하여 황제를 제거하면 관산성과 아리수 하류 땅을 넘겨주겠다고? 하하하! 계림 놈들 지들끼리 싸우느라 나라를 팔아먹는 한심한 오랑캐들 같으니라고.

　눈앞에 구진벼루가 펼쳐졌다. 어둠이 깔리고 굽이굽이 흐르는 서화천 강기슭을 따라 능선이 길게 이어졌는데, 그 능선 한가운데쯤에 서 있는 깎아지른 듯한 벼랑이 바로 구진벼루였다. 관산성을 가기 위해서는 그곳을 통과해야 했다. 구진벼루 바로 넘어 관산성이 있었던 것이다.

하늘이 남부여를 돕고 있었다. 이사부에 의하면 삼맥종이 직접 저 관산성으로 오고 있을 터였다. 그러나 계림의 병력은 얼마 되지 않는다. 가야, 왜, 남부여의 국제연합군에 비하면 상대가 되지 않으리라. 이것은 질 수가 없는 게임이었다. 그런데 태자 창이 기특하게도 벌써 관산성을 함락시켰다고 하니 이미 게임은 끝난 셈이었다. 아무리 참으려 해도 명왕의 입에서는 웃음이 실실 새어 나왔다.

– 이사부 이놈. 내가 관산성, 아리수 하류만 먹고 떨어질 줄 아느냐. 벌써 관산성을 함락시켰는데, 여기까지 왔는데, 그냥 돌아가겠느냐? 황제를 죽이고 바로 서라벌까지 직행할 것이다.

서라벌은 지금 경계가 한참 느슨해졌을 터였다. 모든 병력은 관산성에 집중되어 있을 테고, 이사부는 황제의 서거 소식만 기다리고 있겠지. 황제를 제거한 후 방비가 허술한 서라벌을 차지하는 것은 따 놓은 당상이리라.

– 으아악!

갑자기 명왕보다 앞서 나가며 호위하던 좌평의 말이 앞발을 높이 들고 미친 듯이 날뛰었다.

– 무슨 일이냐?

대답을 들을 새도 없이 명왕의 말도, 이윽고 보병들도 비명을 지르며 날뛰었다. 그러나 날뛰면 날뛸수록 그들은 고통의 비명을 지르며 펄쩍펄쩍 더 뛰게 되었다. 명왕 바로 옆의 좌평이 소리쳤다.

　- 마, 마름쇠다!

　마름쇠[25] 그것은 표창이었다. 던지는 것이 아니라 길목 따위에 뿌려 놓는. 명왕 일행은 지뢰밭에 빠지듯 마름쇠 밭에 빠지고 말았던 것이다. 마름쇠의 날카로운 날에 찔린 말들이 미쳐 날뛰는 바람에 기병들이 줄줄이 말 위에서 떨어졌다. 연이어 좌평들과 명왕 역시 말에서 떨어졌다. 남부여군이 일대 혼란에 빠진 찰나 주변 어둠을 뚫고 괴성과도 같은 함성이 쩌렁쩌렁 울려 퍼졌다.

　- 명왕을 잡아라! 명왕을 죽여라!

　매복이었다. 계림군은 남부여 명왕이 온다는 첩보를 입수하고는 황명에 따라 몇 날 며칠 구진벼루를 지키고 있던 터였다. 병사들은 모두 숨소리조차 죽이기 위해 나뭇가지를 꺾어 재갈을 물었고, 길목에는 무수히 많은 마름쇠를 뿌려 놓았던 것이다.

　- 왕을 호위하라! 왕을 호위하라!

　네 명의 좌평이 소리쳤다. 그러나 호령만 우렁찰 뿐 그들의 얼굴은 고통에 일그러졌고, 피가 철철 흐르기 시작하는 발을 붙잡고 펄쩍펄쩍 뛰어 도망을 칠 수밖에 없었다. 계림군이 맹렬한 기세로 그들을 추격했다.

　다음날. 이른 아침부터 계림군은 관산성 앞으로 가 싸움을 걸었다. 남부여군은 가소롭다는 듯이 계림군의 공격에 장난처럼 응수하고 있었다. 성안에는 왜, 가야, 남부여군이 연합한 엄청난 규모의 대군이 미어터질 듯 많았고, 그에 비해 성 밖의 계림군은 국제연합군의 눈에 오합지졸의 소규모 군대로만 보였다. 남부여 병사들이 성 위에서 계림군과의 싸움을 구경하는 사이, 군관은 재빠르게 빠져나와 하선의 방으로 갔다. 드디어 '관산성 탈출'을 도모해야 할 때가 된 것이다.

─ 리아! 어서 이곳을 빠져나갑시다.

웬일인지 리아는 고개를 저었다.

─ 머뭇거릴 새가 없습니다. 지금이라도 명왕의 소식이 전해질지 모릅니다. 곧 정체가 탄로 날 터이니 지금 가야 합니다.

─ 저는 가지 않겠습니다.

─ 리아! 왜?

─ 여창의 씨를 잉태하였습니다.

─ 아니!

─ 이 몸으로는 돌아갈 수 없습니다. 저는 이곳에서 죽겠습니다. 혼자 가십시오.

─ 그건 절대로 안 됩니다!

그건 절대로 안 되는 일이었다. 리아를 지키는 것이 군관의 임무였다. 꼭 리아를 살려서 데리고 와야 한다고 황제가 명했었다. 염도가 간절히 부탁했었다. 설성 그놈의 자식도 웬일인지 다소곳한 낯빛으로 군관에게 간청했었다. 꼭 리아를 지켜 달라고. 그런데 그 리아를 두고 자기 혼자 빠져나갈 수는 없었다.

－군관, 혼자 가십시오! 저를 데리고 움직이시면 군관마저 탈출하지 못하게 됩니다.

－안 됩니다! 혼자서는 못 갑니다. 저항하지 마십시오!

군관이 리아의 두 팔을 꼭 붙잡고는 끌고라도 가겠다며 덤볐다. 리아가 군관의 완력에 맥없이 휘청거렸다.

그때였다. 덜컹! 갑작스럽게 문이 열리더니 여창이 들어왔다.

－무엇을 하고 있느냐?

군관이 리아를 부둥켜안고 있는 것을 본 여창의 눈이 의구심과 불쾌함으로 휘둥그레졌다.

－하룡, 네놈이 누이를 농락하는 것이냐?

하선에게 눈이 멀어 있던 여창은 두 사람이 부둥켜안고 있는 것을 보고는 순간적인 질투로 눈에 불똥이 튀었다.

－아, 아닙니다. 누이가 몸이 좀 안 좋다고 해서… 태, 태기가 있는 듯하다고…….

－태기?

여창의 낯에 놀라움과 화색이 돌았다.

－진짜인가? 하선아, 진짜 그러하냐?

－그, 그러하옵니다.

여창이 하선을 껴안으려는 찰나 밖에서 다급하게 여창을 부르는 병사의 소리가 들렸다.

－태자마자! 태자마마! 왕께서! 왕께서. 구진벼루에서 변을 당하셨다 합니다. 계림의 도도라는 병사가 목을, 목을! 처참하

게 베었다고 합니다!

－뭐라!

여창의 얼굴이 사색이 되더니 한동안 말을 잇지 못했다. 함께 서라벌을 삼키러 가자던, 계림을 복속시킨 후 위대한 중흥의 남부여를 물려주겠노라고 하던 아바마마였는데. 이럴 수가.

－좌평들은 무엇을 했단 말이냐?

4좌평. 남부여의 대들보이자 명왕과 태자의 지지 세력이었다.

－계림이 마름쇠를 뿌려 놓고 매복을 하고 있는 바람에 좌평들 역시 모두 변을 당하였다 합니다!

아무도 모르는 극비였다. 명왕의 행차는 명왕과 태자 창만이 아는 극비였다.

－그런데 어떻게 매복이 가능했단 말이냐? 계림이 어떻게 그것을!

여창이 휙 리아를 돌아보았다.

－아바마마와 나 말고 그 사실을 알고 있던 사람은 단 한 사람!

여창이 리아를 노려보더니 별안간에 검을 뽑아 하선을 향해 바람처럼 돌진했다. 그러자 군관이 바람보다 더 빨리 숨겨 둔 단검을 꺼내 창의 검을 막았다.

－반푼이가 아니었더냐?

여창은 야무진 눈매를 하고 자기를 노려보는 군관에게 놀라 중얼거렸다. 수년에 걸쳐 반푼이처럼 얼쩡대던 하룡이가 아닌

가. 그런데 날랜 제비처럼 단검을 뽑아들고 대적하다니. 그러나 여창은 하선의 배신에 눈이 뒤집어져서 검을 하선에게 겨눈 채 울부짖었다.

－네가 나를 배신했더냐? 속였단 말이냐? 내가 그토록 너를 어여쁘게 여겼는데! 나를 속였단 말이냐? 누구냐! 누가 보냈느냐? 누가!

여창은 입이 찢어질 듯 크게 고함을 쳤다.

－여봐라. 이 반푼이 하룡을 끄집어내어 가둬라!

리아가 군관에게 속삭였다.

－군관, 어서 가십시오. 어서!

군관이 머뭇거렸다.

－당신은 계림에 꼭 필요한 장수라는 걸 모르십니까? 여기서 개죽음을 당할 수는 없습니다.

리아가 군관을 떠미는 사이 병사들이 몰려왔다. 군관은 몸을 이리저리 나비처럼 유연하게 움직이면서 병사들의 검을 막아 냈다. 그러다 기회를 엿보아 한 병사의 배를 발로 걷어차면서 단검은 던져 버리고 병사의 검을 빼앗아 들었다.

－자, 됐다. 리아. 어서!

리아는 고개를 단호하게 저었다. 그리고 군관이 리아를 데리고 가기 위해 계속해서 머뭇거리자 군관이 내던진 단검을 집어 들더니 자신의 심장을 향해 찌르려고 했다.

챙! 여창의 검이 날아들더니 리아의 손에 들린 단검을 떨어뜨렸다.

─그렇게 편하게, 곱게 죽게끔 놔둘 수는 없지!

배신감에 눈이 돌아간 여창의 검이 리아를 이리저리 베었다.

─리아! 안 돼!

─어서요, 어서 가세요, 제발!

고통 속에서 리아가 소리쳤다. 군관이 하는 수없이 병사들을
차례차례 베고는 활로를 뚫었다. 여창이 군관을 막았지만 적수
가 되지 못했다. 리아는 피를 흘리며 쓰러진 채 달려가는 군관
의 등에 대고 있는 힘을 다해 외쳤다.

─군관! 삼맥종에게 전해 주세요. 부디, 꿈을, 천경림에서 말
한 그 꿈을 꼭 이루시라고!

─삼맥종이라고 했느냐! 네가 삼맥종의 여자더냐!

여창이 분노에 치를 떨며 리아에게 달려들었다. 여창의 얼굴
에 리아의 뜨거운 피가 후두둑 튀었다.

─신주 김무력 장군이 주력부대를 이끌고 당도했습니다.

계림군의 진영. 풍월주 염도가 뛰어와 황제에게 고했다.

─폐하! 매복작전에 성공하여 명왕의 목을 베었습니다.

고간 도도가 뛰어와 아뢰었다. 관위는 높지 않았으나 명왕을
벤 공으로 역사에 길이 이름을 남긴 계림의 장수였다.

─여기 그 목을 가져왔습니다.

피가 뚝뚝 떨어지는 명왕의 목이었다. 황제는 냉정한 표정으

로 그 목을 쳐다보더니 단호하게 명했다.

- 걸어라.

- 네?

- 관산성에서 다 볼 수 있도록 높이 걸어 올려랏!

- 옛!

그러고는 삼맥종이 염도에게 귓속말로 물었다.

- 리아와 군관은? 아직 빠져나오지 못했느냐?

- 소식이 없습니다.

더 이상 총공격을 미룰 수가 없었다. 수적으로 열세인 계림군이 이길 수 있는 길은 오직 하나. 명왕의 목이 떨어진 것을 보고 남부여군이 혼란에 빠질 때, 기세를 몰아 달려 들어가 적을 일시에 무찌르는 것! 그런데 아직 리아가 돌아오지 않고 있다니.

설성은 부대 안에서 안절부절못하면서 염도가 소식이라도 전해 주기를 초조하게 기다렸다. 벌써 군관이 리아를 데리고 빠져나왔어야 할 시간이 지났다. 김무력 장군도 당도했고, 곧 총공격이 시작될 터였다. 그런데 리아는 어찌된 것인가!

- 우우우!

그때, 괴성과도 같은 소리가 관산성에서 터져 나왔다. 남부여군 측에서 명왕의 목을 발견한 것이다. 남부여군이 동요하는 기운이 느껴졌다. 굳건하던 성벽이, 도저히 다시 되찾을 수 없을 것 같던 성벽이 금세라도 무너질 듯했다. 이때 치고 들어가야 한다. 동요하기 시작한 성벽을 넘어 계림군이 성을 함락해야 한다. 황제의 속이 타 들어갔다.

삼맥종! 국가의 명운이 걸린 전쟁이다. 우린 너에게 목숨도 인생도 전부 다 걸었다. 두 마음을 품지 말란 말이다!

염도의 호령이 아직도 귓가에 생생했다. 황제는 두 눈을 꼭 감고 이를 악 물었다. 그리고는 두 손을 번쩍 들어 신호를 보냈다. 거칠부가 그 명을 받아 소리쳤다.

- 총공격, 총공격이다! 군대 돌격!

리아의 피로 온통 범벅이 된 여창이 비틀거리며 성벽으로 올라갔다. 계림군이 총공격을 시작하고 있는 게 보였다. 김무력, 거칠부, 탐지가 보였다. 그리고 그들을 따르는 병사들. 화랑들도 보였다. 애송이 같은 풍월주 나부랭이가 보였다. 계림의 전선에는 언제나 저 정체 모를 화랑들이 변수였다. 그리고 그 계림군 뒤에 아버지 명왕의 목이 보였다.

- 으으윽! 아바마마! 나 때문에… 내가 여자에 눈이 멀어서!

여창은 하선을 생각할수록 분노에 치를 떨었다. 그는 아버지를 잃은 슬픔에 절망하면서도 하선에 대한 분노를 동력 삼아 힘을 짜냈다. 분노는 그 어떤 투지보다도 강했다. 명왕의 죽음으로 전의를 상실할 뻔한 여창은 하선에 대한 분노로 다시 전의를 불태울 수 있었다.

- 물러서지 마라. 물러서는 놈은 계림군보다 먼저 내 칼에

죽을 것이다!

창이 피를 토하며 결사항전을 외치자 동요하던 남부여군들이 조금씩 전열을 가다듬었다. 제 나라 전쟁이 아니라는 듯 느슨해지던 왜, 가야군도 딴 마음을 버리고 전투에 집중하기 시작했다.

– 명왕의 복수를 하자! 명왕의 복수를 하자!

명왕의 목이 남부여군의 사기를 떨어뜨리기는커녕 오히려 복수심과 분노에 불을 질러 놓은 형국이었다. 계림군의 총공격에도 성은 끄떡없이 건재했다. 성문은 조금이라도 열릴 기미가 보이지 않았다. 성벽을 오르는 계림의 군사들은 서서히 지쳐서 나가떨어지고 있었다. 전투는 소강상태에 들어갔다. 그때 여창이 성벽 위에서 외쳤다.

– 계림, 이 간사한 오랑캐 놈들아. 봐라! 네놈들이 보낸 첩자다. 내가 끝까지 속을 줄 알았더냐!

여창의 명에 따라 병사가 피투성이가 된 여자의 시신을 창에 꽂아 성벽 꼭대기, 남부여군의 깃발 옆에 세웠다. 저 멀리서 계림군의 진영에서도 볼 수 있도록. 그러고는 남부여군이 한목소리로 외쳐댔다.

– 계림의 첩자를 죽였다! 삼맥종의 첩자를 죽였다!

그 모습은 즉시 계림군의 눈에 띄었다. 설성의 눈에도 삼맥종의 눈에도 보였다. 삼맥종은 불길한 예감이 들어 병사에게 명했다.

- 저것이 무엇인지 알아보고 오라.

잠시 후 병사가 돌아와 보고했다.

- 황공하오나 그들은 삼맥종이 보낸 첩자를 죽였다고 외치고 있습니다. 여인의 시신이 팔다리가 잘린 채로 창에 꽂혀 있습니다.

그 순간 삼맥종이 마상에서 돌처럼 굳어 버렸다. 모든 소리가 죽은 듯 고요했다. 병사들의 고함 소리도 들리지 않았다. 마치 시간이 멈춘 듯 모든 것이 현실 같지 않았다. 모든 게 허상처럼 눈앞에서 희미하게 어른거릴 뿐이었다. 그때, 설성이 괴성을 지르며 황제 앞으로 뛰쳐나왔다.

- 삼맥종. 삼맥종!

황제를 호위하는 장수가 설성에게 검을 겨누며 가로막았다.

- 무엄하다. 황제 폐하께 예를 갖추어라!

그러나 설성은 아랑곳하지 않고 장수의 검에 매달려 황제의 이름을 부르며 소리를 질렀다.

- 삼맥종! 내가! 내가 선두에 서겠다.

- 설성!

- 나 설성, 이 천한 놈. 개같이 살았지만 마지막에라도 인간답게 죽고 싶다. 삼맥종 너를 위해, 그래, 당신이 그토록 사랑하는 계림, 이 계림 놈을 위해 관산성 저 성벽에 오르다가 죽을 테니 나중에 생각나거들랑 내 이름이나 실컷 불러 다오! 아무도 불러 주지 않던 내 이름 그때 습비부에서 불러 줘서 고, 고마웠

다! 나 죽으러 가기 전에 이 말 하러 왔다!

눈물로 범벅이 된 설성의 얼굴이 울분과 고통으로 일그러져 있었다. 삼맥종이 고개를 끄덕이자 설성도 주먹으로 눈물을 훔치고는 고개를 끄덕이며 관산성 쪽으로 쏜살같이 달려 나갔다. 낭도 설성이 혈혈단신으로 성벽을 오르기 시작했다. 등에는 활통을 차고 한 손에는 검을 들었다. 위에서 쉴 새 없이 화살이 날아왔지만 온몸에 화살이 꽂히는 채로 그는 오르고 또 올랐다. 그는 아무것도 느껴지지 않았다. 아무것도 보이지 않았다. 오직 단 하나 창에 꽂힌 리아의 시신, 그것을 향해 올라갔다.

6

질 수 없는 게임 vs 이길 수 없는 게임! 이기는 자가 모든 것을 다 가지게 될 승자독식의 전면전. 그것이 관산성 전투[26]였다. 남부여로서는 절대로 질 수 없다는 투지를 불태우며 도저히 질 수가 없을 정도의 병력으로 무장하고 덤빈 전투였고, 계림으로서는 불리한 전세와 열세의 병력과 나라를 잃을지도 모른다는 위기감으로 치열하게 항전한 전투였다. 그러나 도저히 이길 수 없는 게임에서 그 물꼬를 하나씩 터 주는 사람들이 계림에는, 아니 황제 삼맥종에게는 있었다.

－누구냐?

－낭도인 듯합니다.

－독한 놈이군!

국조가 또 활을 쏘았다. 후두둑. 설성의 몸에 와 박혔다. 성벽

맨 꼭대기가 얼마 남지 않았다. 조금만 더 버티면 성벽 위에 발을 디디고 리아의 시신에게로 달려갈 수 있을 터였다. 그러나 설성은 눈앞이 점점 흐려졌다.

아야, 내가 꼭 살아 돌아와야 한다고 했잖아. 이 지지배야 어찌 그리 말을 안 듣냐. 내가 같이 가 주마, 저승길. 네가 그토록 충성하는 황제를 위해 나도 목숨을 버리고 저승길 같이 가자. 너 외롭지 않게 같이 가 주마. 거기 가서는 우리 같이 살자! 살 부비고 마음 섞으며 우리 같이 살자!

고슴도치처럼 화살에 꽂힌 채 피투성이가 된 설성이 성벽을 끝까지 기어오르는 모습을 계림의 병사들과 낭도들이 숨을 죽이며 보고 있었다. 마침내 염도가 나섰다.

– 신국의 화랑도여. 일어나라. 성벽을 오르고 성문을 뚫자! 설성과 같이 우리 죽으러 가자!

도저히 열리지 않던 철옹성과도 같은 성벽과 남부여의 결사 항전에 지쳐 있던 화랑과 낭도들이 하나둘 자리에서 일어나 다시 창과 검을 잡기 시작했다. 머뭇거리고 있는 동료가 있으면 서로가 서로를 독려했다.

– 일어나라, 우리 같이 죽으러 가자!

– 가자! 화랑도는 함께 죽고 함께 산다! 목숨을 버려 계림을 살린다!

– 함께 죽고 함께 산다! 목숨을 버려 계림을 살린닷!

모두가 함성을 드높이며 한 몸처럼 물결을 이루어 성벽으로 달려들었다. 귀밑머리가 아직 검다 못해 새파란 계림의 청년들, 수천 명의 그들이 일시에 거대한 가미카제로 나선 것이다. 하얗게 분칠을 한 얼굴로 적진을 향해 뛰어드는 화랑도는 이 세상 사람들 같지가 않았다. 계림의 젊은이들이 성벽을 오르다가 피를 흘리며 떨어졌다. 그 떨어지는 시신을 이어 다음 젊은이가 오르고, 다음 화랑이 오르고, 다음 낭도가 올랐다. 그들은 죽기 위해 올랐다. 그들에게 두려운 것은 죽음이 아니라 수치였다. 화랑으로서의 자존심을 잃어버리는 것, 계림 화랑도가 두려움 앞에 굴복하는 것. 바로 그것이었다.

잇따라 거칠부와 김무력이 낭도들 뒤로 총공격을 다시 개시했다. 성벽에 매달린 채 여기저기서 죽어 나가는 젊은 청년들의 피가 장수들의 투지에 불을 질렀다.

―성문을 뚫어라!

계림의 충차衝車부대[27]가 관산성문으로 돌격했다. 대대적인 공성전이 벌어졌다. 성문을 사이에 두고 남부여군과 계림군의 힘겨루기가 치열하게 계속되었다. 거대한 충차가 성문을 계속해서 들이받았다. 성을 되찾으려는 자와 성을 지키려는 자. 나라를 지키려는 자와 왕의 복수를 부르짖는 자들 사이에 한 치도 물러설 수 없는 대결이 벌어졌다. 그러나 우연한 함성에 전세가 뒤집히고 말았다.

―불이야! 불, 불을 꺼라!

성안에서 화재가 발생하자 계림군과 팽팽하게 대치하던 남부여군이 동요했다. 일부 병사들은 불을 끄러 허둥댔다. 그 틈에 계림군이 더욱 거세게 총공격을 밀어붙였다. 드디어 성문에 조금씩 틈이 벌어지기 시작했다.

　－밀어붙여라! 더!

　－하나 둘 하나 둘! 좀 더!

드디어 성문이 끼이익, 소리를 내며 열리기 시작했다. 성문이 열리는 것을 막으려는 수비군들이 아귀처럼 달려들었다. 그러나 성문은 점점 벌어졌다. 문 안쪽으로 이리저리 불을 끄러 뛰어다니는 남부여군들의 모습도 들여다보였다. 화재로 인한 연기가 자욱하게 번져갔다. 그 연기 사이로 한 장수가 튀어나오더니 성문을 지키는 수비군들 사이로 뛰어들며 검을 휘둘렀다. 추격하는 여창의 병사들을 따돌리고 남부여군 사이로 몸을 숨겼다가 계림의 총공격에 맞추어 불을 지르고 달려온 군관이었다. 안팎으로 호응하자 드디어 성문이 활짝 열렸다. 계림군들이 쓰나미처럼 밀려들어갔다. 전세는 완전히 역전되었다. 성안 곳곳에서 일대 접전이 벌어지는 가운데 국조가 여창을 찾았다.

　－태자마마 태자마마! 어서 피하셔야 합니다.

　－못 간다! 아바마마를 저기에 두고 나 혼자 못 간다!

　－마마 후일을 도모하소서. 이 복수는 언젠가 갚을 수 있을 겁니다.

국조의 설득에 못 이겨 여창이 피눈물을 삼키며 말에 올랐다. 달아나는 창을 발견한 계림군들이 몰려들었다. 국조가 퇴로를 뚫고 앞서 달렸다.

　- 태자가 도망간다. 잡아라!

　성 밖에서는 삼맥종이 전세를 관망하며 때를 기다리고 있었다. 황제는 군사를 풀어 성을 둘러싸고서 태자가 나오기만을 기다렸다. 성문이 뚫리고 계림군이 밀고 들어간 지 반나절. 국조와 태자 창이 쏜살같이 튀어나오는 것이 보였다. 그 뒤를 염도가 뒤쫓고 있었다. 황제는 양손을 활짝 폈다가 다시 오므리며 힘껏 주먹을 쥐었다. 땀이 차올랐다. 눈에 핏대가 한껏 섰다. 성벽 꼭대기에 매달린 리아의 모습이 계속해서 삼맥종의 눈앞에 어른거렸다. 이윽고 백마에 박차를 가해서 앞으로 달려 나가며 여창과 국조를 막아섰다.

　- 여창! 검을 받아랏!

　- 사, 삼맥종!

　여창이 황제가 직접 검을 들고 막아선 것에 흠칫 놀라는 사이 국조가 끼어들어 삼맥종의 검을 막았다.

　- 이놈! 도망가지 못한다!

　핏발 선 황제의 눈이 국조와 여창의 검을 녹여 버릴 듯 이글거렸다. 그러는 사이 염도가 바짝 다가왔다. 염도의 눈에는 마치 황제가 홀로 여름 태양 아래 몸을 뒤틀고 있는 듯이 보였다. 황제의 온몸이 태양빛을 받아 하얗게 빛났다. 황제의 금 투구도 금 갑옷도 보이지 않았다. 그저 흰 그림자만 어른거릴 뿐이었다. 그 하얀 그림자가 하도 눈이 부셔서 주변의 것들조차 보이지 않았다. 흰 그림자에 눈이 부셔서 잠시 정신을 잃을 듯했다. 무언가 알 수 없는 미지의 세계로 빨려 들어가는 듯한 기분이었다. 그 환영을 깨고 하얀 빛을 뚫고 들어오는 검은 그림자가 보였다. 국조였다. 국조가 한 움큼 화살을 쥐고 황제를 향해 시위를 겨누는 게 보였다. 달리는 말 위에서도 날아가는 사냥감을 정확히 맞춘다는 국조, 궁술의 달인 국조가. 아, 안 돼!

삼맥종!

누구도 그 빛을 쏘지 못한다. 빛나는 흰 그림자는 누구도 쓰러뜨리지 못한다. 그렇게 생각하는 순간 염도는 새처럼 날아올라 황제의 앞으로 떨어졌다. 후두두둑! 살을 뚫고 들어오는, 심장을 뚫고 들어오는 화살촉이 뻐근했다.

－허억!

염도의 눈이 황제와 마주쳤다. 황제의 까만 눈이 염도를 보고 비명을 질렀다. 그러나 염도에게는 들리지 않았다. 염도는 황제에게 미소를 보내며 들리지도 않을 만큼 기어들어가는 소리로 읊조렸다. 삼맥종, 꼭 꿈을… 이루길…! 그 마지막 시선의 교감도 잠시, 염도는 화살을 몸에 꽂은 채 여창에게 검을 겨누었다. 그러자 국조가 염도의 목을 쳤다. 이미 숨이 잦아들던 염도는 맥없이 말에서 떨어졌고, 그 틈에 국조는 퇴로를 뚫고 여창을 호위하며 도망쳤다. 쏜살같이 말을 몰며 뒤를 돌아보니 계림의 황제가 말에서 내려 풍월주라는 놈의 시신을 부둥켜안은 채 하늘을 향해 소리를 질러대고 있었다.

그때 성에서 퇴각하는 남부여군과 그들을 추격하는 계림군이 쏟아져 나왔다. 남부여군은 이미 전의를 상실한 상태였다. 피를 토할 듯 찢어지는 계림 황제의 목소리가 관산성 들판으로 퍼져 나갔다.

　─한 놈도 살려 보내지 마랏! 말 한 필까지 다 죽여라!

　저녁노을이 질 때까지 대대적인 살육전이 이어졌다. 베고 찌르고 다시 베고 찌르는 살육전. 관산성 위에는 리아의 시신이 저녁노을로 붉게 물들고, 들판에는 핏대가 선 눈을 부릅뜬 명왕의 수급首級이 전장을 노려보며 있었다. 산천이 자연의 생기를 발산하고, 날마다 풍성해지는 신록이 초록빛 그늘을 드리우는 여름날의 저녁. 관산성은 붉은 핏빛으로 물들어 갔다. 붉은 핏빛 들판이 저녁노을로 붉게 타는 하늘과 맞닿았다. 살아 움직이는 거라고는 사람을 죽이는 팔과 검밖에는 남지 않았을 때, 벌판을 아름답게 물들이던 노을도 사라지고 빛나던 초록을 집어 삼키며 어둠이 밀려들었다.

　황제는 들판을 돌아보았다. 대승이었다. 도저히 이길 수 없는 게임이었는데 뜻밖에도 승리의 영광이 벌판 위에 피비린내와 함께 진동하고 있었다. 뭔가에 홀린 듯 검을 휘두르며 살육전을 벌이던 계림군들이 하나둘 정신을 차리고 그 자리에 멈춰 선 채로 주변을 돌아보았다. 챙그랑, 챙그랑! 여기저기서 검을 내려놓고 창을 던져 버리는 소리가 들렸다. 황제 역시 맥이 풀리면서 검을 떨어뜨렸다. 황제가 한 걸음 두 걸음 걸어 나갔다.

느릿느릿 출렁대는 강물처럼 그렇게 걸어 나갔다. 우리는 무엇을 위해 목숨을 걸었던가. 리아도 갔고, 설성도 갔다. 염도 너머저. 그러나 함께 열망하던 꿈은 시퍼렇게 살아서 벌판 위를 달리고 있었다. 승리의 영광은 시뻘건 피가 되어 낭자하고, 우리들 꿈은 검붉은 선혈 위에 눈물을 머금고서도 시퍼렇게 살아있는가. 두 다리가 후들거리는데도 가슴에서 불끈불끈 솟아나는 뜨거움이 삼맥종을 전율하게 했다. 가자, 더 앞으로! 한 걸음두 걸음 나갈 때마다 남부여군의 것인지 계림군의 것인지도 모를 시신이 발에 걸렸다. 때론 넘어질 듯 온몸이 휘청거리기도했다. 그래도 가자!

　뒤에서 탐지 장군이 황제를 불렀다.

　－황제여, 어디로 가시나이까!

　삼맥종이 탐지를 돌아보며 잔잔하게 미소 지었다.

　－대륙으로!

　－예?

　탐지가 어둠 속에서 다시 물었다.

　－고구려, 백제를 넘어 대륙으로.

　어둠을 뚫고 하얗게 일렁이는 흰 그림자가 답했다.

　－대륙으로 간다!

염도가 죽은 후 보종은 어디론가 사라져 다시는 나타나지 않았다. 여창은 아버지를 죽게 만들었다는 자책감과 리아에 대한 배신감으로 왕위를 포기하고 승려가 되었다가 신하들의 간청에 다시 돌아와 왕위를 이었으며 평생토록 복수를 부르짖었다. 삼맥종은 영토를 계속 확장하여 북으로는 함경남도 영역까지 차지하였고 남으로 대가야까지 복속시켜, 한반도 땅의 절반 이상을 차지했다. 그리고 지금 만주의 길림 동북쪽까지 차지했다. 군관은 그 전선에서 죽었다.

정복 전쟁을 마친 후 삼맥종은 정복한 지역을 순수하면서, 여러 개의 순수비[28]를 남겼다. 순수비를 세울 때마다 그는 자신을 위해 희생하고 죽어간 신하들 특히 패왕사우의 이름을 새겨 넣었다.

그리고 죽어간 이들의 넋을 위로하기 위해 572년 월성 동쪽에 있는 황룡사에서 신라 최초로 팔관회를 열고 위령제를 지냈다. 팔관회를 주재한 이는 거칠부와의 인연으로 신라에 귀화한 혜량법사였으며, 팔관회가 진행되는 7일 내내 삼맥종은 황제를 위해 죽어간 낭도들과 패왕사우의 이름을 하나하나 부르며 울었다.

그 울음소리는 어미를 잃은 새끼의 울음처럼, 아니면 새끼를 잃은 어미의 통곡처럼 바람 소리에 섞이어 떨었다.

그의 목소리는 이승과 저승을 가르며 넘실대는 강을 넘어, 하얀 포말을 일으키는 거센 물줄기를 넘어 그리운 이들에게로 달려갔다. 리아, 염도, 보종, 군관, 그리고 설성. 그들을 부르는 황제의 목소리!

성아, 설성아!

1. 선문仙門

화랑들이 속한 곳. 불가에서 말하는 선문禪門과는 의미가 다르고 따라서 한자도
다르다. 이 소설에서는 화랑도가 머무르며 훈련하는 곳을 칭하는 말로 사용하였
다.

2. 낭도郎徒

화랑도花郎徒를 줄여서 가리키는 말, 또는 화랑이 거느린 이들을 말한다. 화랑도
에는 크게 화랑과 낭도가 있었는데 화랑은 낭도를 거느렸다. 화랑은 귀족층이었
고 낭도는 대체로 서민층이었다. 낭도를 많이 거느린 화랑이 영향력이 있었다.

3. 진골眞骨

신라의 신분제는 골품제였다. 골품에는 크게 골과 두품 신분이 있었다. 골에
는 진골, 성골이 있었으며, 두품에는 6두품부터 1두품이 있었다. 진골은 최고
귀족이었지만 왕이 될 수는 없었다. 왕이었다가 폐위되면 진골로 강등되었다.

4.성골聖骨

신라의 왕과 그 가족들의 신분. 성골의 성聖은 성스럽다는 뜻으로, 신라에서는
왕과 그 가족의 신분을 성스럽게 여겼고 그 혈통을 이어 가기 위해 근친혼이 흔
했다. 선덕여왕이 여자임에도 왕이 된 것은 성골이기 때문이었고, 성골이 끊긴
이후에 진골로서 최초로 왕이 된 인물이 김춘추였다.

5.월성月城

신라 왕궁이 있던 곳. 지형이 초승달, 또는 반달처럼 생겼다 해서 월성이라 불렀
다. 누각과 관청, 왕궁을 비롯한 많은 건물이 있었는데 현재는 성터만 남아 있어
서 발굴 작업이 한창이다. 월성 남쪽으로는 남천이 흐른다.

6. 구지 溝池

적의 침입을 막기 위해 성벽 바깥 주위를 빙 둘러 판 연못이나 도랑인 해자의 일종. 월성 해자는 독특하게도 군데군데 연못(지池)을 만들고 도랑(구溝)을 파서 연못 사이를 잇는 형태로 된 구지이다.

7. 여관 女官

나인, 즉 궁중에서 왕과 그 가족들의 생활을 시중들던 사람들.

8. 사신 私臣

사사로이 거느린 신하. 신라 시대에는 남자든 여자든 신분이 높은 사람은 자기보다 신분이 낮은 자를 사신으로 삼을 수 있었다. 사신은 목숨까지 내놓는 충성을 바쳤는데, 《화랑세기》에 보면 성적 서비스까지도 바치는 경우가 많았다.

9. 남당 南堂

신라와 백제의 정청政廳. 조선 시대의 편전과 비슷하다.

10. 화랑도 花郞徒

화랑을 우두머리로 한 청소년 수련단체. 화랑이라는 말은 '꽃처럼 아름다운 남성'이라는 뜻이다. 군사적, 정치적, 제사적, 예술적 기능까지 가지고 있었고, 무엇보다도 많은 인재를 배출하여 신라의 발전, 특히 삼국통일에 기여했다. 화랑도가 정식으로 창설된 것은 진흥왕 때(540~576)의 일이었다.

11. 부제 副弟

화랑도의 우두머리 풍월주 밑의 화랑. 대개의 경우 부제를 거쳐 풍월주의 지위에 올랐다.

12. 화랑세기花郎世記

신라 시대의 학자이자 정치인인 김대문이 쓴 책. 화랑들, 특히 풍월주들의 이야기를 기록한 책이다. 1989년 화랑세기 필사본이 발견되었는데, 파격적인 성문화 등 새로운 내용이 많지만 위서 논란이 있어서 아직 정사로 인정받지 못하고 있다.

13. 풍월주風月主

화랑도의 우두머리. 바람과 달의 주인이라는 뜻.

14. 유화遊花

서민의 딸로서 아름다운 여자들은 유화가 되는 경우가 많았다. 대체로 서른 살이 되기 전에는 집으로 돌아가지 못하였고, 풍월주, 화랑들에게 성적 서비스를 하였던 것으로 보인다.

15. 천경림天鏡林

서라벌 남천의 북쪽 언덕에 있던 숲. 토착신앙의 성소, 고대신앙의 성지로 신성시되었다. 흥륜사가 이 숲에 있었다고 전해지나 현재 이 숲은 남아 있지 않다.

16. 마복자摩腹子

신라의 독특한 풍습으로 임신을 한 여자가 높은 지위를 가진 사람으로부터 사랑을 받은 후 낳은 아들을 마복자라고 한다. 신분이 높은 자는 마복자들을 거느림으로써 정치적인 지지 기반을 넓혔고, 마복자 입장에서는 든든한 후원자를 갖게 되었다. 마摩는 문지르다, 복腹은 배를 뜻하므로, 마복자는 배를 문질러서 얻은 아들 정도로 해석할 수 있겠다.

17. 진골정통, 대원신통眞骨正統, 大元神統

신라에는 골품제와 별도로 진골정통, 대원신통이라는 계통이 있었다. 이는 왕과 왕족인 남자들에게 여자를 공급하는 인통姻統으로서 부계가 아니라 모계를 통해 계승되었다. 법흥왕의 딸이자 진흥왕의 어머니인 지소태후가 진골정통의 우두머리였고, 법흥왕의 애첩인 옥진궁주가 대원신통의 우두머리였다. 두 계통은 서로 자기의 세를 확장하기 위해 정치적 적대 관계를 형성하기도 했다.

18. 대릉원大陵苑

월성 부근에 신라 왕릉이 모여 있는 곳. 23여개의 고분이 있는데 대체로 진흥왕 이전 왕들의 능으로 진흥왕 때 이미 월성 부근에 대릉원이 있었던 것으로 추측된다. 서라벌은 죽음과 삶이 공존하는 곳이었던 셈이다. 《삼국사기》에 "미추왕이…돌아가니 대릉원에 장사지냈다."는 기록이 나온다.

19. 남산南山

경주시의 남쪽에 솟은 산으로 신라인들의 신앙의 대상이 되어 왔다.

20. 나정蘿井

신라 시조 박혁거세의 탄생신화가 깃든 우물. 하늘에서 찬란한 빛이 나정을 비추고 백마가 절을 하고 있어서 가 보았더니 백마는 하늘로 날아가고 알에서 박혁거세가 나왔다고 전해진다.

21. 부절符節

돌이나 대나무, 옥 따위로 만들어 표식으로 주고받던 물건. 주로 사신이 가지고 다녔으며, 둘로 갈라 하나는 조정에 보관하고 하나는 본인이 가지고 신표信標로 사용하였다. 《삼국사기》 고구려 유리명왕 편에 주몽이 자신의 칼을 반으로 잘라 부절로 사용했다는 기록이 나온다.

22. 화백회의和白會議

신라 시대에 진골 이상의 귀족들이 참여하여 국가 중대사를 의논한 회의. 만장

일치가 원칙이었고 상대등이 의장이었다.

23. 전군殿君

왕의 후궁에서 출생한 아들 또는 왕후, 태후가 왕 아닌 남자에게서 낳은 아들. 지소태후는 신하 이사부와 사통하여 세종전군을 낳았다.

24. 신궁神宮

신라인들은 신궁을 지어서 제사를 지냈다. 《화랑세기》에 의하면 신궁에는 왕들의 상, 심지어 법흥왕과 그 애첩 옥진의 교신상까지 모셔 두었다. 화랑들도 이곳에서 단을 쌓고 제사를 지냈다.

25. 마름쇠

적의 공격을 방해하기 위하여 설치하는 표창과 같은 장애물. 뽀족한 날이 네 개혹은 그 이상 나와 있는 형태이며, 오늘날의 지뢰와 같은 역할을 했다.

26. 관산성 전투管山城戰鬪

554년(진흥왕 15) 백제가 신라의 관산성을 공격하다가 백제가 패한 싸움. 백제는좌평 4명과 군사 2만 9,600여 명의 전사자를 냈고 120년간이나 계속된 나제동맹은 깨졌다. 이 전쟁을 통해 신라는 비약적 발전의 토대를 마련했다.

27. 충차衝車

성의 문이나 성벽에 충격을 가해 파괴시키는 무기.《삼국사기》에 충차를 이용하여 성을 공격한 기록이 있다.

28. 순수비巡狩碑

신라 진흥왕은 영토를 넓힌 후 그 영토를 순수하고 순수비를 세웠다. 창녕비, 북한산비, 마운령비, 황초령비의 4개가 남아 있다. 이 비석들에는 신하들의 이름과 왕의 업적 등이 기록되어 있다.

[참고] ═══

《화랑세기로 본 신라인 이야기》(이종욱 저), 《화랑세기, 또 하나의 신라》(김태욱 저), 《삼국유사》(김원중 옮김), 《삼국사기》(이병도 역주), 《화랑세기》(이종욱 역주해), 《화랑세기》(조기영 편역), 《역대 왕들의 충북 나들이》(충청북도문화재연구원), 《화랑도와 삼국통일》(리선균 저), 《화랑》(이종욱 저), 한국민족문화대백과, 두산백과, 문화콘텐츠닷컴 등